司南
逆鱗卷
下
側側輕寒

目錄

第二卷

逆鱗

第十一章　大巧若拙

在紛紛擾擾的花炮與人聲之中，江白漣似乎察覺到了什麼，忽然在船頭一仰頭，抬眼看向了她們。

綺霞本是個沒臉沒皮的人，但此時被他一看，下意識便偏轉了頭，有點羞惱地輕踢了阿南一腳。

阿南卻不以為意，笑嘻嘻地朝下方的江白漣揮手，喊：「江小哥，你今日英姿不凡啊，我請你喝一杯！」

江白漣見新娘被迎走後，也沒他什麼事了，便跟女方家的人說了一聲，跳到了旁邊自己的小船上，划到岸邊來接阿南和綺霞。

朱聿恆見阿南連案子都不查了，提著酒與匆匆跳上了江白漣的船，略皺了皺眉。

卓晏心思靈透，立即道：「有酒無菜，喝起來沒勁，我給他們帶一點。」

他從酒樓裡訂了幾個下酒菜，讓夥計端著托盤，送到江白漣船上。船艙狹小，阿南和江白漣盤腿坐著，綺霞正鬱悶地閉嘴托腮，吸取了之前的教訓，不敢在他的船上多說話。

看見卓晏送來的菜，阿南歡呼一聲，把托盤用小板凳墊著，充當起了小桌。

卓晏一拂自己羅衣下襬，在綺霞身旁坐下，笑問江白漣：「江小哥，我帶菜來，蹭點酒可以吧？」

「求之不得。」江白漣說著，給他滿上了酒。

綺霞在旁邊幽怨道：「酒可以多喝，話可要少說，江小哥船上忌諱多，卓少你掂量著點。」

「在水上討生活的人，自然得謹慎些。」卓晏與江白漣碰了一杯，又看向阿南：「董大哥是跑船的，想必與江小哥頗有話題。」

「江小哥的人生可比我精采多了，我們正聊他出海捕鯨的事兒呢。」

卓晏唬了一跳，問：「捕鯨？古人云，鯨鯢吸盡銀河浪，又說那個鯤之大，不知其幾千里也，那可是比山還高、比島還大的巨魚啊！」

「確實很大，但幾千里是誇張了，我們當時圍捕的那條，估計得有十來丈長，噴氣之時聲浪如雷，掀翻了我們好幾艘船。」

卓晏不由咂舌，問：「如此危險，兄弟們幾個人一起去的，又是怎麼想到去捕鯨的？」

江白漣道：「當時是拙巧閣領頭，僱了沿海一帶所有好手齊聚。我任先鋒探路，董大哥的大舅彭叔率領三十六名飛繩手，我記得還有幾個閩粵的大哥，那水性真叫了得！我們一共十八條船出海，結為罟朋（註1），飛繩繫上鐵鉤，萬標齊射，那鯨魚在血浪中掙扎，雖脫不了鉤子，但魚尾拍得我們好幾艘船身開裂，真是好生嚇人！」

幾人聽他講述捕鯨的事情，彷彿看到了那萬分危急的時刻。

綺霞更是揪緊了衣襟。明知他如今就坐在自己面前，卻還似擔心他會出事般，目光緊盯著他不敢移開。

「鯨魚力大無窮，拖著我們的船在海上亂轉，又鑽入海底，十八條大船亦拖不住牠的身軀。眼看我們一群人都要沒命，彭叔向著後方料船疾呼，打手勢示意大家棄了飛繩，趕緊逃命吧。正在此時，有一人從船艙中出來，走上船頭，那動作似在撮口而呼……」江白漣回憶當時的情形，神情似有些恍惚，因情勢太過危急，驚恐之中便有了些虛幻，他一時不敢確定自己的記憶：「那人清清瘦瘦的，站在顛簸的船頭作了個撮口呼喝的動作。周圍浪聲太大，我並未聽到他發出的是何聲音，可那條巨大的鯨鯢不知怎的便重新浮上了水面，雖依舊在水中滾動掙扎，但幅度越變越小，最終筋疲力盡，無力反抗。我們十八艘大船一起往岸邊划

註1　一種海上疍民組織，集合十艘左右船隻，使用同一張網，進行聯合捕撈。

去，飛繩拖著身後鯨鯢巨大的身軀，身後東海化為血海……」

阿南聽著江白漣的講述，冷不防插了一句：「料船上那個人，就是你說在風浪之中撮口而呼制鎮鯨魚的，是拙巧閣的嗎？」

「應該是。我們其他人出海後都相熟了，事後你大舅和我們湊在一起時，也常說起當時，我們都想弄明白那人究竟是如何在這種險境之中喝制鯨鯢的，只是所有人都毫無頭緒。其實我們也不知道拙巧閣要這種大魚做什麼，但他們給的酬勞豐厚，人人都很開心。」

「他捕鯨自然是為了鯨鬚啊！」阿南咬牙切齒，鬱悶道：「真是我命中該有一劫！」

江白漣詫異地看著她：「你和那人認識？他是誰啊？」

「不提了，反正我吃癟了。」阿南笑了一笑，不知怎的有種疲憊從心底升起，她無意識就往綺霞身上靠去。

卓晏抬手就將綺霞的肩攬過來，厭棄地將他推開：「董大哥，喝醉了就別往姑娘家身上湊了！」

「小看我了吧？我可是千杯不醉的量。」阿南笑嘻嘻的，故意想去撫綺霞的背，對面江白漣把托盤往她懷裡一塞，說：「得了，我也得去看看新郎官那邊有什麼我要幫忙的事兒了，這邊先散了吧。」

阿南的手被他攔住，無奈只能接住托盤，若有所思地瞧瞧江白漣又瞧瞧卓晏，再看看面色微紅、似還沉浸在江白漣所講驚險故事中的綺霞，笑道：「行，那我們下次再來聽江小哥講海上的事兒！」

行宮的瀑布依舊奔湧著，為樓閣殿宇蒙上一層絢爛虹霓的同時，也帶來了初秋難得的清涼。

重回行宮，站在左右兩閣之間，阿南與綺霞都只覺恍然如夢。

唯有朱聿恆牢記正事，一到閣前便問綺霞：「當日妳說出來尋找阿南之時，曾經被一道白光灼眼，以至於後來未能看清刺客？」

「是，當時碧眠虛弱昏迷，我心裡慌得不行，所以就去尋找阿南……」說著，綺霞一邊回憶當時情形，一邊往外走，在殿門外站定：「就是在這裡看到的！」

阿南查看四下角度，道：「看來那白光絕不是瀑布的反光了。」

綺霞見她如此熟稔自然，詫異問：「董大哥，你也來過這裡？」

阿南乾咳一聲，把聲音壓沉：「聽殿下介紹過本案的基本情況。」

朱聿恆擔心她露了馬腳，等綺霞把一切都交代清楚後，便吩咐卓晏先帶她下去休息。

阿南站在綺霞記憶中的地方，回頭朝殿內望去，然後，她看到了幾扇緊閉著的門窗。

她循著直線走去，來到窗前。那房間的殿基由巨石壘成，足有一人高，窗戶更是伸手難及。

阿南轉頭問跟隨在他們身後的行宮太監：「當時這裡是什麼人在？」

那太監一看便道：「這是行宮左殿的偏殿，直接面對瀑布。當日殿內混亂，女官們護著太子妃殿下在此歇息過片刻。」

阿南隨口「喔」了一聲，轉頭去看朱聿恆，卻發現他望著上方窗戶，又看向對面樓閣，神色略有古怪。

「怎麼了？」她問。

朱聿恆搖搖頭，將心中一些不應升起的念頭強壓下去，示意眾太監宮女都退下，然後才道：「妳是朝廷海捕罪犯，只需盡心戴罪立功即可，其餘事情，不必多想。」

「沒良心！你怎麼只記得我做過的錯事，不記得我當初救了你、救了順天、也幫了杭州的事兒啊？」阿南白了他一眼：「我當初豁命救你也沒見你感激我，現在回來幫你也不見你感念我，我怎麼這麼賤呢？」

說罷，她鬱悶地轉身，大步走向了那間偏殿。

朱聿恆默然，只覺胸口血脈微微波動，類似於抽搐的微痛順著山河社稷圖貫穿他的身體。

她確實豁命救過他。

在順天的地下，他身上的經脈被機關牽動而發作之時，為了讓他清醒過來，她解開了他的衣服，幫他吸出了瘀血——

從某種意義上來說，她是這世上，與他最親密的女子。

心口的悸動似要衝破這些時日鬱積在胸口的憤恨，將他整個人淹沒，讓他再也維持不住疾言厲色的表象。

他唯有竭力深深呼吸，壓下心口的悸動，以免自己心口厚厚修築的堤防被她攻破。

悶聲不響的兩人，一前一後踏入了那間偏殿之中。

行宮畢竟少人來，又只是片刻歇息的偏殿，因此裡面陳設十分簡單。牆上掛著大幅祥紋織錦，靠牆放著一榻一椅。

床榻對面便是四扇長窗，窗下是供整妝的桌臺，設了一面鏡子、一個妝盒，裡面是空的。畢竟太子妃殿下隨身女官必然帶著妝奩，行宮提供的肯定不合用。

阿南在室內轉了一圈，明明可以問朱聿恆的，卻偏要去問太監：「太子妃殿下在此休息，有誰進出過這裡？」

「當時殿內一片混亂，殿下身邊的女官都在正殿幫扶各家閨秀。再說此間狹窄，因此奴婢與侍女們都守在門外，不敢驚擾休息的太子妃殿下。」

「一個人啊……」阿南自言自語著，走到窗前，將桌上的鏡子拿起來照了照。

鏡子磨得很亮，她對鏡摸了摸自己那兩撇小鬍子，又看了看正對面的右闥。

朱聿恆悶聲不響，目光從鏡子轉向瀑布。

而阿南已將鏡子放下了，指向九曲橋，說：「我去對面看看。」

走出深殿，外面熱浪撲來。他們在熱辣日頭下走過玉帶拱橋，來到右邊殿宇。

「好熱啊，這大熱天的在外面簡直受罪。」阿南出了一身汗，一邊用手扇風一邊抱怨著，就去桌上尋找茶具，想要倒一杯水。

出乎她的意料，桌上空空如也，居然沒有任何茶壺茶杯。

她終於回頭看向朱聿恆，腮幫子鼓鼓的，卻不說話。

朱聿恆示意太監去取水來，目光盯著外面的瀑布，對著空氣解釋：「煮茶有炭氣，肯定要遠離寢殿。」

阿南白了這個彆扭的男人一眼：「要喝冷的呢？」

「宮中人手多，吩咐一聲馬上便能現做四季渴水。」

阿南心道：畢竟皇家風範，喝點水都要喊人，這也太麻煩了。

過了不久，外邊茶水送上來，卻還是滾燙的。

阿南吹著杯中茶，在殿內轉了一圈，走到窗邊望向外面。

窗戶正對著瀑布，越過瀑布便是左閣那個門窗緊閉的偏殿。水光幻彩，琉璃屋瓦雕梁畫棟一片氤氳彩光。

阿南迎著水風感嘆：「要不是袁才人離奇死亡，這裡簡直是神仙宮闕。」

坐在桌前的朱聿恆未曾聽清，望了望她，遲疑片刻，終於起身走近她，問：「妳說什麼？」

「沒什麼，感慨而已。」阿南喝著手中終於不再燙的茶水，抬頭望望瀑布：「這瀑布聲響太大了，足以遮掩很多聲音啊……對了，在殿內香爐撒助眠香的人是誰，查到了嗎？」

「查到了。」朱聿恆皺眉道：「是袁才人身邊的女官，香也是袁才人找人採買的。」

阿南有些詫異：「是她自己？」

朱聿恆轉頭，示意韋杭之將當日殿中當值的太監宮女叫來。

其中一個年長的宮女道：「奴婢們當日將殿內安置好後，袁才人便吩咐我們都退下，說太子殿下睡眠不好，略有聲響便會驚覺。奴婢領著人出去時，看到袁才人身邊的女官拿出一包香往爐內撒，袁才人看了看，讓她再拆一包，說是瀑布聲音太吵了，怕殿下睡不安穩。」

朱聿恆補充道：「女官也已招供，袁才人為邀寵而擅自使用助眠香。」

阿南思忖著，又問那幾個宮女：「袁才人出門之時，妳們曾聽到聲響嗎？」

「瀑布聲音很大，奴婢們候在門外從始至終並未聽到任何動靜。期間怕茶水冷了，奴婢還送了一壺新的進去，當時殿下和才人都在安睡。但奴婢出來後剛將冷茶送去膳房回來，就聽到大家說袁才人出事了，奴婢當時還嚇了一跳，心說我剛剛進去時還毫無異樣呀！」

聽她這麼說，阿南便將桌上的茶壺提起，又給自己倒了杯茶。

夏日炎熱，茶水滾燙，她捏著杯子略一沉吟，又問：「當時窗戶閉了嗎？」

宮女搖頭：「如此暑熱，怎麼會閉窗呢？這通天徹地的八扇門全都開著，可以直接通向後方瀑布。」

「好，我知道了。」阿南等這群宮人都退下了，才轉頭看向朱聿恆，指著對面的偏殿道：「我心裡有個猜測，是關於這兩個左右相對的閣內，兩邊都無人時發生了什麼……你呢？」

朱聿恆緊抿雙脣，沒有回答。

他之前心中油然升起的怪異感覺，此時終於化成了可怕的預感。

左右兩閣，白光，綺霞遭受的追殺，對阿南的倉促定罪，甚至阿南所不知曉的他幼弟的災禍……都意味著同一件事情。

只是，這太過可怕的猜測，阿南不願說，他也不願接受。

他們沉默地站在瀑布前，雪浪般衝擊而下的瀑布離他們尚遠，但水風潛來，讓朱聿恆扶在窗口的手上凝結了細小的水珠。

他的手因為收得太緊，上面有青筋隱隱顯露，令這雙舉世無雙的手增添了一絲不和諧。

阿南在心裡默然嘆了一口氣，輕輕拍了拍他的手，示意他先不必擔憂：「別怕，或許這也說明不了什麼。畢竟，我看見刺客殺袁才人的時候，你和你娘正在殿內呢。此案錯綜複雜，一定還有什麼我們所未曾窺知的真相。」

朱聿恆沒有回答，但終究還是慢慢地展開了自己的手掌，深吸一口氣，道：「我並不怕，因為我相信她。」

阿南便不再說什麼，只指著瀑布，說道：「還有，我要上去看一看這瀑布。畢竟，在出事前後瀑布的那兩次暴漲，我真的很介意。」

瀑布從兩山之間流瀉而下，左右雙峰高聳，十分險峻。

這座行宮是當年關先生為龍鳳皇帝所建的避暑行宮，在夏秋兩季炎熱之時，以水車牽引下方池水而上，順著粗大的竹筒將水送到山頂蓄水池中，化成瀑布流下，用以消暑。春冬二季則停止引水，上方蓄水池水位降低，瀑布自然消失。

朱聿恆指派了負責檢修水管的老兵帶她上山。阿南對照著地圖，沿著水車向上攀爬。

雙峰陡峭，沿途是一節節粗大的水管，為了避開岩石及過於陡峭之處，管身亦非筆直向上，而是彎折成各種角度，曲曲折折，沿山而上，倒是讓她有了攀爬上去的借力之處。

竹筒是當年關先生設計，以類箍桶的手法拼接，每一根都足有兩尺粗細。雖歷經多年風雨，但只要稍加維護，依舊滴水不漏。

她隨口問老兵：「這邊一般多久檢查一遍？」

「山頂上下往來不便，因此我等只每旬沿水管上來檢查一遍。前次瀑布異常時我也曾上來查過，當時周圍草木有被沖刷的痕跡，可能是池水暴漲之時殃及，其餘並無異樣。」

一路說著，阿南身體輕捷，不多時便攀上了崖頂，站在了蓄水池旁。

水池由條石砌築而成，池水碧綠，周圍長滿了灌木草叢，鬱鬱蔥蔥青綠逼人。阿南撥開草叢看了看，有些灌木上有折斷的痕跡，但因為過去了多日，已長出新芽，草叢更是早已恢復生機。

水池出口處攔著三層細格鐵柵欄，以免有髒物隨瀑布流下，汙了下方水池。

阿南看了看，問：「這水裡沒有魚嗎？」

老兵「咦」了一聲，詫異探頭看去，道：「不可能啊，這池中一直都有很多大小魚兒的！牠們原是順著水管上來的，數十年來在池中逐漸長大，最大的該有一、兩尺了。因池水清澈，我每次上來清理雜物都會看見牠們在水中嬉戲，並不怕人……怪事，怎麼那麼多魚兒都不見了？」

「所有魚兒都突然不見了？」阿南直起身，看著水池正在思索，忽聽身後傳來腳步聲。她回頭一看，朱聿恆已帶人爬了上來。

她詫異地挑挑眉，笑問：「殿下怎麼親自爬山上來了？」

朱聿恆沒回答，只示意韋杭之帶著眾人去守住崖下的通道，等眾人都散開了，才壓低聲音，道：「我想……若妳要檢查機關的話，可能要下水。」

「真是想到一處去了，我正要下水呢。」阿南朝他一笑，見水池邊已經只剩了他們兩人，便抬手俐落地撕下唇上鬍子和加濃的眉毛，又從懷中掏出自己隨身的東西，一股腦兒交到他手裡，再脫了外衣丟給他，只剩了裡面一件貼身的細白布衫兒：「幫我拿著，我去去就來。」

朱聿恆下意識接住她丟來的衣服，抬眼看見她在日光下蹦跳著活動身軀，忍不住在她身後低低問：「為什麼？」

但他的話剛剛出口之際，阿南已經鑽入了水中，潛了下去。

他望著碧綠水面的層層漣漪，下意識收緊了十指，緊抓住她殘留的那些溫度，彷彿這樣便能抓住自己不願承認的虛幻期望，哪怕只有一瞬。

這麼竭盡全力，是為了她自己，為了綺霞，還是，如當初在黃河邊、在楚家、在順天地下一樣，是為了……他？

蒙在他周身的樹蔭清涼，懷中的衣服還留著微溫。

池水中漣漪漸散，碧水如一塊巨大的玉石鑲嵌在遍布青苔的池壁之間，平靜無聲。

因為這太長久的寂靜，朱聿恆的心口忽然掠過一絲恐慌。

這畢竟是關先生所建造的機括，阿南未經查詢便貿然下去，若有個萬一，她是否會被這深不見底的碧綠徹底吞噬？

——至少，也該在腰間拴一條繩索，讓他能有一絲救她的機會。

他正在想著，面前凝固般的碧綠嘩啦一聲，陡然動盪起來。

水下的波濤在不斷起伏，阿南卻遲遲未曾鑽出水面，只看到暗流在綠色的水面下波動。

朱聿恆抱緊了阿南的衣服，大步走近了水池，緊張專注地看向水面。

一瞬間，他腦中閃過要跳下去尋找阿南的念頭，但未等這念頭實施，水面潑剌一聲，阿南的頭已鑽出了水面。

朱聿恆暗暗鬆了一口氣，而她向岸邊游來，抹了一把臉後看見站在池畔的他，臉上滿是古怪的神情。

她抬手抓住池壁，半個身子埋在水下，抬頭望著他欲言又止，卻就是不肯上來。

朱聿恆以為她是脫力了，便俯下身，將自己的手遞到她面前，示意要拉她上來。

阿南張了張嘴，頓了片刻，然後才有點艱難地說道：「那個……你轉過身去。」

朱聿恆疑惑的目光從她溼漉漉的臉上滑下，不自覺地看向了她隱在水下的身體。

她胸前的衣襟散開了。大概是在水下被什麼東西扯住了衣服，原本束緊的胸部也散開了，半露的胸口在不斷波動的水面下隱約起伏，讓他心口猛然一跳，臉也熱了起來。

他將懷中的衣服丟到了池邊草地上，然後飛快地轉過了身。

耳聽得嘩啦啦的出水聲，隨後傳來窸窸窣窣的聲音，應該是她在穿衣服了。

朱聿恆盯著面前的矮樹，竭力收斂心神。

卻聽後面的阿南搞了許久，終於嘆了口氣，鬱悶道：「阿言，來幫我一下。」

他轉過身，一看見她的模樣，頓時身體又是一僵。

她背對著他站著，夏日小衫面料輕薄，又在水中打溼了，她的背籠罩著日光與波光，彷彿只蒙了一層水霧。

他素來知道她身段柔韌修長，卻不知道她的腰那麼細，腿那麼長，在溼衣和日光的勾勒下，簡直令人目眩神迷。

胸口有股灼熱的血一下衝上了腦門，他第一時間移開自己的目光，盡量悠長地深吸進一口氣，又盡量平靜地吐出，勉強抑制自己的失態。

而她卻毫無自覺，指指自己背上鬆脫後又纏成一團的布頭：「你替我繫緊吧。這東西在後背絞成一團了，我的手受過傷，那個角度我實在使不上勁。」

朱聿恆聲音帶著一絲喑啞：「我給妳拿件外袍，幫妳罩住。」

「那可不行，那不是要被人發現我是海捕女犯了？」阿南苦惱地圈臂抱住自己，這個時候真恨不得自己胸小一點了：「行了，男子漢大丈夫別婆婆媽媽的，你就當自己還在冒充太監嘛，反正……」

反正她之前被他騙了，還牽過他、抱過他呢。

朱聿恆抿緊雙唇，慢慢走過來，將那些纏住的布條解開，虛按在她的後背上，替她將亂纏的死結打開。

而她抬手將自己溼漉漉的頭髮抓起，免得被他束在衣帶中。被她刻意染黑的膚色已經有些變淡，蜜色的肌膚上猶帶水珠，修長脖頸上一綹未被攏住的髮絲蜿蜒地貼在皮膚上，曖昧地鑽入衣領之中，令他心口有種難抑的衝動，很想伸手順著衣領滑進去，幫她將這綹髮絲挑出來。

但最終，他的手只是按照她的指點，將她束胸的布條理出來，將兩頭交到她的手中，才沉默地退後兩步。

「哎，真沒想到，我阿南上得高山下得滄海、進可襲營退可布陣，現在卻沒辦法再摸到自己脊背了。」阿南一邊哀嘆，一邊用力將自己的胸裹好。

朱聿恆輕咳一聲，道：「我們下去吧。」

「等等吧，我先把衣服晒乾。」阿南將頭髮解開，用手梳著髮絲，對水照了照：「雖然有點狼狽，但這趟下水也算是有收穫，你知道我在水下發現了什麼嗎？」

「水下有機關？」

「只是增強水勢的一些小機關，其餘沒什麼異常。不過我在條石壁的青苔上發現了幾處剛被刮出來的痕跡，很長，略呈弧形。」

朱聿恆問：「看得出如何導致的嗎？如果水下沒有被動手腳的話，那兩次瀑布暴漲，刺客是如何做到的？」

「你猜猜？」阿南笑吟吟地朝他一揚下巴：「我下去的時候，看到池裡的魚基本全都消失了，只剩下幾條小魚。哎，這些可憐的魚啊，我好同情牠們哦，這可真叫殃及池魚……」

朱聿恆沒說話，只微皺眉頭，顯然不滿她這說正事時東拉西扯的模樣。

阿南是個挺不講究的人，在灌木的陰涼處坐下，拍拍旁邊的草叢，示意他和自己一起坐會兒：「太陽這麼大，你就這麼站著，熱不熱啊？」

朱聿恆默不作聲，看了她拍出來的草窩子一眼，終究還是在她身旁坐下了。

阿南示意他將東西拿給自己，對著水面黏自己的眉毛、鬍子，又用膠水在臉上塗抹，將自己柔和的肌肉走向拉扯得更像男人一點：「阿言，我心裡隱隱有個猜測，這個刺客，或許不是衝著殺人來的，而是衝著關先生、甚至是……山河社稷圖來的。」

朱聿恆問：「何以見得？」

「我們可以從行宮下手拿到錢塘水城的線索，對方當然也能。而且，這個刺客對於行宮的布局和利用，比我們更為瞭解。當初我們因為袁才人的死與香爐中的羊躑躅，一直找錯了方向，以為對方是來行刺的，可如今看來，或許對方只是想潛入高臺，尋找什麼東西，卻被袁才人陰差陽錯撞破了。」

朱聿恆思忖道：「可是高臺上除了兩個水晶缸與一套瓷桌椅，一無所有。」

「甚至現在水晶缸也被瀑布沖走了。」阿南苦笑著，想不明白便先拋開了，轉而說了其他：「對了阿言，一直沒機會告訴你，我這次回去，遇到一個名醫，打聽到了一些山河社稷圖的事。」

朱聿恆心口微微一跳，沒想到她拋下自己後，居然還關心自己的病情。他別開頭，聲音冷淡：「什麼名醫，知道得比魏延齡還多？」

「你肯定想不到我找的人是誰。」阿南在心裡暗自腹誹他那臭臉，又不得不好聲好氣哄他：「那是魏延齡的同門師弟，但是他比他師父和師兄都多瞭解一點，因為他出海了，而且在海外遇到了傅靈焰！」

阿南將魏樂安所言一五一十對他複述了一遍，見朱聿恆聽到傅靈焰兒子的情況時，臉上雖然還籠罩著沉鬱之色，但眼睛微亮了起來。

胸口那一直沉沉壓著的東西，在這一刻終於有了消融的跡象。彷彿長久以來一直在黑暗死寂中獨自跋涉的人，終於聽到了彼方傳來的聲音。

他興奮的心情，應該和她當初聽到此事時，一模一樣吧。

「別忘了，關先生和傅靈焰，都是九玄門的傑出人物。」阿南不由朝他一笑：「關先生設置的陣法會觸發你的山河社稷圖，傅靈焰又與山河社稷圖頗有瓜葛，那麼我們何不從拙巧閣下手，去查一查線索呢？」

按捺下心口的澎湃，朱聿恆強自鎮定：「所以現任拙巧閣主傅准是？」

「傅靈焰創立了拙巧閣，取大巧若拙之意，屏棄門派之見，無論師從何門何派，皆可加入。她後來渡海而去，留下幼女繼任拙巧閣，生下的孩子便是傅准。」阿南說到這裡，一臉煩悶：「哎，我最崇敬的人就是我最恨的人的祖母，真是氣死我！」

朱聿恆默不作聲，似在思索什麼。

「對了，朝廷現在與拙巧閣關係如何？我猜一定不錯吧？」阿南說著，又白了他一眼：「不然的話，那天晚上你怎麼可能對我的機關瞭若指掌，又那麼迅速就解開我的迷藥？肯定是傅准那個混蛋領著拙巧閣，把我的底摸得透透的，全都賣給你了！」

朱聿恆並不正面回答，只道：「普天之下莫非王土，拙巧閣既在我朝疆域之內，與朝廷合作絕無壞處。」

阿南挽好半乾的頭髮，想了想，道：「我想去一趟拙巧閣。」

朱聿恆口吻淡淡：「妳不是在傅准手上敗得很慘麼？」

「難道因為落敗過，我就一輩子繞著他走？」阿南噘起嘴，恨恨道：「我不但要去拙巧閣，我還要掀翻了它，不然對不起我在那裡度過的傷心時日！」

「我不會讓妳去興風作浪。」

「什麼叫興風作浪？你想都想不到，我手頭可是掌握了拙巧閣幹壞事的證據。」阿南掃了旁邊一圈，俯身湊近他，低低道：「江白漣對我們聊起了他之前隨著拙巧閣捕鯨的事，傅准他抬手間便制伏了受傷暴怒的鯨魚，你知道他用的是什麼手法嗎？」

她湊得太近，氣息讓朱聿恆的心口略微一滯：「什麼？」

「聲音，聽不見的呼哨聲。」

朱聿恆睫毛微微一顫，想起了綺霞吹奏那支他拆解出來的曲子時，他們無法站立的情形。

阿南滿意地看著他，說：「反應很快啊阿言，一下子就想到了苗永望的死。」

不是一下子，而是我早就有了這方面的線索，朱聿恆心道。只是他心有芥蒂，並未與她探討此事，遂問：「拙巧閣的人早就知道妳擅長變裝，妳連我都瞞不過去，又怎麼瞞得過那群老江湖？」

「怕什麼？我之前變裝都沒人察覺到，就是這回不知怎麼的，栽在了你的手上。」說到這裡，阿南又有點好奇，問他：「對了，你是怎麼發現我的？明明所有人都被我騙過去了啊！」

望著她緊盯自己的那雙明亮眼睛，朱聿恆沒有開口。

畢竟他怎麼能回答她，因為她對他而言，是這世上最不同尋常的存在。無論她變成什麼樣，他都可以在茫茫人海之中，一眼將她和其他人分辨出來。

可惜……這世上對他而言最特殊的她，心中亦有個特殊的存在，可以碾壓所有一切，讓她在暴風雨之中拋下痛苦不堪的他，不惜一切地離開。

他神情變得冷淡，語調也變得冰涼：「頭髮乾得差不多了吧？下山。」

「是，下山。」阿南嘟囔著，拍拍屁股隨他起身，覺得這個男人實在有些莫名其妙。

好好的，怎麼說翻臉就翻臉啊？

「所以你會幫我去拙巧閣嗎？」

「未必。」

說是未必，但第二天，阿南就拿到了朝廷發的腰牌與名帖，成為了前往拙巧閣議事的一員。

「這個阿言，嘴上很硬氣，行動很誠實嘛。」阿南滿意地打聽好了具體事項，開始收拾東西。

綺霞最近和「董浪」打得火熱，聽說他要出公差，過來給他送了些點心果脯。

「出門不比在家，路上要是餓了，千萬記得吃東西。」

「還是小娘子會疼人。」阿南笑嘻嘻地收下了，又看看她氣色：「最近身子怎麼樣？有繼續喝藥嗎？」

「有呀，我可不能辜負董大哥您的心意。」綺霞扯扯裙子笑道：「近來已不再見紅了。只是大夫說落下了病根，以後怕是子息艱難……嗤，我這種人哪需要孩子啊？倒省了我買避子湯的錢呢！」

阿南撫撫她的肩，心口愧疚，但又無法說出口，只道：「養好身體最重要，妳給我乖乖喝著！」

「行啊，反正你出錢，我當然聽話啦。」綺霞笑著和她一起歪在椅中，兩人嗑著瓜子閒聊。

七七八八閒扯幾句，綺霞看著她的模樣，忽然噗哧一聲笑了出來：「董大哥，你這歪歪倒倒蜷縮椅中的模樣，和我認識的一個人可真像。」

阿南自然知道她說的是誰，便逗她問：「什麼人啊？」

「是個挺好的姑娘，你別打她主意，她可不是我們教坊司的，保準讓你吃不了兜著走。」綺霞白了他一眼。

阿南笑道：「我哪有空打主意，現在就夠煩惱了。」何況哪有人打自己主意的。

「你整天沒點正事，還會有煩惱？」

「別提了，我得罪了一個人，現在努力巴結他，可熱臉總是貼人家冷屁股上。瞧他那對我愛答不理的模樣，真是好沒意思。」阿南抬手攬住她的手臂：「妳教教我，該怎麼辦才好？」

綺霞啞然失笑：「我不知道對方是什麼樣的人，也不知道你怎麼得罪他的，哪知道你該怎麼辦呀？」

「那個人……」阿南想著他在激戰之中指揮若定的模樣，又想著他給自己當家奴時忍辱負重的樣子，不由得笑了出來。

他啊，人前大老虎，人後小貓咪……

但終究，她只是說：「那人吧，像隻貓……妳也知道貓是最難哄的。」

「這有什麼，是貓咪你就上小魚乾麼。」綺霞道：「你想想他有什麼需要的、你有什麼拿手的。要是他需要的正是你拿手的，那就再好不過了，有什麼哄不好的？」

「唉，他需要的可沒那麼簡單……」她縮在圈椅內嘆了一口氣，不知怎麼的，就想起了昨日阿言幫她整理衣物的那一刻。

明明他動作那麼輕緩、明明他們以前有過更親密的接觸，可他的手虛按在她背後的那一刻，她人生第一次覺得，有隻貓咪在輕撓自己的心。

一貫厚臉皮的她，如今想想還有些後悔，不應該鑽到石縫裡查看池魚的，以至於她要向他發出那麼尷尬的求助——

現在的阿言，一定在心裡暗自嘲笑她吧！

阿言並沒有嘲笑她。

他沉墜在一個虛幻怪異的夢裡。

黑暗之中，一雙晶亮的深琥珀色瞳仁打開，呈現在他的面前。是一隻懶洋洋的黑貓，踱著緩慢輕盈的步伐，招展著那驕傲的尾巴，高高躍起，撲向了他的懷中。

朱聿恆不得不伸出手，將牠托在掌中。

那觸感又輕又軟。輕得就像阿南在他的托舉下躍向空中的身姿，軟得就像她在機關中緊貼著他時那溫軟的觸感。

不知不覺，他就抱緊了這隻黑貓，而那隻貓也變成了剛從水中鑽出來的、溼漉漉的阿南。

她朝他微微而笑，而他也順理成章地抬手輕撫她的髮絲，就像在逗弄一隻難以控制、卻又格外迷人的貓兒。

耳畔又傳來卓晏不知在何時說過的話——

「阿南姑娘看著像我娘養的那些貓，忍不住想順一順她的毛……」

於是，他順理成章地低下頭，用脣輕輕貼向她的面頰。

梔子花的香氣淹沒了他的神志，在大片的黑暗中，他猛然下墜。失重感讓他身體一顫，睜開了自己的眼睛。

眼前是黑暗的深殿，懸掛在簷下的燈暗暗透過門窗與紗帳透進來，香爐內的沉檀暗息飄散，取代了夢中的梔子花香。

簡直是……不可理喻。

他想要揮開一直在眼前晃動的、甚至在夢中都出現的那條身影，想要將日光下她滴水的身軀趕出自己的腦海，可終究無能為力。

明知道她是前朝餘孽勢力、明知道她會毫不猶豫背棄他、明明上次她以牽絲在他手上剮出的傷痕至今還未消退……

可就算他用繁重的公務趕走了眼前虛影，卻依舊無法阻止她入侵自己的夢境。

長久以來，無論何時總是成竹在胸勝券在握的人，終於感到了無力絕望。他竭力揮開心口鬱積的情愫，不願再沉浸在這難以言喻的思緒之中。

起身走出內殿，外面月朗星稀，明日又是晴好天氣。

「杭之……」他低低喚了一聲。

韋杭之上前聽候他的吩咐，他卻又停頓了許久，才終於下定決心，開口：「讓瀚泓和長史安排一下，明日給我騰一天空出來。」

第二日卯初，阿南拿著官府名刺到桃葉渡一看，果然有拙巧閣船隻在等待她。

她一登船便發現了韋杭之，他今日只穿件普通皂衫，完全沒了往日東宮副指揮使的氣派。

見韋杭之用幽怨的眼神看著她，她眨眨眼，探頭往船艙內一張，果然就看見了那條端嚴身影。

阿南敲了敲門，閃身進屋，抬頭一看朱聿恆的模樣，頓時笑了出來：「阿言，誰給你易的容啊？醜死了！」

和她一樣，朱聿恆脣上也貼了兩撇髫子，眼睛被扯得略微下垂，往日那矜貴氣質頓時一掃而光。

朱聿恆輕咳一聲，道：「杭之認為我與這種江湖人士打交道，還是別用本來面目好。」

「他的手藝夠差的，看起來太假了，來，我幫你調整一下。」阿南不由分說拉他坐下，將他按在椅中。

船隻已經起航，入長江後順流而下，直往大海而去。

在微微顛簸的船艙內，阿南翻出自己包袱中的瓶瓶罐罐，倒了些膠水，又從自己頭上剪了些碎髮，將他的髫子重新貼了一遍。

她的手落在他的肌膚上，帶著些許溫熱，手中碎髮貼在他的面頰上，帶著些微麻癢，就像夢裡他俯頭貼著那隻黑貓的感覺……

她就在他的眼前，不足咫尺，呼吸可聞。

朱聿恆的目光落在她的臉上，而她認真專注地在看著他，手指輕按在他的面容上，有種溫熱而麻癢的觸感……

他緊抿下唇移開了眼睛，不願再看這個女反賊。

垂下眼，他低低問：「妳平時的鬍子，也是用頭髮黏的？」

「當然啊，就地取材，最好用了。」阿南用小刷子將鬍子一根根刷好，滿意地左看右看，將鏡子遞到他面前：「行了，這下再怎麼細看也沒破綻了。」

朱聿恆瞄了鏡中的自己一眼，沒說話。

阿南又問：「這次你怎麼也來啊？江湖很危險的。」

朱聿恆心道：別說江湖，聖上還曾飛鴿傳書命他遠離江海，可——

因為她在錢塘灣遇險，所以他不顧一切便帶著人出海去尋她，將聖命拋在了腦後。結果現在出海如家常便飯，怕是回京要受聖上責備。

見他不回答，阿南又問：「既然變裝了，你這回是什麼身分？」

「稱我提督即可。」

好麼，兜兜轉轉又回去了。阿南笑嘻嘻地摸著下巴問：「提督大人大駕光臨，有何貴幹？」

朱聿恆瞄了她一眼，淡淡道：「既然知道拙巧閣與山河社稷圖關係非比尋常，我怎能不親自來探看一下這聞名已久之處？」

「那你記得幫我個忙。」阿南見杆就爬，湊到他耳邊低低說了幾句。

朱聿恆聽著，皺著眉頭一言不發。

「怎麼樣，幫不幫啊？」

「妳如今是朝廷罪犯，我網開一面許妳過來，妳就安安分分詢問官府出具的問題即可，別再多惹麻煩。」

「什麼叫惹麻煩啊，我還不是為了幫你？」阿南不滿地嘟嘴，往船窗上一靠，道：「總之，你就說行不行吧！」

朱聿恆沒回答她，只含糊道：「等見了傅准再說。」

「哎，見不到他的，除非現在是皇太孫殿下親臨，不然他不會浪費任何時間。」

「浪費時間？」朱聿恆微眯起眼睛看她，像是要從她身上看出她與傅准當初的恩怨。

「算了，不提也罷……」阿南嘟囔著垂下眼，目光掃到了他的手：「咦，我給你的岐中易呢？我離開後你就偷懶不肯練了？」

朱聿恆垂眼望著自己的手，抿脣沉默片刻，然後道：「我已經將那支笛子解開了。與妳所想的差不多，裡面確實用金漆寫著東西——妳應該也在綺霞那邊看到拆出來的部分內容了吧？」

「真的？那笛子內的東西，這麼快就被你拆出來了？」阿南震驚了，下意識地抓起朱聿恆的手，又激動又豔羨地打量著，脫口而出：「阿言，我就說吧！你的手加上棋九步的能力，假以時日，你必成傳奇！」

她的手將他握得那麼緊，像是握住了什麼寶物，不肯放手。

朱聿恆望著她眼中的狂熱，不知怎麼的，他對自己的手升起了一種莫名的、令他自己也覺得怪異的嫉妒感。

而更令他憂懼的，是她握著他的手時，令他心旌無法停止的搖曳悸動。

「拉拉扯扯，成何體統。」他冷冷地從她掌中抽回自己的手：「出去。」

阿南「哼」了一聲，鬱悶地收拾自己的東西：「剛用完我就一腳踢開，過河拆橋！」

長江入海口一帶，千萬年來泥沙堆積，形成長長的沙尾，漲潮之時大多隱在水下，退潮之時呈現為大片沙洲。這些大小沙洲造就了大大小小的島嶼，其中最大一座，被太祖賜名為「東海瀛洲」。

拙巧閣便坐落於這江海交會之際，水天一色之處。

此次去拙巧閣，是朝廷要探索渤海，因此過來借調人手，幫助共破水下城池。

早已習慣了船上生活的阿南，一路和船工們說說笑笑，尤其江白漣也在僱傭行列，倒也不寂寞。

見快到飯點，阿南便取出綺霞送的點心分發給大家，也給江白漣遞了一份。

江白漣看著他手中那包點心，遲疑了一下，默默拿出自己箱籠中的一包，和她手裡的一模一樣。

「咦，怎麼和綺霞送我的一樣？」旁邊傳來卓晏的聲音，他在船艙待得有點不適，正吃著果脯，扶著欄杆出來透氣。

看著三人手中一模一樣的點心包，阿南不由得哈哈笑了出來。

江白漣有點惱怒，將點心丟回藤箱，不肯再吃。

卓晏則撇撇嘴，見阿南喜歡吃桃酥，便挑出自己的桃酥跟她換了塊柿餅，只是神情未免有點鬱悶。

前方入海口出現了一抹綠色，是瀛洲快到了。

眾人都各自收拾東西，唯有阿南靠在欄杆上，望著那漸漸呈現輪廓的島嶼，脣角一絲笑意：「好久不見……沒想到吧，我司南又殺回這塊傷心地了。」

阿南猜得沒錯，即使踏上了拙巧閣的地盤，傅准也沒有出現的意思。

與官府相熟的薛澄光正在應天籌備去渤海的事宜，此次閣中負責出面接待的是個顧盼生輝的美人，眉眼與薛澄光長得頗為相似。

「各位貴客光臨敝閣，有失遠迎。」美人落落大方，目光在眾人身上轉過，唯獨只在朱聿恆的手上多停了片刻，朝他嫣然一笑，道：「在下坎水堂主薛瀅光，略備薄酒以表心意，請諸位隨我移步。」

拙巧閣建於瀛洲旁的小島之上，正是江水與海水匯聚之處，移步間隨處可見水景。前頭蘆葦掩映幽深，轉個彎便見遼闊海面廣袤無垠。一座座精巧樓閣建築於水上，以形態各異的橋梁相接，耳邊盡是潺潺水聲，處處都是煙水迷濛，絕似傳說中的仙山海島。

這景象吸引了幾乎所有人的目光，唯有卓晏這個花花公子的注意力全在薛瀅光身上。他緊走幾步跟上她，笑著搭話：「不知薛姑娘與另一位坎水堂主薛澄光兄弟是何關係？」

薛瀅光見他發問，微微一笑，轉頭對眾人解釋：「薛澄光是我兄長，我們同時出生，是雙胞胎兄妹，因此自小一起學藝，長大了也一同執掌坎水堂。」

說罷，前方已到了一條河溝之前。池中水草柔曳，對面沙洲之上卻是孤立的一座樓臺。

薛瀅光示意眾人小心，抬手便朝著對岸拍了兩下手。

樓臺上早已設好了宴席，對面的人聽到擊掌聲，立即推開身旁欄杆。

只聽得耳邊水聲激蕩，對面樓臺的綠竹欄杆隨著水聲緩緩打開。欄杆橫斜，竹條向著這邊延伸而來，欄杆片刻間變成了一座小小的竹橋，凌空自建，架在他們面前，形成了一條通往樓閣的道路。

眾人面露讚嘆之色，在薛瀅光的帶領下踏上小橋。

阿南探頭往橋下一望，不動聲色地抬手撞了撞身旁的朱聿恆。

他隨著她的指引看去，只見隱藏在蔥鬱草叢之中的，依稀是一根與行宮水管頗為相似的竹筒。

「這水被引到樓臺旁又噴出，裡面的機括被推動之後，自然能引動欄杆變換形狀。」周圍都是拙巧閣的人，阿南只壓低聲音簡短解釋了一句，問：「這機括，眼熟吧？」

朱聿恆略點了一下頭，輕聲道：「與行宮的應當出自一人之手。」

順著小竹橋，眾人走到對面樓閣之中。

閣內已設下了果點，薛澄光邀請他們入座，互通了姓名之後問：「前日接到官府書信，說有要事相商，不知敝閣可於何處效勞？」

卓晏瞄瞄朱聿恆，見他沒有開口的意思，只能趕鴨子上架，道：「自然是為渤海之事而來。這是令兄要求調配的下水物事，請薛堂主過目。」

他從袖中取出單子遞上，薛澄光接過掃了一眼，道：「這些物事弄起來頗為麻煩，怕是得一、兩天時間……奇怪，怎麼還有鯨脂？他要這東西做什麼？」

卓晏哪知道這是幹什麼用的，正在遲疑間，朱聿恆開口：「這是官府為另外一事所求。近日應天擬為貴人營建陵墓，墓中要放置一對長明燈，燈油自然最好用鯨鯢脂膏。聽聞貴閣曾下海捕鯨，所獲頗豐，不知是否還有鯨脂積存？」

薛澄光搖頭道：「我們上次捕鯨也是一、兩年前的事了，如今已再沒有了。」

「若是我們邀貴閣相助，同出東海捕鯨，是否可行？」卓晏上次是直接聽到江白漣說起捕鯨之事的，趕緊接過話頭：「姑娘是坎水堂主，想必江海縱橫，來去自如，獵捕幾條鯨鯢肯定不在話下！」

「不必捧我，此事我可沒把握。」薛澄光拂拂鬢邊髮絲，朝他一笑：「朝廷若真有這個意思，那我便代為詢問閣主，看他是否有空為朝廷效勞吧。」

朱聿恆看見阿南朝自己眨了一下眼。他自然知道她的意思是「只有傅准會那種手法，苗永望的死跟他脫不了關係」。

薛澄光再不提此事，幾個年輕弟子上來殷勤勸酒，盛情款款頻頻舉杯，水閣內一派熱鬧情景。

四周煙水環繞，水聲淙淙，席上酒香襲人，賓主盡歡，「董浪」很快就醉了，灑了一身的酒，癱在椅中爛醉如泥。

眾人看著她的模樣一臉無奈，向薛澄光告罪，借了間屋子，朱聿恆親自將阿南扶到了屋內去。

等房門一關，阿南一骨碌爬起來，將外面衣服一脫，塞進被子裡裝出鼓鼓囊囊似有人睡在裡面的模樣，對朱聿恆道：「這裡就交給你啦，要是有人進來就幫我遮掩一下。」

朱聿恆見她裡面穿的衣服與拙巧閣的弟子差不多，知道她來之前早已準備好，便問：「妳設計潛入閣內，要去找什麼？」

「幾個數字而已。」阿南朝他一笑，將自己的頭髮重新紮好，綁上拙巧閣式樣的髮帶：「你從笛子中拆解出來的那串減字譜，要是不拿到排列資料，如何能組成一幅正確的山河地圖？」

朱聿恆默然抿脣，而她已俐落起身，緊了緊自己的衣袖，朝他一揮手：「稍等一下，快的話我半個時辰便回來了。」

「別太莽撞了。」他忍不住出聲道：「妳之前曾失陷此處，這次又何必隻身冒險？拙巧閣與朝廷交往不少，或許以朝廷的力量施壓，他們會願意交出那串數字？」

阿南朝他一挑眉：「朝廷出面索要，到時候有心人稍微推斷一下，不就知道你身中山河社稷圖了？朝堂上下針對此事會起多少波瀾，你自己心裡沒數？」

朱聿恆自然知道，要是朝廷出面了，那麼就算做得再隱蔽，世上也沒有不透風的牆，更何況，他的叔父邯王還虎視眈眈待在應天要持東宮長短，絕不可能輕易放過此事。

見他一時無言，阿南也並不等待他的回答，只朝他一揚脣角，用口型說了「等我回來」四個字，右手輕揮，流光勾住窗外樹枝，她藉著反彈的力量轉眼躍出了院牆，消失在外面青蔥的蘆葦蕩中。

蘆葦茂盛無比，高過人頭，如同一層青紗帳遮住了面前的世界。

在根本沒有路徑的地方，阿南卻憑著自己以前摸熟的方向，東一拐西一轉，很快便踏上了一條通暢的「道路」——正是那些輸水的巨大竹筒。

拙巧閣雖然在江海匯聚之中，但周圍海水交會，是既無法飲用、又無法灌溉的鹹水。所以這氤氳仙島上其實有兩種水，一種是包圍著沙洲的海水，一種是縱橫交錯的溝渠中流淌的泉水，來自於島上日夜奔湧的玉醴泉。

千山拜崑崙，萬水歸滄海。沿著竹筒逆溯，便是島的最中心，煙雲最盛之處。

前方蘆葦蕩逐漸稀疏，阿南衝出這綠色的屏障，躍上了一條柳蔭道。

她小心地避開偶爾出現在道上的幾個弟子，免得他們對生人起疑。等走到柳蔭盡頭，她拐了個彎，大片鮮豔奪目的顏色頓時湧入她的視野之中。

夏末秋初，面前是曲折的花徑。所有花朵抓住最後的時機，過分燦爛如同豁命地盛開。

在霞彩錦緞般的群花之中，萬千潺潺流水從正中心的樓闕高臺下噴湧而出，流瀉於下方池苑。

阿南透過萬道絢爛的水紋霓虹，盯著最高處的律風樓看了一眼。

那裡依舊門窗緊閉，一如往日般無聲無息。

可她不知為何，後背不自覺便沁出了一絲冷汗，彷彿在暗夜之中跋涉的旅人，明明周圍無聲無息，亦能察覺到逼近的危險。

她深吸一口氣，對自己說，阿南，不要害怕。妳是縱橫天下難逢敵手的阿南，就算從三千階跌落，就算面對妳此生最大的敵人，妳也未嘗沒有一戰之力。

她一定要拿到拙巧閣中的那串數字——她得讓阿言解出那支笛子的祕密，揪出殺害苗永望的真凶，洗清自己的冤屈。

她也希望能從拙巧閣這邊下手，查到關於山河社稷圖的祕密，幫助阿言逃脫這迫在眉睫的死亡。

還有，公子一定能藉助這串數字與阿言的那張地圖，以他的五行決推斷出山河社稷圖具體的分布。到時候，這或許能成為公子與兄弟們的護身符。

她定了定神，將所有雜念拋諸腦後，順著花徑與流泉，向著正中間欺近。

拙巧閣所有屋宇都建築於沙洲之上，下方打下眾多長達一、兩丈的巨大木樁。處理過的木頭「乾千年、溼千年」，在海上撐起了這些華美的建築，歷經數十年風雨，依舊如絢爛仙宮。

因為是縱橫沙洲，外人不熟悉路徑必定迷路，再加上閣內機關重重，因此防守戒備並不森嚴。

阿南欺近了高閣，仰頭看向上面懸掛的「東風入律」牌匾。

周圍水聲清淙，花香四散，一片安靜。

她努力回憶著當初傅准與自己探討拙巧閣布局時，曾經說過的話——

「艮其背，不獲其身。行其庭，不見其人。」

艮居東北，背山之勢，正是最宜藏納之處。

她的目光落在律風樓東北側，那裡是一座不起眼的廂房，門上掛了一把很普通的鎖。

她正在看著，忽聽得後邊傳來腳步聲，便立即抬頭觀察了一下周圍，確定柱子與牆壁剛好是個死角，便立即射出流光勾住簷角，一個折身躍了上去，將身軀藏匿在了角落之中。

只聽得足聲漸近，兩個閣中弟子拿著掃帚過來，掃走庭院中的落花與枯葉。

阿南見他們動作緩慢，心下有點著急。而年輕的那人心不在焉，一邊掃一邊扯著鹹淡：「你說，咱們從來不打掃屋內，裡面要是落滿灰塵怎麼辦？」

「閣主都說了，這屋子天底下能進去的只有他一人，其他人進內非死即傷。你冒這個險幹麼，少點事情不好嗎？」

「這倒也是……但讓閣主親自打掃，總覺得……」

兩人聲音漸遠，轉到後方打掃去了。

阿南輕吁了一口氣，確定四周沒人了，縱身落在門邊，抬起手指，用指甲在鎖上輕扣了幾下。

這鎖的內在和外面一樣普通，都是她拿根牙籤就能捅開的貨色。

她彈出臂環上的小鉤子，將那個門鎖打開，閃身到一旁，將門悄悄掀開一條縫。

裡面無聲無息，並無任何動靜。

阿南朝裡面一探，整齊鋪設的青磚地上，列著幾排多寶格，隔開內外室。內室隱隱綽綽似有幾個更大的櫃子，但裡面垂著帳幔，又被外面的架子遮住，看不分明。

但阿南心知絕沒有那麼簡單，想著那兩個弟子說的「天底下能進去的只有他一人」，她眉頭微皺，略一思忖，便蹲在門檻外，抬手指將門內的幾塊青磚都叩擊了一遍，傾聽敲擊的聲音。

青磚的下面，果然並不是實心的土地，甚至回聲很不均衡，敲擊聲在虛空中微漾。

「可惜，要是阿言在的話，肯定一下子就能聽出青磚下面的大致結構。」

而她對聲音的分析沒有他敏銳，但對傅准及其機關手法的瞭解，卻比任何人都深透——為了方便自己一個人進出，傅准很有可能在地下埋伏了一個天秤構造。

換言之，機關會隨時衡量踏入者的體重，若與傅准的區別超過一定範圍，那麼機關便會隨時發動，將擅入者格殺。

「但也不對啊……」

就算傅准的體重確實輕得異於其他男人，但拙巧閣女弟子中也不乏身輕如燕的，若有個體重與他差不多的女子進內，豈不是白費心思了？

除非，還有另一個特定的，姑娘做不到的地方……

她看向那些低垂的帳幔，猜測著或許應該是身高。畢竟，就算有姑娘與傅准差不多重量，但正好與他一般高的卻是少之又少。

原本這確實是個省時省力的機關，對於經常需要出入此處的傅准來說，不必每次都開啟關閉，確實方便易行。可惜，只要猜透了他的心思，掌握了閣中機關的訣竅，她破解起來就易如反掌。

扳下橫梁上的兩塊雕花，將它們綁在鞋底墊高，阿南又撿了幾塊石頭掂量著重量，參照自己對傅准的印象，估計著自己現在和傅准的高矮輕重差不多了。

——畢竟一個人早晚的重量都會略有差池呢，藏在青磚下的機關又如何能太過精確？

將幾塊石頭揣進懷中增加體重，她推開門，踏了進去。

站定在青磚地上，她頓了一頓，確定腳下機關沒有發動後，才按照記憶中傅准那輕飄的步伐，一步步向著多寶格走近。

那上面陳設的都是些瓷器古玩，看起來價值不菲，但絕非她想要找的東西。

阿南越過帳幔，走向了後堂。

頭頂的帳幔剛好堪堪從她的髮上拂過，輕微的「喀」一聲，帳幔移動了半寸便飄回，傳來了令她安心的卡回槽中的聲音。

她輕舒了一口氣，走到後堂的櫃子前，打量它的櫃門，思忖著如何下手。

避開正面，她準備以流光勾住櫃門，將它扯開。

但就在一側身之際，她看見了懸掛在帳幔之後的一幅素絹卷軸。

宮闕殿閣之中，一個女子左手支在石桌上，右手持著一管金色竹笛，神情散漫，若有所思。

那女子容貌極為豔麗，依稀與傅准有幾分神似，眉心如同花鈿的火焰刺青更讓阿南確定了，這就是創建拙巧閣的傅靈焰年輕時的畫像。

而她手持的金色笛子，大概就是楚元知當年奉命去葛家奪取、最終被阿言解開的那一管了。

阿南自小仰慕傅靈焰，此時不由斂息靜氣，雙手合十向她默默低了一低頭。

就在垂眼之際，她看見了畫像上落的款：龍鳳二年七月初六御筆以賀芳辰。

原來這是龍鳳皇帝親手畫的。

心念及此，她腦中忽有什麼東西閃過，正在她努力想抓住這縷念頭之際，忽聽得身後有清冷而飄渺的聲音傳來：「既然潛入閣中行宵小之事，又何來面目對我首任閣主行禮？」

阿南這一驚非同小可，轉身脫口而出：「傅准？」

第十二章　九玄靈焰

身後空無一人，被她掩上的屋門紋絲未動。

就算是傅准，他也絕不可能無聲無息從門縫裡進來吧？

頭頂似有風掠過，阿南警覺地抬頭，原來是高懸的帳幔無風自動，緩緩飄拂。

那飄飛的帳幔後，出現的是中空的銅管，聯想到剛剛傅准那略顯飄渺的聲音，阿南頓時省悟，這只是他在其他屋子的傳聲，其實他並未靠近這屋子，僅是提前喝止而已。

心念急轉間，她看向屋子四角懸著的弧形銅鏡，這鏡子她當年也有一組，在阿言剛剛來到她的身邊時，她還曾經利用多重折光反射，用它監視過外間的一舉一動。

所以，傅准現在還在別處，在鏡子一再反射之後，他應該也不可能憑藉那模糊的身影辨認出偽裝後的自己。

心念至此，她立即要拔身而起，趁著這個空檔逃離。可還未來得及動作，只聽得輕微的「喀喀」聲連響，是門窗封閉的聲音，隨即她腳下一震，所有的青磚頓時翻覆。

阿南立即縱身向上躍起，在失重前一刻抓住上方帳幔，折身翻上了屋梁。

但對方顯然早已知曉她會如此反應：「嚓嚓」聲響中，帳幔忽然全部碎裂。是上方的機關啟動了，四面利刃旋轉，阻斷了上方所有容身之處。

阿南臂環疾揮間卡住橫梁，雙腳蹬在柱身上，斜斜穩住了身軀。

見她居然在半空中險之又險地懸住了身軀，避開了上下兩處危境，銅管中傳來了傅准低低的「咦」一聲。

但隨即，橫梁上旋轉的利刃便向著她所在之處聚集過來，雙面相對的尖利薄刃因為在空中飛旋，變成一團團雪亮的殘影，如電光飛逝，在她的身畔呼嘯閃過，一旦觸到便是血肉模糊。

阿南閃身急避，利用流光順著柱子轉了一圈，耳聽得滋滋聲不絕於耳，柱子被擦過的利刃絞得木屑橫飛。

她將背抵在柱子上，避開那些利刃的同時，急切尋找可供她脫離的死角。

未等她瞥到蛛絲馬跡，只聽得耳邊咻咻聲不絕，那些旋轉的利刃就如長了眼睛似的，繞過柱子直衝她而來。

阿南抬眼看向四角的銅鏡，明白自己無論如何躲避，都處於傅准的監視當中。

她當機立斷，右腕揮動，向著離自己最近的角落撲去。

只聽得錚一聲輕響，流光纏上了銅鏡的邊緣，阿南用力一扯，雖未將後面的機括扯斷，但銅鏡已歪斜偏向了角落，屋內終於出現了一個可以容她避開傅准視角的死角。

阿南向那死角飛撲而去，但傅准立即根據其他三面銅鏡，算出這屋內唯一可供落腳之處，只聽得嗡嗡之聲不絕於耳，屋梁上懸浮的利刃上下斜飛，如同萬千飛蛾，迅疾猛撲向了她藏身之處。

阿南最不懼怕的就是有牽引的殺器，臂環揚起，精鋼絲網激射而出，將迎面撲來的利刃盡收其中，一拉一扯，所有利刃便失控地相互絞纏撞擊在一起。在發出刺耳的金屬刮擦聲之際，上面懸著的鐵線也徹底絞死，再也無法掌控。

阿南愉快地一抖手臂，撤了自己的鋼絲網，將它匆匆收回臂環之中，飛身躍向屋內另一處的銅鏡。

並未看到死角處發生了什麼的傅准，無法掌控利刃後正沉吟之際，忽見她的身影出現在西北角的銅鏡之中。

還未等他反應，銅鏡已被她一腳踹偏，他面前的鏡中再度失去了她的蹤影。

阿南向著另一角掠去，正要如法炮製，將第三個銅鏡也毀掉之時，耳邊忽聽得厲聲尖嘯，風聲陡起。

她倉促回頭看去，只見原本交纏在一處的利刃忽然齊齊斷開，所有失控的雪亮白光如同密集的雨點，順著先前晃蕩的角度向四面八方疾射，籠罩了整座屋內。

此時此刻，唯一可以躲避的地方，只剩下青磚地面。

阿南如一只斷線的風箏，直撲於地。落腳處的青磚果然如她所料，一觸即偏，下方機關啟動，無處借力的她眼看就要被捲入軋軋作響的機括之中，碾壓得粉身碎骨。

即使明知自己此時處於銅鏡的監視範圍之內，阿南亦不得不揮出流光，強行制止自己下落的身形。

她臂環中的流光細如針尖，劃過因為緊閉而昏暗的室內，原本絕不可能被輾轉反射了多次的銅鏡映出的細微光線，卻讓傅准那邊的聲響停頓了片刻。

但生死關頭，阿南也顧不得許多了。她足尖在下陷的青磚上一點，飛掠向對面的窗戶，一腳狠踹，希望將窗櫺踢開。

然而令她失望了，傅准察覺此間出事之後，機關啟動，所有的門窗都已經被鐵通條橫貫鎖死。

她這一腳並未踹開窗戶，卻只聽到「啪」的一聲，她重重踢在了鐵窗上。幸好她腳下綁著用以增加身高的木塊，緩衝了這鐵窗的硬度，腳趾並未受損。

木塊飛散的同時，也踢碎了窗戶上鑲嵌的明瓦，磨得薄脆透明的珠貝隨著清脆的碎裂聲四下迸散。

阿南腳底隱隱作痛，她一個翻身再度落地，足尖在下方虛虛的青磚地上一點，藉助臂環再度彈向空中，落於橫梁之上。

銅管彼端傳來低低的一聲「是妳！」

隨即，便是霍然而起的聲響，那邊再也沒有了動靜。

阿南心裡暗暗叫苦，傅准定然已經察覺到是她了。

沒想到她好不容易逃出拙巧閣，這回再度潛入，居然又被他困住，眼看要落入魔掌。

她考慮了一下從律風樓最高處下到這裡的時間，就算上方機關重重，傅准要繞一周才能下來，但她的後背還是冒出了一層薄汗——留給她逃跑的時間，不到半刻了。

她下意識地在屋內環視一圈，想要尋找出路。可還沒等她想好這鐵門鐵窗如何突破之際，梁上那些飛轉的利刃全部落地之後，被割碎的帳幔忽然無風自動，打橫飛起。

阿南反應何等機警，她迅疾反身，倒垂下梁，抬眼一看，上面一層黑霧已沉了下來。

無論這是什麼，她都斷不敢讓它們近身。可下方青磚地上又盡是機關，她一旦落地，便會被絞入萬分凶險的機關之中。

難道她只能維持這懸在半空的姿勢，等待傅准過來將她一舉成擒嗎？

正在她掃視周圍，心念急轉之際，忽聽得「喀喀」幾聲響，昏暗的屋內陡然亮了起來。

被她踢出了一個小洞的窗戶，已經被人一把扯開，只剩下裡面的鐵柵欄。光線從窗外射進來，照亮昏暗的室內。她看見朱聿恆逆光的面容，在明亮光線與燦爛繁花之前，他俊美的輪廓一時失真，唯有那雙星子般的眼睛，直刺入她的心懷。

他丟開手中拆下的窗扇，看著她這吊在半空的狼狽模樣，皺起眉頭：「快點，過來。」

「過不去，倒是傅准馬上要來了。」阿南苦笑一聲指指上方，又問：「你幹麼跟著我？」

朱聿恆沒回答。他抬眼看了一下上方律風閣，估算一下時間，躍上了窗臺。雙手抓住上方的簷角，他挺腰抬腳狠狠踹向鐵窗。可惜鐵窗十分堅韌，雖被他一腳踹得變形內凹，卻並未有破開的希望。

「這樣不行，我們得頂開固定鐵窗的插銷。」阿南說著，抬手一指窗框與牆壁的相接處。

朱聿恆的手與目光一起順著牆壁向下滑去，準確地找到了安裝時嵌入牆壁的鐵條。

他拆下窗上雕花，順著鐵條相接的痕跡將砌磚的灰漿用力撬掉，露出裡面的接面，想要將嵌入的插銷給起出來。

可這鐵窗年深日久，插銷早已鏽死在其中，而且插銷與鐵套是齊平的，外面絕無任何可供他將其頂出的借力點。

見他無處著手，阿南便道：「我臂環中有彈簧。」

朱聿恆立即便明白了她的意思，但她如今正仗著臂環垂在空中，根本無法將它丟過來給他。

略一沉吟，朱聿恆的目光掃過地上虛浮的青磚，道：「落地，我幫妳走。」

阿南看了看腳下，吸了口冷氣：「阿言你知道這是什麼嗎？這機關藏在磚下，在各關鍵點利用鯨鬚的彈性實現萬向旋轉變動，靈活無比，詭異莫辨……」

朱聿恆聲音很低，卻十分確定：「有聲音有動靜，我就能分辨。」

他既然如此肯定，阿南便再不多說，毫不猶豫收了流光，向著青磚地落下。乍一接觸到磚地，腳下立即晃動下墜。

阿南提起最後一口氣倉促躍起，右手一把抓住多寶格，避免被捲進這翻覆的機關之中。

她懸掛在晃動的架子上，卻還是竭力抬起左手，一按右手卡扣使臂環鬆脫，然後立即向著窗口的朱聿恆拋去。

隨著她手臂用力，那原本就岌岌可危的多寶格終於傾倒了下來。

阿南雙腳在倒下的架子上一蹬，險險地撲到了旁邊另一個多寶格上。

耳聽得喀嚓之聲尖利響起，後面那個多寶格已四分五裂，破碎的木頭被扯入了地下機關，絞得粉碎。

晃動的青磚翻轉，又恢復成虛懸的模樣，似在等待著下一個落入虎口的獵物。

「阿言，快點啊……」阿南踩在岌岌可危的多寶格上，看向朱聿恆：「下方瑪瑙條滑到第二朵蘭花，下按，就可以打開了！」

他握住她擲來的臂環，按照她說的將瑪瑙條按住一滑一按，圓弧形的臂環果然「叮」一聲彈開，露出了裡面密密匝匝又排列緊湊的零件——與那只絹緞蜻蜓一樣，全都是細小精巧得不可思議的精鋼機括。

他沒時間細看，起出上面的棘輪，拆下壓在後方的一條精鋼彈簧，然後將彈簧按在了鐵插銷的下方，深吸一口氣用力拉長後，放手讓它重重上擊。

只聽得「錚」一聲銳響，彈簧反彈的勢能何其巨大，鏽死的鐵條立即被震得跳出了一截，露在了外面。

朱聿恆立即抓住外露的鐵條，竭力將它拔出，然後如法炮製，將上方另一根鐵條起出。

就在朱聿恆抬腳蹬開鐵窗之際，阿南這邊已險象環生。

她失去了臂環，無法再自如尋找落腳點，而如今攀附的多寶格又在震動的機關之中漸漸傾倒，眼看就要被絞進地下機關之中。

就在朱聿恆終於踹開窗戶之際，阿南腳下的多寶格也正在古怪的尖利聲響中，陷進了下方。

「跳！」她聽到朱聿恆的聲音在耳邊響起，下意識的，大腦還未確定往哪兒落腳，身體已經從坍塌的架子上躍起，落在了斜前方——

腳下果然是空的。

眼看青磚翻轉，她沒了臂環又無從借力，只能眼睜睜落入這肆意絞殺的機關之中。

她腦中急閃念，阿言你騙人，我這回可死定了！

然而預想中被拖進機關徹底絞碎的一幕並未出現，那原本虛空的腳下，忽然有一道力量升起，托住了她的身軀。

阿南險險站住，抬眼一看，朱聿恆已經落在了她對面的一處磚地上，示意她先不要動。

阿南頓時呆了一呆，脫口而出：「阿言，你瘋了！」

這地板下的機關採用的是天秤法，所以有下陷的地方，必定有機關上升之處。

而他竭力打開窗戶，竟然是用自己的身體作為砝碼，替她托起生路，讓她逃出這萬死險境。

「快走吧。」朱聿恆卻只隔著微微起伏的機關看著她，抬手指向窗戶：「等傅准來了，我說自己好奇誤入便是。這天下，還無人敢動我。」

「就算傅准不敢動你，可萬一你失足呢？」阿南盯著他虛晃的腳下，急道：「這機關可不管你是什麼身分！」

「不至於應付不過這麼點時間。再說，傅准不是就要來了嗎？」他穩住心神，沉聲道：「我會讓妳出去的。」

阿南抬眼向窗外看去，透過皎淨明瓦，外面花徑顏色豔麗，正在微微起伏。她彷彿看到花海之中，那條令她膽顫心驚了無數個夜晚的身影，正要降臨。

咬一咬牙，她回頭向著窗口奔去，看也不看腳下青磚一眼。

第一步邁出，腳下微沉了數寸，但就在她要失去平衡之時，青磚下的機括立即上升，將她再度托住——

是阿言聽聲辨位，瞬間搜尋到天秤另一端對應的磚塊，在她落腳的一刻飛身踩踏住彼端，替她鋪好了前進道路。

第二步、第三步……阿南卻並未直線前進，而是在窗下繞了一個曲線。

她每踏出一步，朱聿恆便忠實地替她壓下均衡天秤的對應青磚。他緊盯著她的身影，生怕遺漏她哪怕最細小的一個動作，即使不明白她為什麼不直接逃離。

「阿南！」在她再一次斜斜地偏過窗臺之時，他終於出聲，提醒她：「別浪費時間了，快走！」

阿南終於回頭，看到他已踩踏至傅靈焰的畫像下，才終於朝他揚了一下手，然後轉身直撲向窗臺。

傅准的身影，已經映在了門上。

疾風突起，花影不安搖曳，映在明瓦上的身影頎長而清瘦，正在門前緩緩抬手。

而阿南重重地一腳蹬在青磚地上，地下傳來堅實的踩踏感，她知道阿言已經替自己扛住了最後的力量。

她躍上窗臺，頭也不回地向前急奔，跳入了後方的玉醴泉中。

失去了她在那邊的壓力，朱聿恆的身體亦急速下墜。但他反應極快，一把抓住了面前傅靈焰的畫卷，雙腿分開撐在牆壁與香案之上，勉強穩住了身形。

他聽到門外傳來傅准的聲音，低冷清透，如冰塊在水中的撞擊：「阿南，是妳回來了嗎？」

朱聿恆在空中勉強穩住自己的身軀，盯著門後那條影影綽綽的身影，沉住呼吸，一言不發。

見裡面沒有任何聲響，他在外面愉快地笑了，說：「這些日子，我還真有點……想妳呢！」

伴隨著這久別重逢的溫柔問候，是他俐落地按下門外暗藏的機關。猩紅的毒霧與縱橫的利刃，如奪目的煙花，瞬間在屋內盛綻——

利刃襲擊向四面八方屋內每一處，唯一堪堪容身的死角，是朱聿恆緊貼著的、傅靈焰的畫像。

也是阿南替他尋找的、傅准必定會讓凶器避開的東西。

但他設置的利刃會避開這一點，毒霧卻不會。蓬亂開放的毒霧大朵大朵地肆意綻放，很快便瀰漫成了綺麗的雲霧，淹沒了整個室內。

朱聿恆下意識捂住口鼻，但也因為這個動作而身子一晃，腳下的香案一腳滑進了地磚縫，整張案桌頓時傾倒。

四面八方旋轉的利刃與毒霧，彷彿隨著他的動作，向著他瘋狂奔湧而來，如巨大可怖的惡魔，轉瞬便要吞噬了他——

但，比這些致命的可怕力量更快來臨的，是巨大的奔流轟鳴聲。

奔湧的雪浪自那扇敞開的窗戶直沖而入，狂暴激湍地將室內所有一切席捲包裹。

眼看要落在朱聿恆身上的利刃與毒霧，轉瞬間被裹挾住，打橫在屋內激蕩著，向著前面的牆壁和門窗急撲而出。

所有門窗被這巨大的力量沖得齊齊碎裂，封鎖門窗的鐵柵欄雖然還倖存，但也被沖得扭曲歪斜。

站在門外的傅准尚不知道裡面發生了什麼，便已被從屋內沖出的激浪淹沒，瞬間消失了蹤跡。

迴盪的水浪在屋內拍擊，朱聿恆腳下的香案自然也難以倖免，連同地面那些虛浮的青磚一起被沖走，碎裂堆積在了牆角。

幸好懸掛傅靈焰畫像的鉤子十分牢固，朱聿恆抓著鉤子一個翻身附在牆上，見水流還不停向內沖擊，便抬頭看向水流沖進來的方向。

窗外玉醴泉的岸沿上，阿南將手中沉重的銅扳手一丟，踩著那些巨大的管筒站在奔瀉的水浪之上。

她掃了這被她毀得徹底的樓閣一眼，揚臉朝著他一笑：「阿言，我們走！」

被水沖擊後的機關已經喪失了大部分靈敏度，青磚被捲走後，下面的機括運轉顯露無遺。

朱聿恆踩著水中虛浮的托座，在晃蕩之中奔向阿南，緊握住她伸過來的手，翻出窗臺。

外面的玉醴泉依舊奔流，但下方引水的管筒早已被阿南給拆了。她扳倒支架，利用泉中引水的彎曲管筒倒吸起所有泉水，一瞬間疾沖進屋內，將裡面的一切徹底摧毀。

看著面前這一片狼藉，朱聿恆眼前忽然閃現出行宮那突然暴漲的瀑布，這一刻就如那日情景重現。

他不由看向阿南，阿南朝他點了一下頭，倉促拉起他的手往前飛奔：「快跑，等他爬起來就完了！」

他們毫不憐惜地踩踏過蓬勃燦爛的花徑，穿過密林，順著輸水的巨大管筒沖入蘆葦蕩，向前直奔。

蘆葦茂盛無比，高過人頭，他們一隻手緊握著對方，另一隻手肘擋在臉前奔跑，免得葦葉割傷他們的面容。

將逼近的危機拋在身後，朱聿恆緊握著阿南的手，任由她在綠色的葦海中帶著自己衝向前方。

即使不知道她選擇的路對還是不對，可他還是執著地與她相牽相伴，不能也不願放開她的手。

因為他不知道放開她後，自己會迷失在哪條路上。

因為他真的很想看看，她會將自己帶到哪個絢爛的方向。

阿南對拙巧閣很熟悉，方向感又極強，當然不會帶錯路。

衝出蘆葦蕩，他們已經在沙洲之上，前方便是碼頭。

阿南脫下拙巧閣弟子的衣服，丟在蘆葦叢中。兩人盡量恢復平常，然後踏著臺階上了碼頭。

他們的船停靠在碼頭，隱約聽到有人大聲問：「那個董浪的酒還沒醒嗎？咱什麼時候回去啊？」

「這就回去！」阿南快步走過去跳上船，招呼他們立即走：「卓少爺來了嗎？人齊了就出發！」

律風閣那邊事起倉促，周圍的弟子都尚未知道那邊出事，見他們要走，還紛紛揮手送別。

焦急忐忑的韋杭之一眼看見安然無恙歸來的朱聿恆，略鬆了一口氣，趕緊迎上去。還沒等他開口慰問，便聽到殿下低聲急促道：「全速，快走！」

韋杭之雖有詫異，但立即便奔到船工們身邊，示意立即出發。

江白漣一聲呼哨，船工們扯開風帆，將它高高揚起。

船老大打滿舵，駛出碼頭港灣。水手們齊力划槳，船身如箭，向東疾駛而去。

直到離開了這片繁花沙洲，阿南才感覺到這一路奪命狂奔的疲憊。她靠在船艙上，看著後方律風閣上高高升起的響箭，以及煙柳道上率人急奔而來的薛瀅光，脣角揚起一絲笑意。

碼頭的弟子們看到訊息，個個都是大吃一驚，立即上船企圖追趕前方船隻。可前方的船早已駛出好一段距離，何況這是龍江船廠所製最為快捷的船隻，哪是碼頭這些弟子們的小船可比，別說追趕了，未到半刻，便被遠遠甩掉，連蹤影也看不見了。

「想追上姑奶奶，下輩子吧！」阿南心花怒放，朝著後方扮了個鬼臉，開開心心地到船艙坐下。

一番折騰，她現在又餓又累，蜷在椅中先塞了兩個點心，然後靠在椅背上，沉沉打了個盹。

朱聿恆進來時，見她趴在椅背上瞌睡的姿勢，脣角不由得揚了一揚——這姿勢，可真像那隻孤山行宮的小黑貓。

若是天氣晴好的午後，牠吃完他給的金鉤後，往往也會這樣蜷縮在他的身側，安安靜靜打一個盹。

以至於，他的手不自覺地向她伸出，想去摸一摸她的髮絲，看看是不是和夢中一般柔軟。

但就在即將觸碰到她髮絲的時候，他又下意識收緊了自己的手指。最終，他緊抿雙脣偏開了頭，只從懷中掏出被自己拆解的臂環和彈簧棘輪，輕輕放在了她面前的桌上。

雖然動作很輕，但阿南立即便睜開了眼，清炯的目光盯在他身上，聲音有些微啞：「阿言……」

朱聿恆悶聲不響地坐下，將桌上的東西朝她推了推。

阿南睡眼惺忪，懶懶地將它們抓過來，重新裝置好後「喀」一聲戴回自己的腕上，轉了轉手腕，滿意地一笑。

窗外已是落霞滿天，赤紅的火燒雲橫亙於前方江面，長江如一條鮮豔奪目的紅綢，蜿蜒游動於萬里肥沃平原之上。

船向著西面划去，霞光落在阿南眼中。她撐著頭，望著他的目光亮得灼灼如火：「阿言，你膽兒挺肥啊，仗著自己有進步，居然連傳准的機關都敢硬扛？」

朱聿恆斟著茶淡淡道：「他是人，我也是人，怎麼不能扛？」

「咦，莽撞還有理了？剛剛要不是我拚了，你現在怕是已經粉身碎骨了。」阿南順手將他倒的茶拿過來，灌了兩口：「對了，我之前問你還沒回答我呢，幹麼偷偷跟著我啊？」

朱聿恆別開頭去看晚霞：「怕妳給官府惹麻煩。」

阿南才不相信呢，笑嘻嘻地湊近他：「說實話。」

她湊得太近，氣息微噴在朱聿恆臉頰上，讓他不由自主收緊了自己握茶壺的手。

那手指上，似乎還殘留著阿南與他牽手狂奔時的溫熱。

許久，他壓低了聲音，生硬道：「一碼歸一碼。雖然妳觸犯朝廷律條，罪責難逃，但妳畢竟對朝廷有功，而且……更不需要妳為了我而捨生冒死。」

阿南轉著手中茶杯，笑嘻嘻地看著他，沒臉沒皮道：「原來不是擔心我啊，真讓我有點失望呢。」

朱聿恆偏開頭，懶得理她。

「不過阿言，以後可別這麼衝動了，你看你剛剛那樣，一點都不把自己的命放在心上，你什麼身分的人，為什麼要對自己這麼狠？」

他淡淡道：「也沒什麼，反正是將死之人。」

「不許你再說這種喪氣話了，我們現在不是有進展了嗎？」阿南給他一個白眼，然後又歡歡喜喜道：「雖然我被困在裡面了，但那組數字啊，我可能有線索了。」

朱聿恆詫異地看著她，畢竟阿南為了救他將閣內所有一切都摧毀殆盡，那組數字怕也已蕩然無存。

「我說有就有。」阿南頗有點得意地朝他一笑，滑倒在椅中，一股懶洋洋的模樣：「我得躺會兒，剛剛那水管讓我脫力了，當時太拚了。」

朱聿恆回想她操控水流沖垮樓閣的那一刻，將自己當時心頭轉過的疑惑問了出來：「行宮內的瀑布，也是如此操控嗎？」

「沒錯，用的是『渴烏』、或者說『過水龍』手法。」阿南說著，拎過桌上茶壺，將蓋子揭掉後用手掌緊緊捂住壺口，然後將壺身傾倒，那壺中還有大半的茶水，卻半滴都未曾從壺嘴中流出。

她將這個倒傾在空中卻滴水不漏的茶壺在朱聿恆面前晃了晃，朝他眨眨眼：「看，這就是釀成行宮那場大災禍的原因。」

朱聿恆一點就透，略一思忖，道：「杜佑《通典》曾提及渴烏，李賢亦在注《後漢書》時寫過，渴烏為曲筒，以氣引水上也。」

「對，傳靈焰在行宮和拙巧閣用的就是這法子。箍大竹筒相連套接，外面用麻漆密裹無漏，然後將一端入水，在另一端放入乾草點燃。筒內之氣被焚燒殆盡後，即可吸水而上，形成源源不斷的流水，甚至可以藉助此法將水牽引到很高、很遠的地方。」

「所以……氣可提水，亦可抑水，全看如何使用。」朱聿恆點頭贊成：「當時妳潛下行宮水池，發現青苔上的弧形刮痕，自然是有人用與妳相同的手法，調轉管筒形成的。」

「對，刺客就是利用瀑布水勢的兩度暴漲，實現了他無影無蹤的出現與消失。而袁才人就很不幸，出現在了那個高臺之上……」說到這裡，阿南若有所思地托腮，望著朱聿恆，問：「說到袁才人，你會去向……確定此事嗎？」

朱聿恆知道她沒有說出口的人是誰，他沒有回答，抿脣沉默。

窗外的落霞已經被黑暗吞噬，阿南也沒有等待他的回答。她將燈點起，在暈紅的燈光下朝他一笑：「不論如何，我相信你會有最正確的決定。」

朱聿恆沒回答，沉默片刻後，起身從船上密櫃的抽屜中取出一個裝裱好的卷軸，遞到她手中：「這是之前我拆出來的那支笛子，我想，有必要讓妳也看一看。」

「對哦，忘了誇你了，阿言你進步真的很快！」阿南見他居然將這麼重要的東西都交給自己了，頓時心花怒放，心想只要阿言不再擺出那冷冷的表情，這一番出生入死就算沒白費。

接過那張拆解後的竹膜，她目光掃過上面密密麻麻的減字譜，道：「如果我上次猜測的陰陽手法是正確的話，那麼這裡面的所有字可以分成黑白兩種顏色，而一般與之相對應的排列順序，則很可能就是清濁法。」

朱聿恆略一思忖，問：「陰陽初闢，八卦相分，清氣上升，濁氣下沉——所以，可先根據一定資料，將其上下分列？」

「對，而這個資料……」阿南將卷軸擱在膝上，朝他微微一笑：「我已經知道是什麼了。」

朱聿恆回憶著當時閣內的情形，略覺詫異。

她比自己不過多進去那麼一點時間，當時閣內也並未出現什麼異常，如何會有她發現而他未曾察覺的事情？

「因為，我曾在海外與傅靈焰有過一面之緣。」阿南像是看出他的心思，道：「五歲那年，我被送到我師父門下學藝，師父嫌棄我是個女孩子，一個大男人哪能照顧得好小姑娘，所以懶得收我。但送我去的石叔跟他說，萬一這女娃兒將來是第二個傅靈焰呢……」

阿南記得，當時師父瞥了她的手一眼，嗤笑一聲，但最終還是把她留下了。

她那時只是個孩子，並不情願進入這個怪異世界。每日的訓練讓她手上遍布傷痕，過度疲勞使得手筋每晚抽痛，有時候半夜手部突然痙攣，會讓她猛然握著雙手驚醒，卻又無從紓解，只能抱著自己的手一直哭。

因為這雙失控的手，所以師父吩咐她將一具時鐘搬去堂上時，因負擔不住沉重的機身，她不小心將它在桌上磕了一下，結果時鐘卡住，再也無法運轉了。

這具時鐘是師父的得意之作，他潛心鑽研古籍中蘇頌的水運儀象臺數年，然後將所有機括細微為之，用了四千八百個精微至極的零件，花費了五年時間才完成。

只需倒入幾杯水，然後壓緊鐘身，機括便會自動將水流吸到山頂，然後順著山腰蜿蜒流下，帶動山間百獸在林間穿行來去，最後水流匯入池中，再度被吸上山頂，循環不已。而林間谷中，還有一座寺廟，每到一個時辰，廟門打開，一個小和尚會在門內敲擊木魚報時。若到午時，則百獸齊鳴，小和尚會持掃帚出門掃地一圈。

然而被她磕碰之後，裡面精微的機括受損，水流停住了、百獸不走了，小和尚也不敲木魚不掃地了。

師父拆開外殼，看著裡面四千八百個零件，氣得抓起根竹梢狠狠抽她。畢竟，這些零件全都精微無間地結合在一起，如果一個個拆解下來檢查的話，沒有一年半載的時間肯定弄不完。

阿南站在原地，一動不動任他抽打。海上天氣炎熱，她衣服單薄，沒抽幾下便覺脊背火辣辣地疼，她眼淚不由得撲簌簌掉了下來。

卻聽門口有人問：「公輸先生，多年不見，怎麼一來就看見你在打孩子啊？」

年幼的阿南淚眼婆娑，看不清那人的模樣，只記得她一身華服，可頭髮已全白了，海島灼熱的日光映照得她全身通徹，淚眼中看來散著虛幻的光。

師父悻悻丟開了手中的竹枝，道：「我多年心血終於完工，特意修書邀妳過來觀看這座水運寶山時鐘，誰知這混帳居然一個失手把它摔壞了，我打死她都不冤！」

那人笑道：「年紀這麼大了，性子還這麼急。銅鐵製的東西若是一摔就壞，那也是你自己的本事不到家，關人家小娃娃什麼事？」

說著，她走到那具時鐘前，俯頭仔細看了看，隔著外殼用指尖輕輕地從上叩擊至下，側耳聽了一遍，然後將寶山外殼卸掉，用一根小銅棍伸進密密麻麻的機括零件之中，將可以構到的地方輕敲了一遍，閉上眼睛細細聽著。

須臾，她微微一笑，丟開了小銅棍，說道：「轉運水流的一個小棘輪震偏了，卡住旁邊的槓桿，因此連帶得整座寶山停止運轉。你把小廟拆下來就能看見。」

師父將信將疑，忙去拆銅山上的小廟。

而她則抬手輕撫阿南的頭髮，又坐下來拉起她的手翻來覆去地看著，手指輕撫過手背上那些新新舊舊的傷痕，面容沉靜。

阿南站在她的面前，看見握著自己的那雙手，即使年紀已經大了，上面的褶皺已經加深，但那依然是一雙保養得特別好、修飾得乾乾淨淨、一眼便可以看出很有力度的手。

阿南忍不住抬起眼，小心地、偷偷地看了她一眼。

她年紀已經很大了，臉上難免有許多皺紋，但膚色依舊皎潔，一雙眼角帶著風霜的眼眸，也依舊清亮如少女。

她的雙眉間，有一朵如同火焰的刺青，如同花鈿般鮮亮。

而她抬眼看著阿南，微微一笑，握緊了她尚未長成的小手，說：「妳這可不行，我教妳一套手勢，以後妳手痛的時候照著按摩緩解，就不會痛了。」

她纖長有力的手指替阿南按摩著，低聲教她如何保護自己的手。

正在此時，旁邊傳來「叮」的一聲輕響。阿南轉頭一看，只見流水潺潺，山間小獸穿行，那座寶山時鐘重新開始運轉，循環不息。

師父喜孜孜地回來坐下，打發阿南去煮茶。

阿南提著爐子蹲在階下扇火煮茶時，聽到堂上傳來的低語：「你這徒弟很不錯，好好教導，將來你們公輸一脈說不定就由她發揚光大了。」

「這小娃娃？」師父嗤之以鼻：「天賦尚可吧，但整日哭喪著臉不情不願的，看著令人心煩。不願入這行的人，能有什麼出息？」

「我看她將來比你有出息。你說說看，你六、七歲時，能如她一般心智堅忍？」

師父啞口無言，瞥了阿南一眼又悻悻道：「妳要是看上了，送給妳得了。」

「她跟我不契合，棋九步靠的是天賦，後天再怎麼努力，也走不了我這條路。但你們公輸一脈主張勤、潛二字，她倒很合適，以後若有機緣，說不定會走得比我們更遠。」

師父瞥瞥阿南，不屑問：「這小丫頭，能有這樣的命？」

「誰知道呢？這世上任何東西我都有把握計算，可唯有命，我真算不出來。」

師父啞然失笑，道：「這就是妳總將自己的生辰作為鑰眼，來設置機關陣法的原因？」

「有何不可呢？反正天底下知道我四柱八字的，只有至親的人。」她微微一笑，靠在椅背上，望著窗外繁盛樹蔭道：「子孫們若有能耐破了先輩的陣法，難道不是我輩幸事？」

「所以……解開這道陰陽謎題的，很可能就是傅靈焰的四柱八字？」

這陳年舊事聽到此處，朱聿恆恍然大悟，想起了拙巧閣那一張傅靈焰畫像。

「對，我也是在看見傅靈焰畫像時，才忽然想起這麼久遠的事情。」阿南說著，抬頭遙望前方兩岸燈火，道：「有御筆畫像，而且還住在宮中，她應該入過龍鳳朝後宮。而龍鳳帝以青蓮宗起事，宮中常有祭祀，自然有八字忌諱，咱們既然知道了她的出生年月，逆推韓宋朝宮中祭祀檔案，不就一清二楚了？」

應天玄武湖中的黃冊庫，藏著天下所有戶籍，亦有前朝祕密檔案，即使在聖上遷都之時，也不曾變動分毫。

朱聿恆回到應天，第一件事便是調取玄武湖卷宗。雖然裡面不可能記載后妃們的生辰八字，但根據生辰賞賜，他找到了與傅靈焰同日而生的那個妃嬪——

韓凌兒去世之後，渡海消失的姬貴妃。

按檔案來看，姬貴妃有一子一女，若她便是傅靈焰的話，那麼她應該是帶著身中山河社稷圖的長子到海外求生，而女兒大概便是傅准的母親，繼承了拙巧閣與母姓，並招婿誕下了傅准。

確定了傅靈焰身分後，再根據每次宮中祭祀各人出席或者避諱的情況，朱聿恆終於倒推出了那個具體時辰，並拿去與阿南相商。

「辛未年丙申月丙午日，這三個資料是可以確定的，目前推斷出來的時辰是庚午，就先用這個試一試吧。」

阿南落筆勾畫，將上面的字按照自己的設想，在宣紙上落筆：「戊庚壬為陽，己辛癸為陰，陽上陰下分兩列，再以地支分排，單數為奇，雙數為偶……」

她迅速點數著，將竹衣上的減字譜重新排列，飛快在宣紙上記錄，圈圈點點毫不遲疑。

朱聿恆垂眼看著她記錄的手，又不自覺轉頭看向她的側面。

她認真的樣子與平時嬉笑慵懶的模樣迥異，濃密纖長的睫毛微顫，那雙比常人似要亮上三分的眸子微微瞇起，懾人心魄。

不知怎麼的，他忽然想起了她設下循影格謎題，為了竺星河，而將他騙離杭州的那一夜。

莫名又突兀的，他忽然開口：「妳對這些祕鑰法，似乎很熟悉。」

阿南並未察覺到他的異樣情緒，「嗯」了一聲道：「也不算，有點興趣而已。」口中說著，她手下不停，很快填出了一張粗略的黑白圖。她擱下筆，與朱聿恆並肩站在榻前看著面前的宣紙，一時久久難言。

是一張山河圖。

黑色為大地，白色為山川河流，雖然縱橫交錯，黑白格子亦很粗略，卻依稀可辨九曲黃河、千里長江、巍峨五嶽、蒼茫崑崙的走勢。

「這地圖，肯定就是她埋下的那些陣法所在，也就是——你身上山河社稷圖的下一步關鍵。」

朱聿恆默然點頭，注視著那張山河圖：「可是，沒有標記。」

所有的山川河嶽都只是白點連成的線，蒼白而冷漠，就連曾發生過災禍的順天、黃河與錢塘，也沒有任何異常。

阿南又湊到竹膜上的金字前，仔細地查看上面，但最終還是失望了。

「還是不行啊……她留下的這個謎，如今已經有了底，可『點』要去哪裡尋找呢？」

在竹衣上細細搜尋了一遍又一遍，最終沒有發現任何蹤跡，阿南只能道：「不論如何，既然有了這張地圖，那麼再要找到確定的關鍵點也不難。更何況，咱們還有渤海灣下那個水城呢，先去那邊看了也不遲。」

船隻從長江駛入秦淮河，在燈火輝煌處徐徐靠岸。

官府撥給江白漣的船就停靠在河邊，船沿上坐著一個女子正晃著腿嗑瓜子。

阿南一眼看到是綺霞，正看著江白漣笑，他已經急急跳上自己的船，沒好氣地問綺霞：「妳來幹什麼？」

綺霞捂嘴一笑，拉著他就進了船艙。

阿南心下好奇，等下船時，又聽到那邊船上傳來綺霞一聲低吼：「少廢話，趕緊給我穿上啦！」

她偷偷隔著船艙木板的縫隙往裡面張了張，只見綺霞手中拿著一雙鞋，摔在江白漣的身上，鬱悶道：「姑奶奶平生第一次替別人做鞋，你居然敢不要？」

江白漣別開頭，聲音頗不自在：「我天天在船上打赤腳慣了，要穿什麼鞋子？妳拿去給董浪或者卓少吧。」

「他們的腳和你一樣嗎？我可是特地量了你的尺寸給你做的，別人怎麼穿啊？」綺霞氣不打一處來：「我一邊跟你說話一邊偷偷用手比劃你的臭腳丫，我容易嗎我？」

聽她這麼說，江白漣臉色稍霽，彆扭地拿過鞋在腳上比了一下，問：「妳看妳這縫得歪七扭八的，董浪和卓少都不嫌棄？」

「我給他們縫什麼呀！他們想穿不會自個兒上成衣鋪買去？」綺霞怒吼一聲，見江白漣臉色反倒好看起來，她眼睛一轉，又轉怒為喜。

她湊近他，笑嘻嘻去挽他的手，甜甜地問：「好弟弟，你不會在吃醋吧？姊姊跟你交個底吧，真的只給你一個人做了鞋，而且是我這輩子第一次給別人做鞋！」

江白漣臊得滿臉通紅，一把甩開她的手道：「妳趕緊下船吧，我要划船去城外了，這邊夜間停船可是要收泊船稅的。」

「那帶我一程呀，剛好我今天沒事，正想去城外轉轉呢……」

阿南憋著笑，心中暗想江白漣這個涉世未深的小哥，哪逃得出綺霞這個風月老手的掌心啊。

她輕手輕腳回轉身，看著江白漣的船沿著秦淮河向城外划去，綺霞這死皮賴臉的，居然真的沒被趕下船。

第十三章　共此燭夕

天色已晚，東宮的燈火一一點亮。萬千燈光映出高高低低重簷攢角，飄渺如天上宮闕。

太子妃在侍女們的簇擁中踏入東院，屏退眾人邁入殿內。

一眼看見正在伏案忙碌的朱聿恆，她向來雍容的面容不由蒙上一層無奈之色：「聿兒。」

朱聿恆起身迎接她，卻聽她埋怨道：「母妃千叮嚀萬囑咐，讓你注意身體，又被你當耳旁風！」

朱聿恆指指案上堆積的卷宗，道：「前日出去了一趟，耽誤的事務得補上，還要著手準備前往渤海事宜，安排好此間之事。這些都是大事，拖欠不得。」

「天大地大，在為娘的心裡，只有孩子最大。別的什麼大事小事，擱置幾天怎麼了？」

「今年災禍頻仍，若不及時處置，或將牽累黎民受苦、一地流離，怎可擱置？」朱聿恆扶她在殿內坐下，道：「而孩兒晚睡一、兩個時辰，又有何關係？」

「日後積勞成疾，你必有後悔的一日。」母親憂心嘆氣道：「兒大不由娘，看來母妃必須要找個人，替我好好管管你了。」

朱聿恆一笑置之，沒有接這個話頭。

「怎麼，你不把爹娘的期望放在心上，難道連聖上都敢忤逆？再不把太孫妃定下來，你如何消受聖上賞賜？」見他這模樣，太子妃只能再挑起話頭，問：「前次在行宮內，幾家閨秀你也都見過了，可有中意的？」

朱聿恆無奈道：「當時那情形，我哪有空去關注這些？」

「那也無妨，娘已替你相看過了。吳家那位姑娘真淳可愛，朝中亦頗多她祖父的門生；柳家的姑娘相貌最出挑，家族也算清貴……」

朱聿恆聽著母親點數，只笑了笑，乾脆拿起自己未曾看完的文書，翻了起來。

太子妃有些不悅，抬手壓在冊頁上，問：「那麼，聿兒你的意思呢？」

朱聿恆淡淡道：「母妃知道孩兒想要的，並非那些。」

太子妃臉色微沉：「聿兒，你別執迷不悟。你的太孫妃，可以是任何人，唯獨那個女匪，是絕不可能的。」

朱聿恆掩了摺子，抬眼看她：「女匪一詞，母妃勿再提起。行宮一案近日經查證，真凶已呼之欲出。此事我會妥善處理，請母妃放心。」
太子妃心下一震，口氣微變：「我有什麼不放心的？」
朱聿恆沉默地望著她，許久，才低低道：「袁才人之死，若真的需要一個承擔者，那也應該是刺客，而不是阿南。」
太子妃斂容，嗓音微冷：「刺客不就是阿南臆造出來的？」
「我想，是不是臆造的，母妃應該比世上任何人更清楚。」
這語調平淡的一句話，卻讓太子妃拂袖而起，緊盯著自己的兒子，連氣息都急促了幾分。
見母親失態，朱聿恆抬手挽住她，輕輕拍了拍她的手背，示意她鎮定下來。他親自去掩了門，拉她與自己一起坐下：「其實，孩兒早該叩問母妃，只是擔心您受驚，又心知母妃絕不會做出令東宮動盪之事，因此一直未曾開口。」
太子妃雙唇微顫，翻轉手掌緊緊握住了兒子的手，欲言又止。
「但事到如今，一切都已昭然若揭，母妃若再不對孩兒坦承，怕是孩兒有心也難以替您遮掩了。」朱聿恆目光澄澈，一瞬不瞬地盯著母親道：「更何況，此事關係孩兒切身存亡，請母妃一定要告知，當時您在偏殿內休息之時，是否看見了那個刺客？」
「切身存亡？」太子妃緊盯著他，驚疑不已。
朱聿恆不忍對母親講述自己只剩數月壽命之事，便一語帶過道：「是，個中情形十分複雜，待此事完結，聖上定會親自與父王、母妃詳談，如今……還不是時候。」

聽他搬出聖上來，太子妃緊握著他的手，驚怔許久，才終於深吸一口氣，艱難道：「是……我確實看見了刺客。」

見她終究開口，朱聿恆心頭稍緩，等待她說下去。

「當時……我在偏殿內歇息，看見對面瀑布之下，有個刺客蹲伏，似要伺機而動。他的身上有血跡，腰間還赫然插著一把匕首！而你的父王和袁才人正在閣內安睡，刺客只需幾步便可跨入閣中！」

朱聿恆問：「您當時為何不叫人，卻反而用鏡子去晃照袁才人？」

「當時殿內一片混亂，而瀑布水聲太大，我縱然大聲疾呼，對面的侍衛恐怕也不可能聽到，反而會驚動刺客孤注一擲。我情急之下，抓起手邊的鏡子照向對面，將熾烈日光聚向袁才人，希望強光晃眼能讓她驚醒，發覺刺客入侵。誰知……」太子妃聲音微顫，低喑又急促道：「誰知那光線如此灼熱，竟將她頭上的絹花引燃了！我看見她慌亂起身拿起桌上的茶壺要澆在自己頭上，不知為何卻又放下了，反倒向著瀑布跑來……」

朱聿恆心中一閃念，再劇烈的光線，讓絹花燒起來怕是也要一段時間，母親當時怕是早知閣內熏了助眠香，僅用亮光晃刺是無法驚醒的……

但他終究沒有當面揭穿她隱瞞的心思，只低嘆一聲，說道：「那壺內是剛送進來的滾燙熱水，袁才人勢必無法用它澆頭滅火。而外面伺候的人取水又要一段時間，還不如兩、三步跑到外間高臺，簷下全是瀑布水垂落，須臾間就能撲滅頭上火苗。」

所以她驚慌地奔出右閣，頭頂的絹花在燃燒中散落，金絲花蕊也掉落在了橋縫之內。

「可我不知道刺客竟如此凶殘，在被袁才人撞見後，他竟不是跳水逃跑，而是下手殺掉了她！」太子妃神情灰敗，抬手按住自己的額頭，緩了一口氣後，聲音才算是穩了下來：「袁才人是滎國公之女，伯仁因我而死，邯王又來興師問罪，所以母妃無論如何，都得遮掩住這個祕密，絕不能牽連到你與太子，使東宮陷於動盪。」

「所以，您授意將綺霞打落刑獄，在她被孩兒洗清罪名釋放後，又多次找人收拾她，就是因為她運氣不好，偶爾看到了您照出的白光？」

「一個教坊司的賤人，也不知命怎麼那麼硬。」見自己所做的事情被兒子毫不留情地揭開，太子妃反而揚起了下巴，冷硬道：「別說一個樂伎，無論是誰——從司南到邯王，只要可能危及我們東宮的人，那母妃就算死，也要將他們一一掃除。為了你們，為了東宮，我粉身碎骨亦無憾！」

朱聿恆緩緩搖頭，不知該如何勸解自己歇斯底里的母親。

最終，他只勸道：「不必多費心機了，更別再利用此事作文章，藉阿南和海客給邯王挖陷阱。母妃別忘了，在苗永望死後第二天，我便接到了聖上的飛鴿傳書，讓我遠離江海，然後，行宮瀑布便出事了。」

太子妃臉色巨變，她死死盯著自己的兒子，彷彿要從他臉上看出一個答案來：「你的意思是……」

「聖上掌握的內情，比我們所能想像的還要更多。」朱聿恆聲音低緩而清晰，道：「在他眼皮底下搞小動作，尤其還是鬩牆之爭，絕不明智。」

「可……爹娘已經行動，這一切，又該如何是好？」

「這倒也無妨，我會妥善安排一切。」朱聿恆的神情波瀾不驚，只攬住母親的肩緊緊抱了一抱：「阿南的冤屈會洗清，刺客會落網，邯王我也自有辦法收拾。只希望母妃好好待堂兒，他失去生母已經慘痛，切勿再給他增添陰霾，以免袁才人泉下不安。」

兒子已經長大，肩膀比她更為寬厚，足以承擔風雨，護佑東宮。

太子妃聽著他肯定的話語，心亂如麻又覺得欣慰，在他的肩上默然靠了一會兒。

在兒子面前卸下了心頭難以言說的重擔，她有羞愧也有輕鬆。事到如今，原先勸婚的話已再不可能說出口，她與兒子再坐了一會兒，最後問：「你當真有那麼喜歡阿南，甚至……不在乎她背棄過你？」

「在乎。」朱聿恆緩緩道。

她帶著竺星河離去的那一刻，他是真的恨她。

直到現在，他心裡依舊扎著那根刺，或許，永遠也不可能拔除了。

但……在逃離拙巧閣的死陣之時，他緊握著她的手，跟著她在恍惚中往前狂奔，不知道前路何在時，他忽然有種萬念俱灰的自暴自棄——

或許，他能擁有的僅此而已。

不知道前方在哪裡，不知道是否有生路。可命中註定，她是這世上唯一能與他牽著手，在困境中衝突跋涉的那個人。

即使她並不屬於他，可他的路途中，卻唯有一個她。

等到心神略為鎮定之後，太子妃匆匆離去。

朱聿恆站在殿門口目送她，深夜中一排宮燈簇擁著她走向黑暗的前方。燭光中她一身錦繡，可再亮的燈也只能照出周身數步，誰也不知道前路究竟隱藏著什麼。

夜風從開啟的殿門外疾吹而入，引得殿內燈光一片搖曳。

無數團光芒自宮燈中灑下，打著轉在朱聿恆的身上投下明明暗暗的影跡。

朱聿恆在殿內緩緩踱步，低頭看著自己散亂的影子在金磚上的波動痕跡，想著母親剛剛說的話——

刺客蹲伏在對面瀑布下的高臺上，而且聽母親的口氣，時間應該不短。

他在等待什麼，還是在尋找什麼？

可當時，父王與袁才人正在酣睡之中，本應是他最好的下手機會，而那個一無所有的高臺上，除了一套瓷桌椅、兩個水晶缸之外，似乎便再無任何東西了……

他思索著，在燈下無意識地徘徊。

地面的金磚一格一格排列著，在搖曳的燈光下，有時蒙上黑色陰影，有時卻顯出白色反光，在光影中黑白加錯。

這讓朱聿恆想起阿南對照笛衣繪出的山河圖，一個一個格子，黑黑白白，也是如此……

他抬頭看向琉璃宮燈，恍然想起，那日阿南躍上高臺穹頂，點燃那盞琉璃燈時，如同幻境的一幕。

原來……如此。

那看似空蕩蕩的高臺之上，有一盞關先生親手設計製作的琉璃燈！

如同醍醐灌頂，他拉開抽屜，抓起裡面那個卷軸，大步走出了殿門。

天已經黑了，坊間靜悄悄的，正是酣眠時刻。

可阿南租住的屋外，卻傳來一陣急促的敲門聲。

她不情不願地披衣起床，先摸了摸自己的小翻子，然後提燈過了小院，隔著門問：「誰啊？」

「董大哥，是我呀，綺霞。」

阿南詫異地拉開門，照了照孤身在外的綺霞：「深更半夜的，怎麼一個人來找我？」

「哎呀別提了，我今天搭江小哥的船出城玩，結果、結果有點事兒耽誤了……現在都宵禁了，我回不了教坊司，幸好妳這邊離城門近，出入方便，我來借住一宿妳不介意吧？」

阿南當然不介意，甚至還打著哈欠下廚房給她弄了兩個荷包蛋，靠在桌上打量她：「看妳容光煥發，是被什麼事兒耽誤了？」

綺霞吃著荷包蛋，眉飛色舞：「才不告訴妳呢……要不幫我燙壺酒吧，我現在暈乎乎的，想喝點。」

「唉，對我呼來喝去的，卻只給江小哥做鞋，董哥我傷心哪……」阿南給她燙上酒，端了碟花生米往她面前一擱：「對了教妳個事兒，其實人手腕到手肘的長度和腳掌一樣長，妳以後再給人做鞋，不用特地去量臭腳丫了。」

「哎呀，妳居然偷聽我和江小哥說話，真不是個男人！」綺霞嗔怪地一拍筷子，又想起什麼：「對哦，妳本來就不是男人，哼！」

阿南頓時一驚，沒想到綺霞居然已經察覺到自己身分了，她錯愕之下，乾脆也不掩飾聲音了，問：「妳……什麼時候發現的？」

「我見天兒跟妳待在一起，還同床共枕的，有時候早上醒來靠太近，就發現妳的鬍子是黏上去的了，不然我哪敢大半夜來找妳借宿？」說到這兒，她才驚覺地「咦」了出來，抬手指著她瞪大眼睛：「妳、妳的聲音……難道是？」

「是我。」阿南抬手輕拍她的後腦杓，感嘆：「真是千瞞萬瞞，瞞不過枕邊人啊！」

「妳妳妳……妳是阿南！」綺霞差點沒跳起來：「我還以為妳是太監扮男人執行公務，所以才受皇太孫寵幸！」

「什麼寵幸？我們只是一起辦事，各取所需。」這曖昧的形容讓阿南心口猛然一跳，趕緊否認：「我們……只是合作關係！」

「合作什麼呀，你們年紀輕輕的，就不能搞點男女關係？」綺霞有了點醉意，抬手扯掉阿南的鬍子，捏著她的臉頰左看右看：「嘖嘖嘖，妳就每天用這種臉對著皇太孫殿下？要不要姊姊教教妳，怎麼讓男人乖乖聽話，永遠逃不出妳手掌心呀！」

阿南打開她的手，跟她碰了碰酒杯：「妳先把江小哥搞定再說吧。」

綺霞笑嘻嘻地抿了兩口酒下去，臉上終於露出點羞赧神色：「實不相瞞，妳猜猜我今天……為什麼這麼晚才回來呢？」

阿南唬得一跳，不敢置信地瞪大眼：「妳……」

「唉，本來我真的只想和他坐船出去看看風景，散散心的。」酒不醉人人自醉，綺霞靠在椅背上捧著酡紅的臉：「結果，我們穿過蘆葦叢時，船身忽然一晃，我就趴在他身上了。」

「那趴一下也不至於……吧？」

「我摔趴下來時，把他胸前的銅鎖給扯下來了，然後就掉水裡了。」綺霞扶著臉，懊惱道：「什麼嘛，一個小破鎖而已，他卻跟丟了命似的，說那是他從小戴到大的。我說你當時遲遲不救，我還弄丟了我的金釵呢，兩人就吵起來了，然後……」

阿南莫名其妙地看著她，綺霞自己也是糊裡糊塗的，撐著頭滿臉緋紅：「哎，總之……我說我撈不回來、賠不起，那我只能肉償了！我就……我就把他壓倒在船艙裡了……」

阿南目瞪口呆地看著她，綺霞則盯著桌上跳動的燈火，兩人一時都無語。

最終，還是綺霞灌了口酒，揉揉自己滾燙的臉，說：「我這回也是虧大了！以前客人留宿至少要一、二兩銀子的，他那破鎖能值幾個錢啊！」

阿南只能問：「避子湯喝了嗎？」

「喝什麼喝，大夫說我這輩子都不會有孩子了！」綺霞把酒杯重重擱在桌上，又斜了她一眼：「阿南妳很懂嘛，妳和阿言……殿下上次大半夜把我趕出去，是不是也……」

「沒有！我們啥事也沒有！」阿南一口否決，但一想到那夜她被阿言壓在床上的情形，覺得自己的臉頰也燒了起來。

和阿言在危急時刻，確實顧不上許多，摟抱過好幾次……

彷彿要驅趕心中這股悸動，也彷彿要堅定信念，阿南斬釘截鐵道：「我心裡有人了，我有公子！」

綺霞這女人喝了點酒，滿腦子全是邪念，笑嘻嘻地摸向她的臉：「那妳和公子是不是也……」

阿南「啪」一聲打開她的爪子：「我和公子發乎情止乎禮！」

「哈哈哈哈太好笑了，妳都十九了，妳家公子多大？這麼大的男女天天湊一塊兒，還一起發乎情止乎禮？」

「因為，因為……」阿南一時語塞：「妳見到我家公子就知道了，他是神仙中人，妳別褻瀆他！」

「好好，妳捨不得……那妳家公子對妳呢？」

阿南躊躇著，十四年來的一切在眼前飛速閃過。

第一次見面時，他牽著她的手將她拉上船；她出師時，他摸過她的頭誇獎她；她在戰鬥中脫力時，他也曾將她擁入懷中帶她撤離……

可是，過往中無論何種接觸，感覺與綺霞問的，都不是一回事。

見她遲疑著無法回答，綺霞又問：「那承諾總有吧？公子跟妳說過嗎？他什麼時候娶妳？有多在乎妳？」

這一連串的問題，阿南全都無法回答。

莫名的焦灼伴著熱辣的酒勁衝上腦門，她駁斥道：「當然在乎了！我是公子手中最好用的一把刀，我為他大殺四方，所向無敵，他不在乎我還能在乎誰去？」

「哈哈哈哈，阿南妳真好笑。」綺霞指著她氣急敗壞的臉，嘻嘻醉笑道：「有人拿刀殺人，有人拿刀切菜，妳聽過有人跟刀成親的嗎？凶器用完就得了，誰會抱著它睡覺啊？」

阿南一把抓住她的手腕，氣得臉色都變了：「胡說！我家公子、公子他……」

可多年來，一直橫亙在她心中的那個念頭，忽然藉著醉意，炸裂瀰漫了她的整個胸臆——

或許從一開始，她的路就走錯了。

他從來不喜歡南方更南之地，那些灼熱日光與刺眼碧海終究留不住公子。

縱然她再喜歡海島上四季不敗的花朵，可最終他還是捨棄了廣闊的四海，奔向了心中的煙雨江南。

阿南，妳這輩子最想要的，可能真的永遠也得不到。

酒意上來，完全忘了自己說過什麼的綺霞，趴在桌上沉沉睡去。

阿南恨恨地盯著這個揭自己傷疤的女人許久，才將她扶起來，拖到榻上給她蓋了一條薄被，以免她著涼。

然而她卻因為綺霞的話，酒也醒了，睡意也沒了，坐在桌前托腮怔怔望著燈火許久，陷入了迷惘。

耳聽得譙樓上二更鼓點響過，外面又傳來兩下不疾不徐的叩門聲。

這風格，阿南便知道是誰來了。拉開門，外面果然是阿言，只帶了一小隊侍衛，提燈照亮了門外一塊地方。

他舉起手中卷軸向她示意，說道：「去行宮，我忽然想到了一個可能的線索。」

「這大半夜的，你還真不把我當外人。」阿南暗自慶幸綺霞已經睡下了，不然阿言深夜來訪被她發現，肯定又要被她胡亂揣測一番。

正帶上門要跟他走，朱聿恆的目光落在她臉上，卻抬手拉住了她，反而將她往屋內帶去。

阿南詫異地問：「怎麼了？」

朱聿恆低聲道：「妳鬍子沒貼。」

「哦……剛剛被綺霞撕掉了。」海捕女犯阿南有點尷尬地摸摸上脣，隨意指了指椅子：「坐吧，我收拾一下。」

朱聿恆聞到屋內撲鼻的酒氣，又看到在榻上睡得迷迷糊糊的綺霞，不由微皺眉頭。

轉到窗前，他看到桌上有阿南正在製作的東西，便隨手翻了翻。

幾條細若蛛絲的精鋼絲，連在幾片蓮萼形狀的薄銅上，以彈簧機括相連，看來像是一種小裝飾。

他看不出這是什麼，便問正在對鏡貼鬍子的阿南：「這是什麼？」

阿南一看他手中的東西，忙過來將它抓起，往抽屜裡一塞，倉促道：「沒什麼，隨便做做打發時間。」

朱聿恆瞄她一眼，便沒再問。

阿南則涎著臉，一邊貼鬍子一邊問：「對了，阿言，你能不能給我弄點東西啊？」

「要什麼？」

「幫我弄塊崑岡玉，要崑崙與和田兩地正中間出的青蚨玉，越透越好，越大越好。還有精鋼絲，要在炭火中反覆煅三百次以上……算了把精鋼給我，這個我自己來吧，不放心別人的手藝……」

雜七雜八說了一堆，她見朱聿恆一聲不吭，便乾脆寫下來交給他：「一定要弄到啊，盡快。」

朱聿恆拿著備註詳細的滿滿一張紙，眼前忽然閃過上次她將單子交給自己時的情形。

那一次，她也是這樣將救竺星河要用的東西寫了滿滿一張，討價還價讓他給她盡量多弄一些——

然後她便用他給的東西，將他困在暴雨之中，帶著笠星河頭也不回地離去。

而這一次，她瞞著他做的，又是什麼呢？

他看著她的單子，神情略冷：「這些東西，怕是不好弄。」

「就算不好弄，你也得幫我搞到，這回真的不能打一點折扣。」

「做什麼用的？」

「羊毛出在羊身上嘍，最終還是給你們朝廷用的……」

朱聿恆淡淡道：「妳前次索要火油、炸藥的時候，也說是為我做的。」

「之前是之前嘛……」阿南揉揉鼻子，難得有些不好意思：「我這次可是說真的，不要不領情……」

朱聿恆正在垂眼思索，卻聽得旁邊傳來綺霞醉醺醺的聲音：「不領情……妳家公子確實不領情，十幾年的情都不領哈哈哈哈……」

阿南錯愕地轉頭看她，卻發現她說完夢話加醉話，翻個身，又呼呼大睡去了。

阿言不會誤會這是給公子的吧……

阿南無奈地抬眼，果然看見朱聿恆的面色沉了下來，那雙一貫銳利的眸子也蒙著微寒。

但還沒等她說什麼，朱聿恆已將單子折好塞入袖中，聲音微冷道：「行了，我知道了。」

阿南見他轉身大步離去，只能趕緊跟上，一邊在心裡哀嘆，有求於人也只能委曲求全了，只希望阿言生氣歸生氣，東西可不能不給呀。

被水車管筒牽引上去的瀑布，日復一日地流瀉在行宮雙閣之間，奔流不息。高舉明燈，阿南隨著朱聿恆走到瀑布之下，站在高臺上。

朱聿恆以手中的燈照亮腳下密密匝匝鑲嵌的小方磚，又抬頭看向頂上的琉璃燈，問阿南：「妳發現了嗎？」

阿南現在有求於他，當然要好好表現。看著腳下銅錢大小的細方磚，她眼睛一亮，問：「難道說，我們從卷軸上轉來的黑白方格地圖，原本應該是填塗在這裡的？」

朱聿恆略一點頭，道：「我母妃在出事當日，曾看到刺客蹲伏於此。我猜測刺客必定是在地上畫這個圖案，而天下之大，他為什麼要躲在這裡描繪圖案呢？」

阿南隨著他的目光向上看去，頭頂的三十六頭琉璃燈，正在燈光下暗暗生輝。

她不由脫口而出：「這燈就是那幅地圖的點！」

朱聿恆微一點頭，將手中卷軸展開：「看來，我們首先要找的，是畫面中心點。」

他們點數著八角高臺的地磚，尋到正中心那塊地磚後，又在黑白卷軸上同樣尋找到中心點，將上面的黑白格子以墨汁轉描到地磚之上。

等卷軸上那幅山河圖案原原本本地出現在高臺上之後，阿南以流光牽住簷角，一個旋身上了彩繪藻井，晃亮火折將那盞三十六頭琉璃燈點亮。

朱聿恆熄掉了提燈，暗夜中只剩下琉璃燈光照徹高臺。

三十六盞琉璃燈頭彼此折射，光輝重疊映照，一朵巨大無比的青蓮映在下方的地上，青蓮上幾顆特別明亮的光斑，如露珠般在那幅山河圖上閃耀。

阿南從穹頂上躍下，和朱聿恆並肩站在這朵巨大的青蓮燈影之中，屏息靜氣看向那幾個地方。

長城內、黃河邊、東海畔……

他們曾經歷過的那些巨變，都清晰地出現在這幅簡略的地圖之上。

除此之外，還有西北彎彎一泓白線旁的一點。

阿南與朱聿恆一起站在燈光下看著這一點，想著曾在順天城下看到的笛子與那句「春風不度玉門關」，問：「是月牙泉不遠的玉門關嗎？」

「嗯，很有可能。」朱聿恆點了一下頭，又轉而去看它東面的一點：「這一點，似是賀蘭山。」

再往東而去，則是渤海灣中的一點明亮光斑。

「還有一點，似在雲南。」阿南用足尖點點橫斷山的一角，疑惑道：「關先生不是一直在北伐嗎？居然在南方也設了點？」

「可惜太模糊了，雖然可以斷定大致地點，但卻很難定到具體位置。」

阿南道：「畢竟只有三十六盞琉璃燈了，若是七十二盞的話，應該能清晰映照出來。」

「那陣法已經毀在錢塘海下了，琉璃易碎，又被沉埋在水下，如何尋回呢？」朱聿恆抬頭望著那些大小不一、形態各異的燈頭，皺眉思索。

「渤海之下呀！」阿南脫口而出：「渤海之下的水城既然與錢塘灣下的一模一樣，二者必有關聯。搞機關的人不會有半分差池，我猜想，既然錢塘灣有，那麼渤海灣肯定也有一樣的琉璃燈！到時候我們將琉璃燈撈起來，裝在這盞燈上，不就能準確地知道陣法所在了嗎？」

朱聿恆深以為然：「看來渤海下那個水城，我們勢在必行。」

在卷軸上做好標記，燈油燃盡，高臺上又陷入黑暗。

將提燈點亮，兩人提水將磚上的墨汁痕跡沖洗掉，以免被人發現。

直到一切痕跡都湮沒之後，阿南才丟下水桶，道：「還是那個刺客省事，瀑布暴漲將他留下的痕跡直接湮沒了，不像我們還要自己清除。」

「刺客所掌握的地圖似比我們清晰，就算是白天點燃這盞燈，也能照出痕跡來？」

「這就是對方用眉黛的原因啊。」阿南指指柱子上那個殘存的青蓮痕跡，道：

「遠山黛中摻了青金石，能反射微光，在白天的話，用這個是最好的選擇。」

說著，阿南又忽然想起一事，若有所思道：「說起這個眉黛，我倒想起關先生那些東西上的胭脂痕跡。傅靈焰與他同為九玄門的人，又同在龍鳳皇帝身邊，兩人不知有沒有聯繫。」

「隨身帶著胭脂、眉黛的人，多為女子。」朱聿恆將當時在場的人在腦中過了一遍，道：「按現場推算下來，此次在行宮中作案的，大概就只能是她了吧。」

「可刺客分明是用右手殺人，而且衣服顏色也不對呀……更何況，她是怎麼從眾目睽睽之下，驟然消失的呢？」阿南思索了一陣，見沒有頭緒，便也就先擱開了：「所有疑問，找到人後就能迎刃而解了，就像我們要是能找到傅靈焰，那一切都不成問題。」

「大海茫茫，她是否尚在人間也是個疑問。要尋找一個人談何容易。」朱聿恆道：「此事還得著落在渤海水下，等我們尋到高臺，尋到琉璃燈，一切都會有結果的。」

他們低低地商量著，在深夜的行宮內沿著青石臺階往下走，韋杭之帶人遠遠跟在後方。

瀑布在道旁變成溪流，曲曲折折流向山下。

阿南手中的燈照亮他們腳下的道路。她腳步輕捷，朱聿恆與她並肩而行，有時候她的影子在他的身側，有時候一轉彎，卻又疊在了一起。

明明暗暗的燈光之下，她離得那麼近，卻顯得那麼飄渺，若即若離，似遠還近。

走到一處水潭邊，阿南的目光忽如水波一轉，「咦」了一聲。

她舉起手中燈籠往旁邊照了照，抬手朝他做了個禁聲的手勢，低低道：「等我一下，我馬上回來！」

朱聿恆停下了腳步，微舉提燈照亮她的身影。

只見阿南折了一根小指粗的樹枝，沿著臺階輕手輕腳走了下去。在走到最後一級臺階之時，她抬起手，又狠又快地刺向水中。

只聽得波喇喇一聲，一條大黑魚從水中猛然躍了出來，原來已被她的樹枝刺中。

阿南眼疾手快，提著樹枝將魚拎起來，扯過旁邊的柳條穿了魚鰓，興匆匆地拎著魚跑上臺階，舉到朱聿恆面前：「看，好大一條魚！我明天早上有魚片粥吃啦！」

朱聿恆料想不到她竟然在行宮捉魚，看她拎著魚的開心模樣，不禁啞然失笑。

韋杭之一行人訓練有素，即使阿南拎著條活蹦亂跳的魚叩開城門穿街過巷，也都保持了肅穆。只是偶爾掛在馬身上的魚蹦跳起來，尾巴啪一聲拍在馬匹上，他們的嘴角就要微微抽搐一下。

等回到住處已是四更天。阿南下馬時忽然轉向朱聿恆，問：「進來幫我下？」

朱聿恆隨她進內後，才知道她居然要自己幫她燒火煮粥。

他轉身要喊個人來頂替自己，阿南忙拉住他，輕聲道：「別啊，我其實是想跟你說點事情。你閒著也是閒著，幫我看著點灶臺裡的火唄，好不好？」

夜燈下她笑容盈盈，燈光映照在她的眼中，跳著些令他心口微動的光芒。

不知怎麼的，他就點了頭，幫她把灶火燒起來。

阿南運刀如飛，幾下剖了那條大黑魚，剔除魚刺，刷刷刷俐落片魚。

朱聿恆見火已經燃得很旺，便將幾塊細柴爿（註2）往裡面壓進去，讓火持續悶燒，將粥在鍋中慢慢滾開。

阿南理著雪白的魚片，朝著正坐在灶前燒火的他露出滿意笑容：「火燒得挺好啊，看來之前當家奴的手藝沒丟。」

朱聿恆丟了手中火鉗，問：「不是有事跟我說嗎？」

阿南見米粒已經燒得飽滿綻開，便將魚片下粥中燙熟，蓋上鍋蓋燜一會兒：「哦，是這樣的……你看最近我們追蹤山河社稷圖，也算是有了些重要線索，但這個具體分布和坐落地點啊，就算對照地圖，朝廷也要勘探許久。」

朱聿恆點了一下頭，沒有回答。

註2　經過截斷、剖劈的木架，作燃料用。

「但你也看到了，我之前找黃河堤口的陣法時，是很準確的，幾乎沒有偏差。」她坐到他身邊，用火鉗撥著灶灰將明火蓋住，托腮打量火光下他忽明忽暗的神情：「如果……我是說如果啊，現在我們查到的點不太分明，若我家公子願意用五行決來幫忙找出詳細所在，那我覺得肯定是件大好事，你說呢？」

朱聿恆盯著面前明滅的火光，沉默片刻，緩緩道：「他的問題，並非如此簡單可以解決。有二十年前那場風雲變幻在，聖上絕不可能允許他在疆域內行動。」

「可你是皇太孫呀，天下人都說聖上最疼愛你了，肯定會看在你的分上……」

「聖上不只我一個孫子。」

聽著他乾脆俐落的回答，阿南的臉都皺成了一團：「可我家公子可以徹查到關先生設下的陣法啊，難道朝廷會任由災禍動搖社稷，也不願揭過二十年前的舊事嗎？」

朱聿恆的聲音微冷：「所以妳在被朝廷海捕之後，還膽大妄為回來潛伏在我身邊，就是為了向我提議此事？」

阿南忙道：「主要是為了替自己洗清冤屈！現在我的冤屈已經洗清了，所以順帶問問嘛，而且這也是為了你、為了天下百姓，對不對？」

朱聿恆沒理她，站起身拍去身上的草屑：「話說完了？我走了。」

阿南忙問：「那你到底是答應還是不答應啊？」

「我會與聖上商議的，或許他老人家能以江山社稷為重，考慮此事。」

雖然他口氣不太好，但阿南聽他話裡的意思，不由得心花怒放：「那應該是很有希望？」

「未必，畢竟還要看竺星河如何抉擇。」朱聿恆看了她一眼，抬腳要走。

「哎，等等。」阿南踮起腳尖，抬手將他臉頰上的灰跡拭掉，對著他笑道：「雖然你現在火燒得挺好了，可灰還是沾到臉上了啊。」

她貼得那麼近，溫熱的呼吸甚至都噴到了他的耳畔。

他偏轉頭，想要毫不遲疑地轉身走掉，誰知阿南卻又笑道：「先別走啊，魚片粥做好了，你辛苦燒的，不來一碗嗎？」

她將他按在桌前，去院中摘了一把紫蘇葉切碎，撒入粥中攪勻。

見綺霞睡得正酣，便只盛了兩碗端過來，給他分了一把杓子，兩人對坐在桌邊吃著魚片粥。

「好喝嗎？」她覺得鮮美異常，便有些得意地問朱聿恆。

他「嗯」了一聲，說：「可以。」

「喜歡的話我下次再給你做。」阿南托腮望著面前的他，他吃得快速而文雅，一看便可知從小養成良好的習慣，和她這種蠻荒海島上長大的人截然不同。

阿南是很愛喝魚片粥的，她喜歡吃一切的海鮮，魚蝦貝殼她都愛吃，可公子卻不愛吃海裡的東西。

或許就像公子喜歡的煙雨江南，她卻總覺得下都下不完的雨，讓她覺得憋悶。

相比之下，雖然阿言板著臉只說可以，但吃得比她還快還多，這讓做飯的她真開心。

窗外天色漸明，屋內一燈如豆。飢腸轆轆的綺霞聞到香氣醒來，迷迷糊糊睜開眼，看見阿南正坐在窗下用杓子舀著粥，眉開眼笑地與對面人扯著鹹淡。

熹微的晨光映照出她對面人的輪廓，讓綺霞大氣都不敢出，把睜開一條縫的眼睛又趕緊閉上了。

造孽啊，看這模樣，皇太孫又來找阿南共度了一夜？

可是，她醉倒之前，怎麼恍惚記得阿南說的是她家公子啊？

皇太孫出行前往渤海，聲勢自然浩大。

儘管已一再精簡並篩減了人員，但等到出發之日阿南登船一看，浩浩蕩蕩十二艘樓船，從龍紋描金的主船到負責日常用度的料船，再到開道清淤的鳥船、護衛隨從起居的座船，陣仗極大。

阿南身為朝廷網羅的下海好手之一，自然被安排在座船上，她喬裝改扮後並沒多少東西，隨便把包袱往房間內一丟，轉身正打量船隻格局，就看見薛澄光從對面過來了。

「董兄弟。」薛澄光笑嘻嘻地與她打招呼，閒扯了幾句今天天氣不錯之類的廢話，話鋒一轉便問：「聽說前次你去了我們拙巧閣？」

「是啊，和卓少一起去見識了一下，果然是人間仙境美不勝收——哦，還遇到了令妹，真是女中豪傑。」阿南靠在欄杆上，看看周圍，又湊近他擠眉弄眼問：「對了，薛堂主知不知道當日拙巧閣內出了什麼事？我們的船開出後，看島上好像燃起了信號？」

薛澄光臉上依舊堆笑，盯著她的目光卻顯出一絲銳利：「這還要問你呢，聽說你在閣內逗留了不短時間，然後匆匆跑上船，便命人立即開船離開？」

「什麼，竟有此事？」阿南臉上露出震驚神情：「那可是朝廷的船，我這種去混糧餉的小人物，能驅使得動那幫大老爺？難道是我喝醉後大發神威了？」

薛澄光若有所思地打量她賤兮兮的模樣，又問：「或許是和你一起的那位仁兄說話比較有分量？」

「是嗎？卓少居然這麼講義氣，在我喝醉後還陪著我？」

看著她那抵賴到底的模樣，薛澄光不由笑了：「看來你真是醉得不輕。」

阿南臉上的笑更真誠了：「還是你們拙巧閣的酒太好，令妹又太熱情了，不知不覺就喝多了。」

薛澄光「哼」了一聲，似笑非笑瞧著她道：「你還是早點想起來比較好，否則一旦下了這艘船，就沒有你想不起來的餘地了。」

阿南涎著臉道：「還是留點餘地比較好。青山不改綠水長流，江湖就這麼點大，日後還是要相見的麼。」

薛澄光再不說話，朝她笑了笑，揚長而去。

阿南才不怕這個笑面虎。她當然知道自己在拙巧閣那一番動靜肯定瞞不過他們眼目。

不過反正在官船上薛澄光不能對她下手，到了渤海之後她辦完事就開溜，到時候就讓拙巧閣滿世界找董浪去吧，關她阿南什麼事？

所以她渾不在意，在船上做做手工，偶爾和眾人聚在一起探討探討渤海水城，日子過得輕鬆自在。

從應天沿運河一路北上至淮安，換河道轉濰坊，往東北而行便入渤海。

山海相接處，巍峨城牆上，聳立的便是蓬萊閣。

舟行渤海上，阿南立於船頭，仰望上方城閣。城牆依丹崖山而築，高矗於海岸之上，任憑萬千浪頭擊打，兀自巋然不動。

在城牆的上端，是錯落分布的亭臺樓閣，在浪潮與水霧之中高踞崖頂，與海底撈起的那塊浮雕一般無二，一派仙山樓閣的氣象。

阿南正在讚嘆，卻聽身旁的江白漣低低地「啊」了一聲。

她詫異地順著他的目光看去，卻見仙樂飄飄，樓閣之上有一群樂伎正在演奏樂曲，想來是這邊的官員為了討好皇太孫而搞的這一齣戲。

而在樂伎之中，一個身穿緋衣持笛而吹的女子，正是綺霞。

阿南也不由得「咦」了出來，脫口而出：「她怎麼來這裡了？」

「我啊，聽說山東教坊正缺個笛伎，就逮著空缺趕緊來了。」

阿南登了岸一問，綺霞便委屈地往她身上一靠：「誰知這邊催得急，這幾天緊趕慢趕的，我累得腳到現在還虛軟呢。」

「難怪妳來得比我們快，原來是一路趕陸路。」阿南扶著她埋怨：「妳身體剛剛恢復，何苦為了這點錢搏命？」

「主要是，你們都走了，我在應天好無聊啊……」口中說著你們，綺霞的目光卻一直往下方瞄。

阿南看了看無法上岸而待在船上準備的江白漣，將她的肩一攬，了然地笑出聲：「行啊，那本大爺找妳好好聊聊！」

下方的江白漣抬起頭，看著臺上親熱擁在一起說話的兩人，目光在綺霞臉上停了停，賭氣地狠狠轉頭，大步走進了船艙內。

「哎……」綺霞下意識地抬手，似想要留住江白漣。

「隔這麼遠，他聽不到的。」阿南笑嘻嘻地將她的臉扳過來：「好好吹笛，不許分心。」

結果臉一轉過來，就看到卓晏朝她們走來了：「董大哥，該去喝接風酒了……咦，綺霞妳也在啊？」

阿南心中暗笑，你怕是一聽到音樂就知道綺霞在了吧，還裝模作樣過來搭訕。

她口中應著，一轉過屋角就趕緊貼在牆壁上，生怕卓晏吃醋為難綺霞。

一抬眼，朱聿恆正率人從走廊那邊而來，她趕緊朝他打手勢，示意別帶人來這邊。

朱聿恆止住了身後侍從，卻快步走到了她身旁，眼帶詢問。

阿南只好將手指壓上嘴唇示意他別說話，指了指牆角後。

那邊卓晏的聲音傳來，帶著濃濃的醋味兒：「認識好幾年了，怎麼感覺妳我還沒這些認識不久的人親熱？」

朱聿恆沒想到自己屏退這麼多人，居然被阿南拉著幹起了聽牆角這種完全不符合皇太孫身分的破事兒——聽的還是下屬的感情糾紛。

他有些無奈地瞧了阿南一眼，見她關注著那邊的動靜，眼睛都在冒光，只能按捺著陪她聽。

只聽綺霞笑道：「一開始可不都打得火熱嘛，咱倆是情深日久了，細水長流。」

卓晏語氣和緩了些，但還有些委屈：「我瞧著妳跟他不一樣。」

「哎呀，董大哥又給我治病又給我抓藥的，對我有恩嘛……」

「我是說江小哥。」卓晏打斷她的話。

綺霞怔了怔，那應付自如的神情也破功了：「他……嗯，他不一樣。」

卓晏沒吱聲，等著她說下去。

綺霞支吾了半晌，最後似是終於下定了決心，嘆氣道：「卓少，中意你的姑娘很多，你中意的也很多。你心裡會疼很多姑娘，我只是其中一個，可我和江小哥心眼都小，裝了對方就滿當當的……」

卓晏衝口而出：「妳傻嗎？他是疍民，疍民一世在水上，是不會娶陸上姑娘的！」

「卓少說笑呢，我一個教坊的賤籍，還想著別人娶我？」綺霞笑笑，聲音又低又輕：「我在岸上，他在水裡，我們就這麼相互貼著一點點就行了，其餘的，我也要不起。」

見卓晏陷入沉默，阿南忙拉拉朱聿恆的衣袖，示意他和自己趕緊走。

「阿言，你說綺霞能脫離樂籍嗎？」阿南似在詢問，用的卻是商量口吻。

朱聿恆自然知道她的意思，說道：「這倒無妨，我吩咐一聲便可幫她脫籍。可目前他們最大的問題是，江白漣是疍民。」

阿南自然也知道疍民只能娶疍民，絕不與陸上通婚，她有點洩氣道：「這倒是，江小哥比綺霞還難。」

「刻在骨子裡的習俗，有時比寫在紙上的律令更有束縛力。」朱聿恆說著，見瀚泓已小步跑來，便轉了話頭，道：「先去接風宴吧。」

「那是替你接風的，我還是和綺霞下館子去吧，想吃啥吃啥多開心。」阿南轉身就走，揮了揮手：「別忘了我的青蚨玉啊，我現在萬事俱備只欠這個了！」

吃飯不是阿南的主要目的，主要是為了尋找同伴給她留下的線索。

在最繁華的街市上轉了一圈後，阿南心裡有了數。

等吃完把綺霞送回去後，她晃晃悠悠到了驛站。不到一刻，有個戴著斗笠粗手大腳的漢子便拿著條扁擔出了驛站。

門口負責盯梢的人一看他身上掛著枯枝草屑的模樣，便知是送柴火來的，打量了幾眼便不再關注。

「阿言，以後你想管我，可得找幾個得力的手下呀。」阿南笑著腹誹，拿著偷來的扁擔溜之大吉。

數聲雁鳴，在渤海之上遠遠傳來。

天高雲淡，正值雁群南飛之際。竺星河目送長空征雁，不覺間已面向南方，遙望碧波廣闊之外。

司鷲在他身後望了望天空，說：「可惜飛得太高了，不然我們把牠打下來，今晚就有烤大雁吃了。」

竺星河略一皺眉，並不說話。

方碧眠在旁邊看竺星河神情，對司鷲微笑道：「天南地北雙飛客，老翅幾回寒暑。大雁是最忠貞的，你把一隻打下來了，另一隻可怎麼辦呢？」

「還要管這個嗎？我以前和阿南可打了不少。」司鷲撓撓頭，想想又笑道：「你要是跟阿南說這個啊，她肯定會說，那就兩隻一起打下來呀，成親都是要提上一對的！」

方碧眠笑著看向竺星河，而他已收回了目光。正當轉身要走時，他忽然又遲疑了一瞬，回眼看向海上。

馮叔駕駛著快船破浪而來，站在船頭的一人，身穿蔽舊布衣，頭戴斗笠。船速太快，船頭在急浪上忽起忽落顛簸不已，那人卻似與這大海有默契般，身形隨之起伏微動，如釘在了船頭。

竺星河望著那條身影，那一貫微抿的唇角此時緩緩揚起。

任由海風吹起他的鬢髮衣袖，他向前踏出兩步，站在船頭最高處迎接歸人。

見久違的公子站在熟悉的船上等待她，阿南不由欣喜萬分。等不及搭上跳板，兩艘船頭擦過之時，阿南一縱身便躍向了公子，笑聲歡快：「公子，我回來啦！」

竺星河下意識地伸手去接撲來的她，但在即將碰觸到時，又改成了拉住她的手臂，免得她站立不穩。

他。

可阿南身手靈活，哪需要他的扶持，搭了一把後她便已站定，笑吟吟地看著他。

竺星河打量她這一身糙漢裝扮，還沒來得及問話，旁邊司鷲已經又驚又喜地叫出來：「阿南，妳怎麼搞成這樣？我的天啊醜死了！」

方碧眠也笑道：「南姑娘妳先坐下喝口茶，我給妳打水洗把臉吧。」

「不用不用，我馬上得回去，那邊還有事情呢。」阿南忙制止她，一邊對公子解釋：「我是瞅空跑出來的，待會兒還得回去呢。」

竺星河微皺眉頭，問：「牽涉妳的案子那麼棘手，還沒解決嗎？」

「解決麼……其實也差不多了。苗永望的死啊，行宮的刺客啊，我們也都心裡有數了。」阿南接過方碧眠遞來的茶水，著意多看了她一眼，見她神情溫婉地望著自己微微而笑，毫無異狀，便也朝她一笑，然後道：「但我還有另一件大事要辦，相信能幫到公子。」

竺星河見她神祕的模樣，便示意她隨自己到船艙內。等她如常蜷縮在椅中找好了舒服的姿勢後，才給自己斟了一杯茶喝著，問：「怎麼？」

阿南略正了正身軀，道：「我此番回去，打探到了不少消息，也與阿……與朝廷有了接觸，摸到了他們的口風。」

竺星河微揚眉梢，但並未出聲。

「如今朝廷對關先生在九州各地設下的殺陣束手無策，災禍異變必然引得民亂紛起。雖然官府一直在追查線索，但目前拿到的地圖依舊晦澀不明。」阿南凝望著竺星河，信心滿滿道：「我相信，天底下能幫他們的，只有公子的五行決！」

竺星河低低地「唔」了一聲，若有所思地瞧著她，問：「妳的意思是，朝廷如今要尋求與我合作？」

「是呀！我想這也是大好事。兄弟們可以解除海捕身分，換得在陸上的自由，公子不也一直希望能破除災禍，拯救黎民嗎？」阿南眼睛晶亮地望著他，道：「上次公子命我去救黃河堤壩，我勢單力薄沒能成功，如今有朝廷雄厚之力為靠山，公子一定能挽救蒼生，實現心願！」

竺星河垂眼看著杯中碧綠茶湯，淡淡道：「如此說來，倒真像是好事。」

「對吧！所以我一探到口風，知道此事有望後，趕緊回來找公子了！若朝廷真能給出足夠誠意，並且出具妥善的合作方式，那我們大可在保持時刻抽身的警惕下，試探著與他們合作下——最重要的是，兄弟們能洗脫海捕身分，不至於被朝廷通緝，無法登陸。永泰行也不必傾覆，被牽連的人都能安然無恙，公子覺得呢？」

她籌劃得熱鬧，但竺星河只端詳著她，並未出聲。

阿南終於停下來，遲疑了一下：「只是……不知公子的意思？」

竺星河擱下茶杯，那雙幽深的眸子望著阿南，徐徐道：「阿南，妳太天真了。」

阿南心口一震，看著公子平靜又堅決的神情，喃喃問：「怎麼……」

「妳在與世隔絕的荒島長大，掌握了世上最高深的技藝，能破解世間最艱深的陣法，妳縱橫四海無人可擋，可妳……不曾見過權力鬥爭，不知道這世上最殘忍血腥的東西是什麼。」

如兒頭被潑了一盆冷水，阿南默然看著他，雙脣囁嚅，一時什麼也說不出來。

第十四章　逝水流年

阿南其實很想告訴公子，我知道的。

十四年前，她離開那座孤島，被送去了公輸一脈學藝。用了近十年時間，她順利出師，成了當世無人可及的三千階。又用了三年時間幫助公子平定四海。

其實現在想來，那可能是自己最好的時候。

那時她還年輕，心中除了公子一無所有。她曾經縱橫四海，擁有廣袤無垠的天地，可她的人生，其實也很狹窄。

狹窄到，枯槁孤單的人生中，唯一的方向與期盼只有公子。

他喜歡的，她便去做；阻礙他的，她便去剷除。風雨無阻，堅定不移。

十七歲時，她隨公子回歸故土。明面上，公子是按照父母的遺願葉落歸根，可她知道不是的。

她永遠記得老主人去世那一日，在狂浪撲擊的斷崖上，痛哭失聲的公子。
「我知道，公子您的心裡，一直記掛著二十年前的國仇家恨。」阿南聲音低低的，但她那雙比常人都要亮上許多的眸子一直盯著公子，一瞬不瞬，與她的話語一般，毫無猶疑：「兩年前，我跟著您踏上這條路時，便知道這會是條不歸路，但我那時早已下定決心，就算死，能為公子而死，也是司南死得其所。」
說到這裡，她卻緘默了下來。
可踏上這片陸地後，她按照師父的吩咐去拜會各家門派。與公子分別之後，才發現，這個世界太大了，大得，超乎了她十七年人生能想像的範圍。
名山大壑，荒漠草原，她從未見過的人煙阜盛都市繁華，萬千人歡笑與憂愁之處、安居與遷行之所。
在海上的時候，她面對的全是海匪盜賊，只需要按照公子的吩咐，一往無前地斬殺惡徒便可以了。
可在這世上走了一遭，她已不再是當年那個只有公子的小女孩。她的生命裡，出現了萍娘用性命保護下來的囡囡；有過將母親遺骸託付給她的葛稚雅；以及為了保護她而寧可承受最難堪折磨的綺霞……
還有，無數次在生死的天秤上，毫不猶豫選擇腳踏死亡，將她送上生路的阿言。
她想要保全他們，更想在公子陷入深淵前一刻拉住他，阻止這滔天洪水，讓每個人都能走上最好的那條路，在日光下從容度過自己的人生。

「我至今依舊是這樣想的，我和兄弟們都願意為公子豁出性命，百死無悔。」阿南直身正坐，一反素日的慵懶散漫，姿態與神情都無比鄭重：「可萬一，公子現在走的這條路錯了……公子會忍心看著兄弟們……」

竺星河沒回答，只是看著她的目光中帶上了寒意。

「我知道公子身負血海深仇，也知道當今皇帝為了登基手上沾染了多少血腥。」阿南凝望著他，道：「可是公子，二十年過去了，朝廷已不再是當年的朝廷，縱然我們有必死的決心，可我們區區百人之力，要撼動這萬里江山談何容易？到時只怕兄弟們徒然犧牲，無法建功立業。」

「這麼大的事，當然不容易。」竺星河嗓音低喑而肯定：「回來的這兩年，我們已在朝中聯絡到了諸多舊人，地下勢力亦遍布大江南北，深入民間。朝廷雖一時打擊永泰行，但我相信，浮雲終究不能蔽日，人心所向，必是我們這一脈正統！」

「雖然如此，可是……咱們在海上縱橫萬里、無憂無慮，又有什麼不好呢？」就讓陸上依舊盛世繁華景象，讓萬千百姓依舊安居樂業，他們又何苦一番圖謀，令神州血雨腥風生靈塗炭？

「公子，我們在海上的時候，難道不比現在快意百倍？我們誅盜賊，平匪窩，定四海，兄弟們在海上叱吒風雲，千洲萬島共奉您為四海之主……我真想，真想永遠這樣下去……」

「我自也留戀與妳一起在海上肆意橫行的日子。可是，我與妳不同，我的人生，背負了太多責任。江山易主的國仇，父皇在孤島鬱鬱而終的家恨，忠於我們的臣子慘遭枉死……我能將一切棄之不顧，只管自己在海外獨善其身，過自己開心快活的日子嗎？」

他血淋淋的質問，讓她無言以對。

許久，她勉強道：「至少，咱們徐徐圖之，不要和青蓮宗的人在一起。他們趁著災禍糾集災民燒殺搶掠，甚至為了維持民亂，他們可以暗殺求賑濟的官員，公子……您霽月光風，怎麼能與這些人為伍？」

「也不算為伍。之前青蓮宗與我們會面約談，頗有誠意，當時又正巧有官兵來襲，抵禦之時我發現與他們聯手合作還算順手，因此便多接觸了些。」竺星河不願與她多談青蓮宗的事，只道：「對我而言，世上能令我重視的人不過寥寥數人。所以有些事情能讓青蓮宗出手也好，畢竟我不希望妳……還有其他兄弟們，為了我而捨生忘死。」

阿南搖頭道：「但公子，就算藉助青蓮宗和亂民，我們要顛覆天下，也是蚍蜉撼樹，談何容易……」

竺星河垂眼，冷聲道：「當初若是薊承明的計畫成功，或許那個匪酋已經葬身於順天，這九州大陸已經變了天。」

即使心中早已盤旋疑問，但聽他此時提起，阿南不覺悚然。

順天那場災變若按照薊承明的計畫實施，皇帝、太孫與滿朝文武一夜之間盡歿於地火，前朝炆帝子嗣歸來，確是足以改朝換代之舉。

可，望著公子眼中惋惜神情，阿南只覺脊背一陣冰冷，汗溼了內衫：「公子是指……以順天百萬人為殉？」

「匪酋當初起兵謀逆，事後又清算臣民，所殺之數怕是早過了百萬。」竺星河冷冷道：「若順天民眾殞身能換得天下太平，我相信他們九泉之下亦能瞑目。」

阿南額頭微痲，她望著面前的公子，十四年來被她捧在心口奉若神明的這張面容，此刻忽然模糊起來，讓她一時看不清晰。

「阿南，我暗地聯絡當年舊人，借用當年那些陣法，就是為了你們著想。畢竟賊人已經坐大，真刀真槍上陣勝算太小，我不能拿你們的性命冒險。」竺星河抬眼看她，輕嘆一口氣，目光中有溫柔也有堅決：「薊承明挖掘出的關先生陣法，正是我們的大好機會，我想妳也不會讓我們放棄這大好機會，讓兄弟們徒增傷亡吧？」

「可……可您當時還曾讓我去黃河邊阻止災變……」

他沒有回答，只以暗沉的目光望著她，緘默不語。

阿南忽然在瞬間明白過來——

所以，公子只讓司鷲陪她去黃河。

他不是讓她去阻止災禍的，而是去幫他探路的。

他要確定自己五行決的結果，確定自己可以推斷災禍的確切細節，最終實施他的計畫。

所以，她心中所設想的一切都是夢幻泡影。

公子需要的，是動盪的亂世。關先生留下的那些巨大災禍，與青蓮宗一樣，正是他的助力。

他絕不可能幫助阿言，破解山河社稷圖的。

外面傳來呼哨聲，船已經靠近了目的地。

前方碼頭嚴整，是一個渤海中地勢頗佳的小島。

阿南轉頭看著面前井然的屋舍與巡邏人員，心道公子果然厲害，來這邊不過短短月餘，已經布置得井井有條了。

「這邊離陸上有段距離，不是輕易可以整頓好的。這島是青蓮宗之前的據點，我們合作之後，便接手了此間，倒也省事。」像是看出了她的心思，竺星河道：「水能載舟，亦能覆舟。青蓮宗雖是一群亂民，但若能為我所用，散沙未必無法聚力。」

阿南終於在心裡嘆了一口氣。公子畢竟還是沒有跟她說實話。

海客與青蓮宗的合作，並不僅僅只是他輕描淡寫的那些而已。

阿南沉默地跟他踏上岸，便聽方碧眠溫柔含笑的聲音傳來：「公子，您接南姑娘回來啦？大夥兒知道了都很高興，正設了酒宴要為南姑娘接風呢。」

「走吧，別讓大家久等了。」竺星河神情如常，對阿南笑道。

雖然心事重重，但阿南個性素來開朗，踏入院中見到諸多熟人，一激動也就暫時拋卻了煩憂，與大家敘起話來。

「南姑娘，妳可算回來了！知不知道俞叔添了個孫兒啊？趕緊和他喝一杯！」

「阿南妳好沒良心啊，把我們拋下說走就走，還不快自罰三杯？」

「來，咱兄妹走一個，這回妳再敢走我就跟妳急知道不！」

席間熱鬧非凡，觥籌交錯間笑語連連。

阿南與他們多日未見，再加上如今心情鬱積，杯到酒乾，來者不拒，不多時便面帶酡紅，興奮得就差與眾人勾肩搭背了。

「阿南，妳醉了。」公子見她失態靠在司鷲身上，便走到人群中，親自將她扶住。

「沒醉，我高興，真的……回到陸上這麼久，今天大家終於又重聚到一起，就像當年在海上一樣，我……我真是開心極了！公子，我真的好想回到海上，我們回去做海匪頭子好不好……」

她雙手不住地往公子身上摸搭，差點要纏上去了。

竺星河看著滿院望著他們笑的兄弟，只能無奈道：「方姑娘，妳扶阿南去屋內歇息一下吧。」

阿南一邊喊著「我酒量很好我沒醉」，一邊趔趄著被方碧眠拉進了早已為她收拾好的廂房內，倒在床上便沒了動靜。

方碧眠推了推她，見她沒反應，便幫她脫了鞋蓋好被子，出來對公子抿嘴而笑：「南姑娘倒頭就睡，看來是真醉了。」

竺星河對眾人道：「大夥適可而止，以後別再這麼灌酒了。阿南畢竟是個姑娘，和咱們這群男人不一樣。」

聽他這樣說，馮勝先笑了出來，道：「公子所言極是，只是這丫頭太能逞強，比男人還剽悍，我們老忘記她是個小姑娘這回事。」

「也不是小姑娘了，不知不覺也十九啦。」常叔嘆道：「我還記得五年前她忽然跑來婆羅洲，差點被我們打出去的情形呢。」

「那可不，一個黃毛丫頭說公子救過她，她努力學習了九年，現在出師來找公子報恩了。」馮勝大笑道：「誰會記得九年前救過的一個小孩啊，我還以為是哪股海盜混進來的奸細呢！還是公子記性好，一下就認出了她。」

竺星河道：「我曾去拜訪過公輸師父，是以與阿南見過幾面。」

「總之，公子與阿南姑娘緣分不淺啊！」俞叔新添了孫子，眾人給他敬的酒不比阿南少，此時帶著醉意道：「公子，您與南姑娘……都老大不小了，犬子比您還小四歲呢，都、都給我生孫子了，你們啥時候……讓咱兄弟喝喜酒啊？」

方碧眠持酒壺的手輕輕一顫，目光偷偷地看向了竺星河。

卻見竺星河笑了笑，語氣平淡道：「匈奴未滅，何以家為。如今我們正在顛沛之中，哪有心力去想成家的事？」

「那匈奴沒滅時，漢朝人就不成親不生娃了嗎？咱在海上討生活的時候，把腦袋都提在手裡過日子，還不各個都有了孩子？」馮勝亮著一貫的大嗓門，道：「再說了，正因為咱們現在不安定，您才更要早點成親！多生幾個小少主，我們這群老傢伙也就安心了！」

「怎麼，俞叔孫兒的滿月酒沒喝夠，大家都急了？」竺星河笑道：「我自己的事，自己心底清楚，無須大夥牽掛。」

「但男大當婚，女大當嫁。公子還記得否，老主故去之時，心中也記掛著此事。」一直在首席沉默的魏樂安終於開了口。他年歲最長，又是公子開蒙的老師，說話慢悠悠，卻自有權威：「這些年南姑娘為您出生入死，居功甚偉。所謂鳳凰于飛，直上九天，公子志存高遠，若有長風相送豈不是更好？而南姑娘，一直以來便是您雙翼之風，既然她能伴您翱翔天際，豈不是公子命定佳偶？」

「嗨，我知道了！」說到佳偶，馮勝一拍大腿，道：「這有啥，南姑娘好，方姑娘也好！公子是幹大事的堯舜，兩個姑娘一個助您前程，一個體貼周到，大可效法娥皇女英嘛——」

方碧眠臉上一紅，趕緊別過身去，不敢看眾人一眼。

竺星河聲音微寒，打斷他的話：「馮叔，你喝多了。」

莊叔在後頭扯了馮勝一把，馮勝閉了嘴，不防醉醺醺的俞叔卻插嘴道：「是我們這班老、老傢伙不中用啊，隨公子回來後寸功未建，甚至還讓公子身陷險境，全靠阿南才把公子救回來……嗚嗚嗚，我老俞愧對老主啊！」

竺星河的眼前，浮現出阿南救自己離開放生池時，那緊盯在朱聿恆身上的目光——那是十幾年來，她從未曾對他表露過的眼神。

而她這次回來，也是為了勸說自己，幫助朱聿恆解開山河社稷圖……

不自覺的，他手中的酒杯重重擱在了桌上，砰的一聲響。

他一向都是和顏悅色，自幼從未失態過。因此聲音雖然不大，但眾人見他神情陰沉，心中都是一驚，忙拉住了俞叔。

「我失陷敵手，是因為認出了對方身分，為伺機動手才故意被擒。就算阿南不來救我，我也自有脫身之法。」他淡淡開了口：「至於其他事情，我自己心裡有數，無須多言。」

說罷，他起身離去，頭也不回。

天色已暗，院中挑起了燈籠，照著狼藉席面。

一場接風宴鬧得如此不愉快，大夥都陸續散了。方碧眠默不作聲地帶人收拾東西，頭壓得低低的，不敢抬一下。

司鷲端著解酒湯從她身邊繞過，進了廂房內，剛把東西輕手輕腳放在床頭時，卻發現一動不動躺在床上的阿南，眼睛睜得大大的，似是茫然，又似是出神。

他心中一驚，不知她什麼時候醒的，是否已經聽到了外面的議論。他結結巴巴道：「阿南……妳，妳醒了啊？」

阿南「嗯」了一聲，看到他捧來的醒酒湯，便坐起來喝了兩口，皺起眉頭：「又酸又澀，下回幫我多放點糖啊。」

見她神情無異，司鷲才略微放心，無奈道：「哪有醒酒湯放糖的，快給我喝掉！」

「我說要就要嘛，哪來這麼多廢話。要是阿言的話，我要多少糖他肯定給我加多少。」

司鷲嘟囔：「阿言阿言，口氣這麼親熱，妳在外面認識了多少亂七八糟的男人？」

「我認識的男人可多了，絕對超出你和公子的預計。」阿南埋頭喝湯，含糊道。

司鷲毫不留情奚落道：「反正就算認識全天下的男人，妳最終還是要回來守在公子身邊的。」

「你真懂我。」阿南笑嘻嘻道。

司鷲見阿南還是這副臉皮奇厚的模樣，倒也放下了心。等她喝完，他幫她掖了掖被子，說：「睡吧，明天早上我給妳做敲魚麵吃。」

「不用了，趁現在沒人看見，我悄悄走。」阿南將被子拉起，蒙住自己的臉，聲音有些發悶：「你懂吧，司鷲……我不知道明天起來，怎麼面對大夥兒……」

司鷲急道：「這有什麼啊，妳喝醉了，什麼都沒聽到啊！」

「可我醒來了……我都聽到了。」阿南低低道：「我真丟臉，要讓這麼多人替我當說客。」

可，縱然有這麼多人為她說話，依舊沒有打動公子。

她用被子胡亂揉了揉臉，強迫自己清醒一點。

跳下床，穿好鞋子，她緊了緊自己的臂環，說道：「我走了。」

「那妳什麼時候回來啊？」司鷲見她馬上就要走，急忙攔住她問：「妳就這麼把公子拱手讓給她？怕什麼，大家都站在妳這邊！」

「我當然不讓，我是要回去解決掉這件事。」阿南臉上的神情變冷，聲音也沉了下去：「無論是她，還是青蓮宗，都別妄想沾染公子，將他拖下水！」

司鷲尚不明白她的意思，阿南已將他的手一把推開，快步往外走去。

在經過正堂的時候，阿南見裡面有燈光，朝內看了一眼。

竺星河正坐在燈下，方碧眠彎腰小心翼翼捧住他的手臂。

他被牽絲剮後的傷口比朱聿恆要嚴重許多，再加上逃離時傷口在水中泡了太久，如今手腕上肉痂雖退，尚留著淺色疤痕。

方碧眠正用毛巾沾了溫熱的藥水，輕輕柔柔地幫他洗去舊藥粉，又換了乾淨帕子，幫他將藥水小心拭乾，才無比輕緩地幫他上藥。

她那嫩生生的手跟新剝的春筍一樣細長白嫩，動作就如毛羽輕拂，柔軟得令人心動。

阿南冷冷的目光從方碧眠的手上移開，轉到公子臉上。

而竺星河正抬起頭，目光不偏不倚與她撞個正著。

他微一皺眉，將手臂從方碧眠的掌中抽回，站起身想說什麼，但阿南已朝他笑了笑，轉身一揚手便下了臺階。

她大步出了門，挑了艘自己喜歡的小舟，解開纜繩一腳將它蹬到海中去，然後縱身躍上船頭。

酒已經醒了，她身形在船頭只微微一晃，便立即站住了。

耳聽得身後腳步聲響，她回頭看見公子已走到了門邊，站在臺階上看她。

但，看著阿南決絕的姿態，他終究還是停下了腳步。

懸在簷下的燈照亮了他的面容，他深深盯著她。之前發生的事畢竟還讓他有些不自然，他並未開口，也未上前。

而阿南朝他一笑，丟開纜繩揚頭道：「公子，告辭了。」

她的笑容蒙著淡薄月色，已沒有了以往望著他的熱切。

竺星河覺心口微緊，雙腳不自覺向她的方向走了兩步。

可她船已離岸，再難回轉，他最終只道：「去吧，我等妳回來。」

「或許，等我處理好了一切……」她一扯面前風帆，夜風催趁，小船如箭般破開面前暗濁的海浪。

她回頭轉舵控帆，控制著小船朝西南方而行，任由自己的話被疾風吞噬。

竺星河再也沒有聽到她後面的話語。

阿南在海上出生，在海上長大，大海於她就是生命的一部分。

但這一夜，她第一次感覺到大海原來如此寒冷。

在永遠溫暖的南海之上，她喜歡隨時躍入水中，憑著冷暖水流和風向的交融，不需任何星斗與羅盤，便能清楚明晰地前往她想去的任何地方。

可這是渤海。入秋後的夜風呼嘯著從她單薄的衣衫中扎入，帶來雖不刺骨卻令她酸楚的涼意。

認準前路，綁好風帆，阿南脫力地躺在小舟之中，望著漫天燦爛星辰，把認識公子以來的那些日子，一點一滴地回憶了一遍。

從五歲開始，她不知疲倦地拚命努力，盡自己所有力量終於站在了公子身旁，也讓全天下人都知曉了她對公子的仰慕。

她時時刻刻貼著他、念著他，可究竟公子是怎麼想的、他的心意如何，她其實從未得到過確定的答覆——

就像這次一樣，終究她還是得不到想要的結果。

渤海並不大，海風鼓足她的船帆，月亮西斜之時，彼岸已在眼前。

她狠狠甩開所有糾結的情緒，對自己說，那又怎麼樣。

她能踏平四海，又何懼腳下的荊棘。

只是現在，她需要一點時間來休整心中的痛苦酸澀，當然更需要的是，將那些荊棘全部剷除。

她不信公子會把心心念念的蒼生拋諸腦後，更不信他會為了復仇而葬送百萬民眾。那個背後搞鬼的人，連同青蓮宗，都是她此行的目標。

她從船上站起身，揚頭看向前方。

明月皎潔，那一波波撲上蓬萊閣城牆的波浪在月光下明亮耀眼。沿海而築的城牆之上，所有燈籠全部點亮，海浪上幽藍的螢光與火光交織，眩目瑰麗。

在這些明徹光芒的照映下，阿南一眼便看見了站在城樓之上的那條身影。

輝煌燈光映在海中，海上海下燃著兩片豔烈火光，擁著她的歸舟，也照亮佇立在蓬萊閣前俯瞰她的朱聿恆。

她的船慢慢駛近，而他沿著城牆快步向下，在她靠岸時，燦爛的燈火已經照亮她腳下的道路，明亮地延伸向他所走下的臺階。

在黑暗陰冷的海上漂泊了這麼久，而他已帶著溫暖光明迎接她的到來，讓阿南的心口湧起難言的微悸。

她的眼眶微微一熱，但隨即便綻開了笑容，毫不遲疑地從船上躍下，快步走向他：「阿言，你怎麼在這裡？」

天都快破曉了，難道他在這裡等了一夜？

朱聿恆站在她面前，卻別開頭看著面前的大海，聲音平淡道：「正巧要來處理一些事情。」

依舊是端嚴的姿態與整肅的面容，可周圍的燈光在他的臉頰上灑下濃濃淡淡的暈紅色，令他那偽裝的淡定消失殆盡。

即使情緒低落，可阿南還是望著他笑了：「我不信。大半夜的，處理什麼呀？」

他凝望著她，心道，還能是什麼？

她從驛站消失了，而官道陸路上沒有搜尋到任何蹤跡，他知道她是出海去了——

而且，必定是去了竺星河留駐的那個島。

而原因，應該便是她從他這邊打探了口風，要回去與她的公子商議與朝廷合作之事。

他等了半夜，而她遲遲未曾出現在海面之上。那時他心中已經打定了主意。若她帶著竺星河回來，那麼，這會是較好的結果。以後他會豁出一切說服祖父，促成他們與朝廷的和解。

若等到天亮她還未回來……或許，再等一、兩天，她再不出現，則表示所在的這一夥海客，是不可能歸順朝廷了。

既然如此，到時他便會下令，所有船舶集結出海，夷平匪徒亂黨占據的那座島嶼。

哪怕要以他的生命為殉，他也要清除掉青蓮宗與前朝餘孽，不會容忍這山河動盪的因素存在。

只是……

明明已經做好了所有打算，可他望著漆黑的大海，卻覺得焦灼與恐懼在啃噬著他的心。

他知道自己在害怕。怕阿南真的不回來了，怕自己真的要下達那一道格殺勿論的命令。

他曾失去過、也曾失而復得的阿南；他寄予巨大希望與憧憬的阿南，他真的怕她不回來，就此在大海上化為灰燼。

天色一點一點亮起來，煎熬一分一分堆積。他做好了最壞的打算，卻沒想到，阿南居然獨自一個人回來了。

顯然，她沒能說服竺星河，可她還是離開她的同夥們，回來了。

他的目光從她散落的溼髮上，慢慢移到她蒼白無血色的唇上，遲疑片刻，問：「妳看起來不太好，怎麼了？」

「哦……渤海有點冷。」阿南當然不能對他傾訴自己與公子的事情，便抱著自己的雙臂，隨口扯道。

朱聿恆身邊人手眾多，伺候周全，他抬手取了件赤紅簇金羽緞斗篷將她攏住，擋住黎明前最寒冷的夜風。

斗篷太長太大，阿南提著它下襬，看著四周通明的火光，問：「你怕黑嗎？點這麼多燈。」

朱聿恆頓了頓，終於回答：「怕妳不熟悉這片海域，在黑暗中尋不到回來的路。」

阿南提著下襬的手停了停，看著面前的他，還有他身後那條鋪滿燈火的道路，一直不曾掉過的眼淚此時忽然湧了出來。

比公子不願承諾時更為委屈傷感的一種情緒，如同浪頭鋪天蓋地而來，將她淹沒。

她抬起手，倉促地用自己傷痕累累的手掌遮住眼睛，頓了片刻，才低低說：「阿言，我們走吧。」

踏過一級級明亮的臺階，轉過一片片明明暗暗的光影，他們並肩向上方巍峨凌虛的蓬萊閣而去。

天邊的墨藍轉成魚肚白，又變成眩目的金紅。

阿南在最高處回頭望去，渤海之上的濃雲已被萬道霞光衝破，一輪耀眼的太陽正從碧海之上躍出，給她、給阿言、給整個世界鍍上了燦爛金光。

一群人齊聚渤海邊，當天下午便在蓬萊閣內碰頭，組織商議如何下水的事情。

薛澄光作為本次活動的主要負責人，攤開水兵們測繪的水圖，向大家粗略講解了一遍：「渤海要比東海淺很多，因此潛下去的難度不大，下水人手自然也可以調度更多。不過渤海渾濁，行動起來視野無法像東海那麼廣，下方水城的範圍也更大，因此大家隊形務必要緊湊，一定要聚集在核心周圍，以免錯過指示。」

眾人都應了。阿南昨晚一夜沒睡，今天補了覺還是有點懶洋洋的：「那得給核心做個標記啊，搞鮮豔點下水。」

薛澄光道：「這個自然。屆時妳還是負責率領飛繩手，這回下水的人多，共有五十個弩手，已經在水下練了幾天飛繩了。我們已經做好了彩標，到時你插標下水，飛繩手們好跟著你行動。」

阿南苦笑：「得，我自作自受，這下插標賣首了。」

「少胡扯這些不吉利的話，大家都要插。」薛澄光說著，看看下方海邊的船，說道：「董兄弟，我看你和江小哥挺熟，就請你去向他轉述一下今天說的要點。疍民沒法上岸，還挺麻煩的。」

等散了會，阿南抄起自己塗抹的紙筆，下到碼頭一看，綺霞與江白漣正坐在船沿說話。

綺霞兜著一捧林檎，一邊啃著一邊絮絮叨叨說著些街上瑣事。什麼街邊賣果子的阿婆給的斤兩很厚道，對面鋪子的布莊老闆就很摳之類的。

江白漣則修整著自己的魚鉤，聽她這些廢話也聽得認真，偶爾應和幾聲。看見她蕩起的腳將裙子掀上了腳背，便抬手將她的裙角按住，以免她白生生的腳露在外面。

阿南在心裡暗笑，這碼頭除了你倆再沒別人了，還怕綺霞的腳被人看了去？她笑嘻嘻地走過去，跟他們打招呼：「江小哥，明天就要下水了，我來跟你講講大夥剛商議的事兒，還有下水後要走的路線。」

江白漣忙將漁網魚鉤收好，示意她進船艙。阿南一掀船艙簾子，見這條貼布繡的簾子嶄新，上面的五彩鴛鴦拼得脖子都歪了，那手工拙劣，一看便知出自於沒做過女紅的人之手，當下便朝著綺霞笑了出來。

綺霞毫不知羞，還喜孜孜問：「好看吧？」

「挺好挺好，我就知道妳心靈手巧。」阿南睜著眼睛說瞎話，展開自己帶來的簡圖，給江白漣講解了下水中情形。

「你別看薛澄光這人整天笑嘻嘻的，其實個性十分強硬。依我看來，他下水後行動必定粗暴迅速，到時候江小哥可千萬要注意，他們叫你別離得太遠，但也別太近了，沒得被他的手段波及。」

江白漣點頭應了，又道：「董大哥畢竟是走江湖的人，我看你與薛堂主交往也不多，怎麼看出他的慣用手段的？」

阿南笑而不語，心想，我以前和他打了多少交道，我能告訴你嗎？

董浪在這對小情侶中是不受歡迎的人，看著江白漣那不時瞄瞄船外綺霞的目光，阿南自然不會自討沒趣，把事情和明天的出發時間交代清楚，就起身告辭了。

跳上岸之時，她又故意湊近綺霞，看著她手中的林檎問：「好吃嗎？」

「好吃，酸酸甜甜的。」綺霞很自然地分她一個。

阿南將它在手中一起一落拋接著，離開碼頭走上了城樓。

快到臺階盡頭時，她隨手抓住林檎咬了一口，頓時酸得整張臉都皺了起來。

「這也太酸了，綺霞什麼口味啊，還說好吃？」阿南不敢置信地轉身回頭，看向江白漣的船，想居高臨下喊一聲譴責她。

誰知她一回頭，卻看見綺霞的身子正從船沿跌落，雙膝跪著摔在了岸上。

阿南大驚，還以為她是不小心，誰知綺霞尚未爬起來，已驚叫一聲，似被人扯著般，骨碌碌地滾進了草叢之中。

阿南情知不好，綺霞定是被人勾住了衣服扯進去的，便立即丟了林檎，沿著臺階向下奔去。

可她已走出不短距離，更在城樓之上，即使再怎麼三步併兩步，也無法在片刻間趕到。

下方江白漣被綺霞的叫聲驚動了，從掛著鴛鴦的繡簾內衝出，一步踏上船沿，看向聲音來處。

阿南抓住欄杆縱身下躍，落在下方一折臺階上，俯頭看見那近一人高的荒草叢中，似乎有武器的亮光閃過。

她立即對江白漣大喊：「草叢裡有人，有刀！」

高大的荒草劇烈搖晃，綺霞的呼救聲在裡面倉皇而凌亂地響起，可她應該是被凶手抓住了，始終未見逃出來。

江白漣站在船頭，看向草叢又看向自己的腳下，死死盯著距離船沿不到一尺的條石岸，恐懼侵襲了他身上每一寸肌膚。

疍民世世代代，永不踏上陸地一步。

這古老的訓誡在他的血管中流淌，已經變成了深入骨髓、誓死恪守的規矩。

他年幼時曾見過灘塗上的曝屍。阿媽告訴他，這是違背祖訓上了岸的疍民，被族人驅逐，又不被岸上人所接受，最終死無葬身之地。

可……他抬頭看向前方搖晃的草叢。綺霞的身影在其中趔趄著一晃而過。他心下一驚，趕緊抄起竹篙竭力撲撩草叢，試圖搆到綺霞。

顧不得是否會暴露行跡，阿南抬手射出流光，勾住欄杆再躍下一折臺階。下方是極高極陡的城牆，流光長度不夠。阿南抬腳踩住城牆上突出的一塊磚頭，險之又險地趴在牆壁上，再度以流光降下身體，向下急墜。
江白漣探出的竹篙在草叢中一停，終於被人抓住。
透過蓬亂搖曳的草叢，他看見抓住竹篙的人正是渾身血跡的綺霞。他心下一喜，趕緊將她拉出草叢：「抓緊，不要放手……」
話音未落，後方一條蒙面黑影趕上，狠狠踩在綺霞手上。
竹篙脫手，綺霞被抓住按在地上，對方高舉起手中雪亮的匕首，向著她狠狠刺下。
阿南終於落了地，向著碼頭邊狂奔而來。可匕首刺下只需瞬息，而她離草叢卻足有幾十尺，須臾間怎麼可能到達。
幸好凶手身量瘦矮，綺霞在危機之中猛然發狠，一腳狠狠蹬在對方的腹部上，將他一腳踹開，一骨碌爬起來就要逃離。
可地上全是草根糾結，她慌亂之中腳尖被絆住，再度栽倒在荒草之中。
蒙面凶手爬起來，抓起地上的匕首，趕上來向她背心狠狠刺落。
就在這千鈞一髮之際，一條人影直撲上來，將凶手重重撞開。
綺霞涕淚交加，抬頭一看，江白漣已從她身旁撲向了蒙面人，與他扭打在一起。
她慌亂不已地爬起來，抖抖索索地看著江白漣。對方手中雖有匕首，但見江白漣趕到，知道自己再無得手可能，一轉身便衝向了草叢深處，消失了蹤跡。

而江白漣追出兩步，身體晃了晃，勉強站住了腳。

綺霞撲過去緊緊抱著他，驚恐萬分，可喉口乾澀，卻一個字也說不出來。

江白漣回手抱住她顫抖不已的身軀，低聲道：「我沒事，就是從沒在陸上走過路，跑不快……」

後方草叢晃動，阿南奔了過來，見他們安然無恙抱在一起，才鬆了一口氣。

江白漣定了定神，和綺霞相扶著一起走回自己的船。他從未上過岸，走起路來有點歪斜打晃，上了船後便趕緊翻找藥粉，給她包紮。

巡守的士兵被這邊的動靜驚動，趕過來圍住草叢搜查凶手，卻一無所獲。

阿南見那邊凶手無影無蹤，便將綺霞的衣服解開查看，手臂和腿上都有傷口，所幸綺霞反抗激烈，江白漣又來得及時，沒有刺到要害。

江白漣拿藥出來，瞪了阿南一眼，忙把綺霞的衣服攏好，帶她回船艙包紮。

阿南摸著猥瑣小鬍子，透過半掀的門簾看見綺霞抱著江白漣痛哭失聲。她嚇得聲音都啞了，只能嗚嗚哭泣。

而江白漣一邊給她包紮，一邊安慰她。可他的手抖得厲害，說話也是七顛八倒，不成語句。

阿南知道他破了疍民的戒律，綺霞又遇到危險，內心必定劇烈波動，能如常上藥已經不易。

嘆了一口氣，她想想綺霞一而再再而三的遇險，再想想這一切的始作俑者，一怒之下轉身就向上方蓬萊閣衝去——

「阿言，你給我等著！」

朱聿恆聽完阿南的陳述，端詳她憤憤的神情，便屏退了所有人，問：「怎麼，妳覺得是我母妃下的手？」

「綺霞又遇襲了？」

「不然呢？」阿南想到綺霞剛剛差點殞命，抑制不住心中的憤怒：「三番兩次對目睹真相的綺霞下手，之前還給我加罪名，說我謀害你幼弟，我好歹也與她一起共過危難，怎麼可以這樣？」

「不可能。此事關係重大，我已與母妃詳談過。她心中自有利害衡量，綺霞對她來說早無必要了。」

阿南見他如此肯定，想想如今這局面，太子妃也確實沒必要再對綺霞下手，皺眉思索片刻，「啊」了一聲：「那個人看來身材瘦弱，不似男子，難道說……」

「嗯，我母妃就算要下手，也會找幾個身手俐落的人過來。」朱聿恆點點桌子，示意她坐下慢慢談：「依我看，是那位刺客按捺不住了。」

阿南「呵」一聲冷笑，道：「我正要找她算帳，她自己就撞刀口上來了，真乖。」

朱聿恆瞥了她一眼：「據我所知，她如今與竺星河在同一個島上。」

「那又怎樣。我想收拾一個人，誰能攔得住我？」阿南蜷在椅上，笑嘻嘻地看著他。

朱聿恆看著她那散漫的姿態，神情雖沒什麼變化，但心口慢慢冷了下來。

這麼看來，她回來是為了借官府、甚至是他的手，幹掉她討厭又不便下手的人。

她終究還是那個女匪。離開海客匪首來到他身邊，只是為了利用他而已，與之前並無二致。

朱聿恆別開頭不願看她，聲音也變得冷淡：「雖然我們都知道凶手是她，但她還有決定性的證據，證明自己不可能是那個刺客——畢竟，她當時右手受傷了，正躺在殿後昏迷不醒。而妳清楚看到，刺客是用右手殺的人。」

「是啊，這倒是個難題。」阿南歪在椅中，無意識地活動著自己的手指，又道：「不過你們官府要給人定罪，什麼時候需要所有證據完備了？我和綺霞因為一點嫌疑，一個被海捕一個被下獄，我還沒跟你好好算呢！」

「妳的海捕文書上已經銷掉了刺殺太子、謀害皇嗣幾條，但妳劫走朝廷重犯是鐵板釘釘的事實，這點是不可能撤銷的。」

在拙巧閣與她攜手狂奔時，他曾拋開了對她的所有介懷。他希望在以後註定所剩無幾的生命中，能看著她在身邊熠熠生輝、能有她陪自己奮戰到最後一刻，也算是人生最後的慰藉。

可，她的心並不在此。他以為能握住的最後希望，其實不過是他的錯覺。她為另一個人而來，也會隨時為另一個人離開。

「好好好，終究還是你站在制高點，我認錯。」阿南雖不知他的心思，但也不跟他爭辯，只笑嘻嘻蜷在椅中，問：「對了，上次說的青蚨玉，你幫我找到了嗎？」

朱聿恆冷著臉，從抽屜裡取出一個匣子，放在桌上推給了她。

阿南打開來一看，裡面是一塊無瑕碧玉，旁邊有個小荷包。

她驚喜地將玉拿起來放在眼前，只見一團濃翠在掌中溶溶生輝，映得她整隻手都成了青碧顏色。

「畢竟還是神州地大物博啊，我在海上蹲了十幾年，可從未見過這麼出色的碧玉。」

「我亦未曾見過青蚨玉，是下面人尋的。」

見朱聿恆的口氣如此冷淡，阿南在心裡腹誹著「怎麼又不開心了，這男人真難伺候」，便把盒子一關就站起身說：「謝了，那我先走了。記得把引刺客出洞的局給布置好啊。」

朱聿恆淡淡「嗯」了一聲，等她走出門時，又忍不住抬眼看向她的背影。

卻見她出門時無意瞥向海上，便不由站住了腳，盯著前方看了又看。

朱聿恆正有些詫異，她卻又急急轉身，臉上帶著驚詫的笑容朝他招手：「阿言，你快來！」

朱聿恆起身走到她身旁一看，只見外面遼闊海天之上，半陰半晴的天氣氤氳迷濛。原本蒼茫的海面忽然呈現出萬千樓臺幻影，似是遠空之中的仙人殿閣，又似是霧靄煙霞的幻影，光暉離合，飄渺難言。

海風獵獵，拂動他們的衣袖、衣襬。他們仰望半空海上的奇景，一時因為這幻境而陷入久久難言的虛浮震撼之中。

許久，朱聿恆才聽到阿南道：「都說蓬萊多海市蜃樓，沒想到我們真的遇到了。」

「聽說秦始皇當年命人東渡求長生，亦是因這邊多虛幻蜃景，才向海外仙山而去。」朱聿恆望著空中，聲音低喑：「只可惜仙山神樓全是虛幻，縱然一統六國揮斥八荒，他還是難免歸於驪山。」

「而現在我們也要向渤海而行，只是我們早已知道海的那一端是什麼。」阿南倚在欄杆上，揚眉道：「但只要我們撥開重重迷霧，就一定可以解除你身上的山河社稷圖，好好活下去。」

看著她堅定凝望自己的眼神，朱聿恆那心中剛升起的介懷，似乎又漸漸地消融了一些——

雖然她口口聲聲都是她的公子，可面對與她無任何切身關係的地火與渤海時，她總是二話不說為他赴湯蹈火。那麼，就算她心心念念著另一個人又如何呢……

至少，他知道自己在她心裡，占據了一個很重要的位置。

他們並肩立於蓬萊閣上，仰望著空中那漸漸呈現又徐徐消散的幻境，有種萬古難言的震撼與悵惘。

直到一切消散，阿南才意猶未盡地抬頭看他：「阿言，你以前見過海市蜃樓嗎？」

朱聿恆頷首：「見過，不過是在沙漠裡。之前跟隨聖上北伐時，我曾見過沙漠中突現湖泊綠洲。但那情景全都是倒懸的，聽說那叫反蜃。」

「海上的老人們跟我講，海市蜃樓是大蚌吐出的虛氣，可我一直很懷疑，覺得那可能和彩虹一樣，都只是日光的反照而已。」阿南說著，打開匣子將裡面的玉石拿出來，在日光下輾轉著，將反光射到自己的手掌上：「行宮的瀑布在日光下彩徹區明，全是日光在水上投射的幻影。在水上或者在沙漠中，平坦遼闊之處光線可能更容易虛浮折射，於是便會將他處的情形投射到上空，讓我們看到了遠處的風景。」

朱聿恆與她一起遙望遠空，緩緩道：「確實，水性難測，光與水相遇後，往往能營造出很多我們所未曾想見的幻象……」

阿南摩挲著那塊玉石，思忖道：「如此說來，光線投射，反蜃，幻象……」

她這喃喃的話語，令朱聿恆腦中一閃念，不由問：「難道說，刺客行凶時，也是借用了這個手法，因此才會造成她不可能殺人的假象？」

「很有可能。」阿南點頭，摩挲著手中碧玉，一仰頭對他展顏而笑，說：「行了，一切線索都對上了。現在就等你引蛇出洞，讓我把刺客所有手段揭露得乾乾淨淨！」

見她已胸有成竹，朱聿恆也不再多問，低頭看她手中玉石，問：「我看這與尋常碧玉也差不多，為何要叫青蚨？」

看他管這種濃翠叫尋常，阿南給他一個「暴殄天物」的眼神，解釋：「傳說青蚨有靈，若你抓了小蟲，母蟲必定會飛來。因此傳說以母子血分別塗在錢上，用母留子，母錢便能在夜間復飛回還。」

「無稽之談。」

「只是用作比喻嘛。比如這種玉被稱為青蚨玉，就是因為將它橫貫切成極薄的玉片之後，叩擊其中一片，與它相接的另一片也會回應發聲。」阿南說著，用手指輕輕叩擊了一下玉石，聽著上面的迴響，滿意地笑了：「這難道不和傳說中的青蚨子母感應有異曲同工之妙嗎？」

朱聿恆博聞廣記，道：「此事《夢溪筆談》中亦有記載，沈括於琴弦之上置紙人，彈動與其對應的弦時，則紙人躍動，彈奏他弦則不動，便是這個原理。」

「對，沈括將之稱為『應聲』。而青蚨玉因為質地特別純淨勻稱，因此是做應聲器物最好的原料。」阿南說著，喜孜孜地放好這塊碧玉，見匣中還有個厚重的小荷包，便拿起來看看。

剛拉開一點，裡面便有碧綠幽光閃出。阿南「咦」了一聲，攏了荷包看向裡面，是一顆圓徑過寸的夜明珠，正在裡面幽熒放光。

阿南倒吸了一口涼氣，話都來不及說就將它取出來對著日光看了又看，差點被這渾如雲氣的幽光珠子迷住。

「是你之前說過的夜明珠嗎？這可是稀世奇珍，你真捨得給我？」阿南口中這麼說，手卻始終抓著珠子不放，目光簡直黏在上面扯都扯不下來。

見她喜形於色，朱聿恆心情也隨她愉快了些：「捨不得，還給我吧。」

阿南這人從不掩飾自己，立即揣好這顆夜明珠道：「不過我剛好缺一顆珠子呢，來得正正好，那我就用上啦！」

朱聿恆不再說話，與她一起倚靠在欄杆上，望著風煙俱淨的渤海。

阿南又忍不住拿著碧玉看來看去，手在上面比劃著，似在尋找最佳下刀的角度。

想到她說的「應聲」，朱聿恆估計她是要將它分解成薄片，不知有何作用。

他凝視著她歡喜的側面，心想，這世上有些東西真是奇妙。

比如說，兩個本來相隔很遠的東西，卻能因為相似的特性而被觸發，從而彼此回應，不遠萬里。

如宿命，如孽緣。身不由己，難以逃避。

物與物如此，人與人，往往也是如此。

身後傳來腳步聲，是瀚泓帶著一行官員過來了。阿南當然不會摻和這些場面，收好東西便要走。

抬腳時聽到「洪災」二字，她想起那次是她未能挽回黃河決堤，導致下游無數州縣盡成澤國，心中略微一沉，頓住了腳步，傾聽裡面的聲音。

這行人正是山東各地的官員，過來商議賑災事宜。朱聿恆到山東不過兩、三日，但他頭腦清捷過人，早已將當地的情況摸清楚，三兩句便理出了各州府縣幾個鄉受災、無法自給的災民有幾許；儲糧可勻出幾成用於救濟、幾成用於工賑……

「真是貴人事忙，阿言怎麼什麼事都要管？」她看著他專注而沉靜的側面，聽他與眾人商議如何分派麥種才能不誤秋播，下意識嘟囔了一句。

腦中忽然閃過一個念頭，公子呢……

在海上時，她每每看見公子煩悶，便纏著他想讓他開懷。可公子總是說，他想到賊匪篡位後必將鞭撻蒼生，山河動盪翻覆，百姓無邊疾苦，因此無法開懷。

在她的心裡，公子一直心懷天下，燭照世人。

可現在……

她默然回望後堂，朱聿恆正鋪展黃頁，與眾人專注商榷各項事宜。

而她的公子，現在是不是正與作亂的青蓮宗攪和在一起，要趁天下大亂之際，謀取他最好的局面呢……

正在心煩意亂之際，她的肩頭忽然被人拍了一下。

她抬頭一看，原來是卓晏。

他無精打采地勸告他道：「董大哥，朝廷議事，你在這兒怕是不妥。」

「哦，卓兄弟說的是。」阿南見朱聿恆那邊安排得滴水不漏，並無她插手的必要，便趕緊跟著他離開了。

兩人沿著蓬萊閣的城牆而行，卓晏俯頭看向江白漣的船隻，問：「董大哥，聽說綺霞剛剛遭遇刺客了，幸好被你和江小哥救回？」

「不，我離她太遠，已經趕不及了，是江小哥救了她。」阿南感嘆道：「真沒想到，江小哥這麼認死規矩的人，竟然會為了綺霞而破了疍民最大的戒律。」

卓晏道：「那有什麼，要是我，我也做得到。」

「你又不是疍民。」阿南想著當初綺霞落水時，江白漣要三沉才救她的情形，心中頗有些感觸。

卓晏靠在欄杆上看著下面的碼頭，忽然自言自語：「你說她是不是傻？她當初還嘲笑過疍民女子縮著腳睡在船上，是『曲蹄婆』呢……」

「可能喜歡上一個人的時候，其他都不會在意了吧。」阿南瞥著他喪氣的側面，心想，你爹還不是為了卞存安鬼迷心竅，什麼都不顧了？不然你們卓家何至於敗落到現在的地步。

見卓晏鬱鬱寡歡，阿南便拍拍他的背，安慰道：「振作點啊，馬上就要出海了，我們可都要靠你保障補給呢。」

「放心，我管好水上，你們放心下水，保證不會出問題！」卓晏拍著胸脯保證。

可惜，到了第二日午時下水，偏偏就出了問題。

負責水下爆破的楚元知將封裝好的竹筒火藥分發給眾人，誰知薛澄光一接過便俐落拆解掉了，將三筒合成兩筒重新組裝。

楚元知嚇得臉色都變了：「薛堂主，我配置的炸藥都是一再斟酌配比的，你用這麼猛的劑量，怕是會不安全……」

「放心吧楚先生，水下的事情我肯定比你瞭解。你這火藥配方在陸上威力夠猛了，但在水中會大打折扣，我看還是別這麼保守比較好。」薛澄光拍拍他的肩，目光在眾人面上一一掃過，笑容可掬：「要不要我幫你們也換一下？」

阿南和江白漣等看著這個狠人，一起搖頭。

薛澄光也不強求，只讓幾個拙巧閣弟子配備了自己改造過的水下炸藥，然後便對眾人抬手示意，率先躍入了水中。

眼看水軍們一個個跟下餃子似地翻下去了，阿南卻並不著急。她四肢有傷，又是女子，自然不能一頭扎進這秋後的海中。

因此她不緊不慢地在甲板上活動了一番，等到關節開始發熱，她才抬頭朝著上方的朱聿恆揮揮手，做了個「等我回來」口型，然後躍上了船舷。

就在她做好入水的姿勢之時，腳下的船忽然一震，然後便是大團波濤震盪。隨著波浪的奔湧，不遠處黃綠色的海水迅速被灰黃吞噬。

眼看那股灰黃迅速向著這邊湧來，阿南反應迅速，立即跳下船舷，仰頭對著朱聿恆大喊：「轉舵，立即退離！」

朱聿恆站在二層樓船俯瞰下方海水異變，一邊打手勢讓船轉向，一邊問她：「怎麼回事？」

「大概是薛澄光在海下炸水城了。渤海水淺，因此立時影響到了海面。為免萬一，你讓船隊先退避五里之外。」

朱聿恆微一皺眉，下方抱著欄杆穩住身形的卓晏已忍不住大罵：「薛澄光這個混蛋！他都不考慮一下會驚擾殿下？」

阿南有點擔心這麼威猛的炸藥會波及他人，道：「我下去看看，警示一下他。」

朱聿恆勸道：「既然他已在水中搞出如此動靜，妳不如先待在上方，等局勢明朗後再下也不遲。」

阿南稍一猶豫，便示意他的船先往後撤一段距離，自己上了旁邊小船，觀察下方水面。

遠處一條身影冒出海面，背上負著一個人，向著這邊的船隊飛速游來。

雖然帶著一個人游泳速度大為減慢，但那矯健的泳姿讓阿南一眼便認了出來：「江小哥，水下情況如何？」

江白漣示意他們將背上昏迷的人先接走，然後抹了一把臉，喘了幾口氣才道：「薛堂主下水後發現水城上方水波鋒利，而城門口又潛伏著大批石頭魚，因此便直接布置了炸藥，將魚和城門一起炸了！幸好董大哥你囑咐我離他遠點，下面有幾人因為接近爆破點被水浪沖昏，待會兒要送上來。」

阿南看被江白漣背負上來的傷患正在痙攣抽搐，皺眉問：「被石頭魚螫傷的？這東西不是一向分布在南方溫暖海域麼？」

「不知道哪兒來的，水城周圍密密麻麻全都是。但下方水流確實溫暖，好像是從城中出來的暖流。」

他們這邊說著，那邊水下已陸續送了三、四個人出水。眾人一上船便癱倒嘔吐，根本無法站起來。

護送的拙巧閣弟子看見阿南，立即說道：「董先生，下方等著你呢，怎麼還不帶人下去？」

阿南慢吞吞繫著水靠的帶子，問：「怎麼，不是炸藥開路嗎？這就需要水繩手了？」

「炸開水城門後，發現下面還有地底洞穴。渤海水下洞窟不少，薛堂主讓你去探一探是否有什麼要緊關係。」

「飛繩手是在水裡遠距離攻擊的，跟洞窟有什麼關係？」阿南嘟囔著，但聽說這宏偉華美的水城居然還帶地下洞窟，立即加快了動作，對著後方的飛繩手們一揮手，率眾躍入了海中。

一行人往水城方向而去，游得越近，阿南越是想罵薛澄光。

黃河將源源不斷的泥沙帶入渤海，原本海水就因含沙量太多而渾濁，如今海底泥沙亂翻，他們只能憑藉著感覺在一片混沌中前行，潛入七、八丈深的海底。

幸好在接近水城之時，水肉眼可見地清澈下來，他們也終於可以在水下暫時睜開眼睛了。

周圍的泥沙迅速沉澱，雜亂的泥漿被遮蔽在外，宏大的水城就如裹在一團雞蛋清中般，潔淨而沉靜。

阿南想起錢塘灣下那座水城亦是如此纖塵不染，再想到江白漣說的暖流，看來關先生設計的水城必定都有流水向外擴散無疑。只是機括定然無法讓它們數十年持續運轉，維持這麼巨大的水下城池，想必是藉助了地下的熱流所致。

她帶著敬畏之心，招呼身後的水繩手們游近水城，果然看見城門一片狼藉，原本嚴整的城門與街道上堆滿了大小碎石，門口還被炸出了一個巨大的空洞。

阿南游過去，看著黑洞洞的下方，抬手探了探裡面湧出來的微溫水流，看了一圈人卻並未發現薛澄光。

拙巧閣的弟子指指洞中，意思是薛澄光已經進去了。阿南便朝江白漣打了個手勢，兩人拿氣囊吸了幾口氣做好準備，便一起游了進去。

江白漣在水下比在陸上要更為自如，即使洞內黑暗無光，他依照水流的波動與感覺，依舊能在其中行動自如。

阿南隨著他一起游向前方，黑洞斜斜向下，又很快拐了個彎盤曲向上，前方居然出現了一片朦朧亮光，映在水波之上。

洞窟前方無水，竟出現了一個水下空洞。

阿南與江白漣探出水面一看，薛澄光已經到達這邊，正舉著手中的火摺子，照向四壁細細查看。

阿南與江白漣緩了幾口氣，流水帶來空氣，洞中氣息雖有點悶溼，呼吸還算通暢。

「薛堂主。」拖著溼漉漉的身子爬上洞窟，阿南和薛澄光打了個招呼：「可有發現麼？這裡能通往水城機括中心嗎？」

薛澄光搖頭道：「不知，但是前方過不去了。」

阿南看了對過的水面一眼。這裡是一個狹長水洞，中間有一塊突出的石頭將水面分為兩部分，漲水時很可能還會將石頭漫過。按理他們從一側的水洞出水，就能從另一側入水，哪有那邊過不去的道理。

江白漣走到那邊水面，低頭看了看，說道：「我下去看看。」

薛澄光也不阻攔，只笑著做了個「請」的手勢。

看他那模樣，阿南對江白漣使了個眼色，示意他小心。

江白漣點了點頭，屈身觀察了一下水面，並無發現後又探入了一隻手，見水下依舊平靜如昔，甚至還有幾條半透明的小魚在水中游曳，便縱身躍入了水洞。

阿南緊盯著水下。

水紋波動，江白漣下水後便展臂向前方游去，但尚未片刻，那水面忽然無聲無息之間震盪起來，無數細碎的漣漪圈圈層層蕩開。

阿南暗叫不好，趕緊搶過薛澄光的火摺子一照水下，只見江白漣整個身子都在劇烈震顫，那原本在划水的雙臂緊抱住了頭部，整個人痙攣著向洞壁直撞過去。

阿南當機立斷，手中飛繩弩向他疾射，勾住他的水靠，用力將他拉了回來。人在水中阻力甚大，阿南立即叫了一聲：「薛堂主，搭把手！」

兩人一起使力，將江白漣盡快拉回。甫一出水，江白漣頓時癱倒在地上，按著自己的太陽穴，竭力從口中吐出幾個字：「下面……去不得！」

「有什麼東西嗎？」阿南急問。

「沒有東西，就是微溫的海水……」江白漣按著突突跳動的太陽穴，艱難說道：「但不知究竟為何，我身邊的海水似乎一直在動盪，我的頭暈眩得厲害，整個身體都不聽使喚……若不是董大哥你把我拉上來，怕是我今日便要溺於這洞淺水中……」

「沒有東西？」阿南沉吟著，轉而看向薛澄光。

「我早說過不去吧？」薛澄光露出幸災樂禍的笑容，抬起下巴示意洞壁：「看這兒。」

阿南起身，將火折晃到最亮，照向牆壁。

只見洞壁上鑿了小小一個長條凹痕，中間擱著一支小小的骨笛，旁邊是兩行聯句：「勸君更盡一杯酒，春風不度玉門關。」

「這兩句詩，一句出自王維，一句出自王之渙，除了都是描寫塞外情景，也沒什麼關聯呀……」

卓晏看到阿南出水後給他們描下的這兩句詩，撓頭詫異道。他雖然不學無術，但這兩句詩都是家喻戶曉的，他打小自然念過。

阿南扶著江白漣在陰涼處坐下，囑咐他先好好休息。見一群人中最精熟水性的江白漣居然差點在水下折了，卓晏不由咂舌。

朱聿恆默念洞壁上的兩句詩，也是一時沉吟，沒有頭緒。

「要不就先別管了，我們還是按照原定計畫，順著道路先往高臺去，破了水城後，把高臺的內容先描繪下來。這個地下洞窟雖然有古怪，但會不會與山河社稷圖有關，尚是未知數呢。」阿南示意朱聿恆與她走到船尾無人處，與他商議。

朱聿恆卻搖了搖頭，低聲道：「薛澄光是有意的。」

阿南一拍額頭，問：「你的意思是，他是明確知道有這個洞窟存在，所以才故意炸開的？」

「對，不然哪有這麼巧的事情。」朱聿恆淡淡道：「目前看來，拙巧閣應該知曉這座水城的一部分情況，但又並無把握，因此也想借朝廷之手破這個機關，或許——裡面也有他們所想要的東西。」

「行啊，既然是他們早有預謀選定的，那麼這洞窟怕是捷徑了？」阿南笑嘻嘻地往欄杆上一靠，道：「敢利用我們蹚路，我讓他們偷雞不著蝕把米！」

雖早已熟悉她的一貫模樣，但朱聿恆還是叮囑：「我們畢竟沒有他們熟悉情況，萬事小心。」

「也未必不是好事，畢竟我們還省事了。而且他們既然選擇了此處，必定是知道從中心點突破更加困難。」阿南道：「高臺既然有青鸞異象，那必定有下方機關，而整座水城的地下機關必定藉助地下洞窟相連通。就算我們繞開了此處，到了高臺也依然要下地底洞穴的。只不過……這次水下的機關，薛澄光看起來也沒有突破的把握，不知道他準備怎麼打算。」

朱聿恆將她帶回來的兩句詩又緩緩念了一遍，忽然問：「妳記得那支笛子嗎？」

「被你拆解開的那支？」

「不，順天地下，藉助天然生成的黃鐵礦浮雕於煤礦之上的那支。」

阿南「啊」了一聲，說：「記得！旁邊寫的那句詩，正是『羌笛何須怨楊柳』，這倒是關先生一貫的作風。」

「而這裡多出了一句西出陽關……」朱聿恆反覆念著這幾個字：「陽關、笛子……」

阿南思索良久不得其要，心中想著還是先闖高臺再說，一回頭看見卓晏正走過來，顯然是聽到了他口中這兩個詞，在旁邊欲言又止，便問：「卓兄弟，怎麼啦？」

「沒有沒有，我只是想到了一些跟這個沒啥關係的事情……」卓晏見她問自己，又覺得自己所想有點匪夷所思，道：「跟這個應該沒關係的。」

朱聿恆道：「說來聽聽，兼聽則明，或有益處。」

「對啊，無論想到什麼，你說說看又不妨事。」

見他們都這樣說，卓晏才吞吞吐吐道：「就是……之前不是說綺霞有點傻乎乎嘛，她重現了六十年前的減字笛譜，還用笛譜演奏了陽關三疊的琴譜，然後被人笑話說，陽關與笛子有什麼關係，她還不服氣……」

阿南與朱聿恆對望一眼，兩人都想到了綺霞試奏笛子中拆解出來的減字譜時，那魔音傳腦般令人站立不穩的聲音。

「對啊！我怎麼沒想到！那水下的機關，放出的不是暗器也不是毒，而是聲音啊！」阿南恍然大悟道：「那洞窟之中必定有個以水驅動的機關，蟄伏於靜水之中，一旦有人下水，水波變化劇烈，它便會立即啟動，在水下發出怪異聲響，讓人的身體失去控制，從而阻止任何人通行！」

朱聿恆贊成道：「而聲音自然要以聲音來破除，解開這個機關的方法，很可能就藏在那兩句詩裡——用笛子吹奏一曲《陽關三疊》。」

阿南笑嘻嘻地看向卓晏：「卓兄弟你看，我們全都是粗人，整條船上會吹笛子的，估計也只有你這個混跡花叢的花花太歲了，不如……你下去幫我們吹一曲？」

卓晏頓時呆住了：「可、可我水性很差啊！」

「放心吧，你董哥出手，我保準把你舒舒服服帶到那個洞窟去！」

卓晏一下水就後悔了。

所謂的舒舒服服，就是頭上扣著個特別沉重的大缸，壓在他的肩上，然後幾個水兵護著他，一直往海底沉下去。

好容易下到了海底，他又被斜推進水洞，上上下下七葷八素終於到達了那個洞窟。

在萬眾期待下，他用顫抖的手拿起那支骨笛，對著水面吹奏了一曲《陽關三疊》。

結果，從頭吹到尾，水下一點響動都沒有。

他和阿南相視著眨眨眼，在阿南的示意下，又吹了一次。

水下依然無聲無息，毫無動靜。

江白漣試探著問：「不如，我再下去試試？」

「你剛剛差點出事，先歇著吧。」阿南說著，示意他拉住自己，然後伸腿在水中撲打了兩圈，立即跳上了岸。

動盪未息，水面已瞬間跳躍出無數細小水珠，耳邊似有「嗡」的一聲，讓眾人的寒毛都直豎了起來。

眾人死死盯著水面，直到一切平靜下來，卓晏才吶吶將骨笛放回原處，說：「可能不行。」

辛辛苦苦把卓晏弄下去，依舊無功而返，一群人難免沮喪。等出了洞窟到達水城門口一看，那邊一路炸毀了水城道路、直推到高臺下的薛澄光也是灰頭土臉，帶著折損大半的拙巧閣弟子悻悻而返。

再度出水已是申時，眼看氣溫轉冷，海風漸大，也不適合下海了。此處正在蓬萊與老鐵山嘴相對處，周圍島嶼眾多，卻都是荒僻之處，因此一群人還是快船回港，返回岸上先行休整，商定下一步行動。

阿南愛看薛澄光吃癟的模樣，湊過去向他打聽詳細情況：「你不是帶人直取高臺嗎？那邊情況怎麼樣？」

薛澄光似笑非笑地瞥著她：「你特地找了卓少下洞窟，情況又怎麼樣？」

「跟我們設想的略有偏差。」

「我那邊也偏差不大，等回稟了提督大人後自會再做打算。」

看他那守口如瓶的模樣，阿南臉上笑嘻嘻，心道：你跟阿言商量，還不就等於跟我商量麼？我和阿言誰跟誰啊！

一時間只覺得心癢難耐，她恨不得盡快回到岸上，趕緊和阿言湊一起八卦一番。

回到蓬萊閣已是星斗滿天。眾人跳上碼頭，興致都有些低落。

特別是卓晏，這輩子第一次以為自己能發光發熱做一個有貢獻的人了，沒想到終究還是鎩羽而歸。

正在船上等他們的綺霞一看，頓時驚呆了——

江白漣，面色蒼白；卓晏，垂頭喪氣；連天天沒個正經的「董浪」都一臉鬱悶，活似三隻鬥敗的公雞，個個夾著尾巴。

她趕緊迎上去，問：「怎麼啦，這回下水可還順利？」

江白漣抿脣不語。阿南嘆了口氣，說：「水下情況複雜，有點麻煩。」

綺霞驚疑不定地看向卓晏，見他那一貫鮮亮的衣服此時明顯有種溼了又乾的皺巴模樣，不由狐疑問：「怎麼卓少你也下水了？」

「唔，我還以為我建功立業的時候到了，能為殿下出點力呢。」卓晏苦悶地往船上一坐，幾個人盤膝在小船中喝著綺霞煮好的茶，把今天水下的事情給複盤了一遍。

阿南一手捏著茶杯一手托著腮，百思不得其解：「不應該啊，為什麼呢……」

「對啊，明明應該是《陽關三疊》無疑啊，為什麼那水下毫無動靜呢？」

「為什麼？因為你們三個人都是笨蛋！」綺霞在旁邊一聽，當即把手中茶壺一放，雙手扠腰：「這都搞不懂，還來來回回下水，簡直是瞎子點燈，白費蠟！」

江白漣蔫不拉幾地垂著頭，不甘地還嘴：「就妳聰明，活了二十年游水都不會。」

阿南一看綺霞的神情，心知她準有把握，趕緊一把抓住她的手，連聲道：「好綺霞，快告訴我們吧，到底是哪兒有問題？」

綺霞一揚下巴，道：「《陽關三疊》從唐朝至今幾百年，因戰亂而不斷失傳，又不斷被人再度搜尋重新創作，所以唐朝的譜子和宋朝的不一樣、宋朝的和我們現在的也不一樣……」

阿南頓時拍案而起：「所以，六十年前設置機關時的《陽關三疊》，和我們現今的不一樣！」

「對，而我剛好前幾年做減字譜的時候，有幸得到了一本六十年前《陽關三疊》曲譜，和現在坊間流行的有不少差異——」

綺霞朝他們一笑，驕傲道：「趕緊想辦法把我帶下去吧，不然的話，你們上哪兒去找能吹這首舊曲的人呢？」

第十五章　陽關三疊

阿南帶著綺霞與匆匆趕往蓬萊閣之時，正撞上了登萊教坊的司樂。

「我的姑奶奶，當初就是因為咱們教坊缺笛子才把妳調來的，妳如今是咱們坊中第一把笛，今日這大場面，妳跑哪兒去了⁉」對方一看見綺霞，立馬拖著她往閣內走，急道：「宴席已經開始了，妳千萬別給我出岔子！」

「放心吧，我的笛子妳還信不過？」綺霞提起裙角就往閣內快步走去。

阿南跟著進內一看，今天的場面確實不小，別說山東境內，就連相鄰省分的官員都來了。黃河氾濫沖毀的並非一州一府，如今過了三、四個月，各地災情或輕或重、賑災是否得力都已現了端倪，這幾日處理了一批人後，終於得空在蓬萊閣內吃頓飯了。

朱聿恆正在人群當中議事，身旁的瀚泓注意到了她，趕緊示意給她安排個不顯眼的座位。

因為是賑災來的，酒席並不鋪張，三兩盞淡酒，幾份當地特色菜蔬。綺霞一曲《永遇樂》吹完，很快便上了甜點，這是快要結束的意思了。

「就這，還說是大場面？」綺霞退下後，跑到阿南坐的角落吐槽道：「什麼格局啊，用這點東西招待皇太孫殿下？」

阿南道：「這就不錯了，外面多少災民沒飯吃，他還挑剔這個？」

「我可是在擔心妳家阿……殿下吃不好欸，這也太委屈了。」綺霞笑著白了她一眼，卻聽後面卓晏的聲音傳來：「可不是麼！再說了，本次也不僅只是為了賑災呀，還是登、萊兩府大破青蓮宗的慶功宴呢！」

阿南詫異地問：「大破青蓮宗？什麼時候的事？」

「就前幾天嘍，青蓮宗搶劫賑災糧，但殿下英明神武早有計策，不但反殺了對方，還端了對方老巢，不然殿下哪肯花時間赴宴。」卓晏說著，又神祕兮兮道：「宴席快點結束是為了待會兒的重頭戲啊，後面才是正事！」

阿南心下又驚又喜。

喜的是，阿言果然雷厲風行，迅速便下手收拾掉了青蓮宗。

驚的是，不知這次青蓮宗的事情是否會涉及公子，兄弟們又會不會出事。

她正在沉吟，而那邊席位已被陸續撤掉，朱聿恆在萊州知府的引領下率眾出閣，來到閣旁空地之上。

熊熊火把映照，閣後簷下迅速擺好圈椅。在士卒們的呼喝聲中，一群青布裹頭、滿身血汙的漢子被押解至空地，跪伏於地。

阿南見其中並無自己熟悉的同伴，心下一鬆，靠在旁邊柱子上靜觀。只聽眾人跪在階下，一一招供自己的來歷與作為，某年某月入夥、何年何月參與何處動亂之類。

阿南有一搭沒一搭聽著，忽聽得供詞中傳來一句「通緝的女海客」，頓時呼吸一岔，差點被自己口水嗆到。

仔細一聽，原來是上頭有人授意他們去尋找海客，因為覺得是可聯合的力量。但他並不知道此事進展，只聽過去接頭的人說，確定那個被通緝的女海客並未出現，不然他們也可以為朝廷提供線索將功贖罪了。

在火光之下，阿南看見朱聿恆略略側臉，看著她的目光似笑非笑。

阿南暗暗斜了他一眼，而萊州知府已經在喝問那個頭領，指派他出去劫掠的上頭是什麼人。

「罪民自加入亂軍後，因青蓮宗教令嚴苛，一直沒有見過上頭的真面目。不過……罪民在接令時，曾見過對方身上一個令人過目難忘的標記。」

聽他如此說，諸葛嘉立即道：「你把標記詳細描述出來看看。」

朱聿恆卻略略抬手，說道：「此處人多眼雜，杭之，你將他帶至閣內，讓他將一切細細記錄下來。」

畢竟，若父母在青蓮宗裡已經埋伏了暗線，就很可能會涉及海客與邯王，到時候阿南亦會被捲入。只有將範圍縮到最小，才能更方便處理。

等一群人招供後各自被帶下，萊州知府又進言：「以微臣所見，這些亂民在山東境內作亂，煽動無知百姓搶奪賑糧，公然與朝廷作對，臣請殿下以雷霆手段從速鎮壓，為我山東百姓謀福。」

朱聿恆沉吟片刻，道：「本王看這群亂民，多是災荒後走投無路的百姓，為青蓮宗所煽動才結黨作亂。相信只要賑災手段得法，百姓自會安居樂業，青蓮宗那些蠱惑人心的手段亦可不攻自破。」

諸葛嘉一貫冷冽狠辣，道：「雖則殿下仁厚，但山東之亂，首惡不可不除。再者青蓮宗氣焰囂張，竟敢在南直隸殘害登州知府苗永望，顯然野心已不再局限於此一地。」

朱聿恆聽到此處，頷首看向阿南與綺霞，道：「本王忽然想起一事，苗永望案涉案之人正在此處，此案至今懸而未決，不如再詳細描述一二，山東官員或有線索？」

綺霞唬了一跳，沒料到自己過來吹個笛子，居然又攤上事兒了。見滿院大員的目光都集中在自己身上，哪見過這世面的綺霞嚇得一哆嗦，趕緊就跪在了階下，把當時情形又講了一遍：

「苗大人他……他當時對奴婢說，少則三兩天，多則十來天，他馬上就要升官發財幫我贖身了……」

過升官發財的原因？」

其他人都不清楚，但諸葛嘉當初曾涉及此案，當下便問：「他可曾對妳吐露

綺霞尚未回答，只聽朱聿恆輕微咳嗽一聲，眾人一時肅靜。

「關於此事，本王當時亦曾見過案卷，事後也曾思索苗永望所言從何而來。但無論如何，終究離不開一個推測，那便是苗永望之死，八成與他所掌握的、要告知朝廷的事情有關。而且此事必定關係極為重大，否則他身為地方官，治下出現如此大事，何來將功抵過升官發財的可能？」

眾人皆以為然，點頭稱是。

綺霞卻有點躊躇，努力回憶道：「但是當日因我情緒並不好，因此與他——」

阿南忽然插嘴：「對，此事綺霞也曾與我提及，苗永望確曾對她提過極為重要之事。但此事事關重大，怕是與青蓮宗那人一樣，無法在光天化日之下當著這麼多人的面直接說出……」

朱聿恆與她目光相對，立即便知曉了她要做什麼，略略頷首道：「既然如此，那便也找個清淨之所，讓她將所知曉的一切詳詳細細原原本本寫出來，不得有半點遺漏。」

綺霞惶惑地看著阿南，似是在等她替自己拿主意。

阿南拍拍她的手，道：「來吧，妳只管將當初和苗永望所發生的一切，原原本本寫下就行。」

「可我知道的，之前全都已經……」

「讓妳寫妳就寫吧，盡量詳細點，慢慢寫，給凶……給別人一點時間。」阿南說著朝她眨眨眼，笑容詭祕地拉起她往蓬萊閣旁邊的小屋走去：「走，我替妳把風。」

屋內點起了明亮的燈盞，綺霞坐在桌前，咬著筆頭考慮怎麼下筆：「哎呀，我認識的字不多，真不知道怎麼寫呀……」

阿南坐她面前剝著花生，笑嘻嘻道：「不知道怎麼寫就畫下來也行呀。」

「妳還取笑我！」綺霞嗔怪著斜她一眼。

兩人正說著，忽聽得外面傳來輕微的腳步聲，隨即一道低低的怪叫聲傳來。

「什麼聲音呀，怪瘮人的……」綺霞撫著自己胳膊，覺得雞皮疙瘩都起來了。

阿南便起身道：「我去看看，妳在裡面待著吧。」

她開門出去，四下一張望，看到隱隱綽綽的樹叢之前，站著一條清瘦頎長的身影。

阿南一時愣住了，萬萬沒想到出現在外面的竟會是他。

四下無人，她急步跨下臺階，走近他時卻又想起，就在幾天前，她也是在這樣的暗夜中，孤身離開。

而，誘引刺客出來的局，為什麼會是他先出現呢？

難道她之前的估計是錯誤的，公子……其實在此案中，也有作為？

想著他冷冷說出順天百萬民眾在地下瞑目的話，她心口忽然生出一種莫名的倦怠，眼中的火光也不自覺地熄滅變冷，往日那些看見公子便會自然而然湧起的歡喜，不知怎麼的也變淡了。

她看看周圍，示意他與自己走到旁邊僻靜角落，壓低聲音問：「公子怎麼來了？」

暗淡的星月之輝下，竺星河靜靜看著她，說道：「怎麼，只許妳任性離開，不許我帶妳回去？」

「我還以為你要過段時間才會來找我呢。」再度聽到這熟悉又溫柔的聲音，阿南只覺得心口一酸，別開了臉：「難得，公子居然這麼快就想起我了。」

「偶爾……」看著她偏轉的側面，竺星河心下微動，緩緩道：「偶爾會覺得日子有點漫長，想著妳若早點回來，或許大家在島上也不會那麼無聊。」

「其實我也有點想念公子和大家了。」阿南笑了笑，說：「就是最近有點忙，事情還沒辦完呢。」

「真的想我們嗎？」在逆照的月光之下，公子眼眸幽黑深邃，像是一眼便可看穿她的心思：「看妳這幾日又出海又下水的，確實很忙碌。」

知道他一直在暗中關注自己，阿南朝他笑了笑，但終究沒法像以前一樣興奮起來。

那一夜她決絕離開後，其實胸膛中一直有塊地方空空的。她想那可能是，十幾年付出卻得不到迴響的空洞吧。

而如今，公子來找她了，她那空落落的心卻並未被歡喜填滿。失望就是失望，空了就是空了，再也無法像以前一樣用自以為是的幻想來填補。

「阿南，妳以前可不是這樣愛鬧彆扭的人，怎麼現在便任性了？」見阿南一直沉默，竺星河語氣也變得無奈：「走吧，船在下方等妳呢。」

阿南遲疑了一下，問：「現在就走？」

竺星河微微揚眉：「難道妳又要說，這邊還有事不能走？」

阿南回頭看向後方綺霞所在的小屋，皺眉道：「可這回，我真的有要事。」

公子凝望著她的眼神更顯幽晦，阿南眼前不覺又出現了十四年前，剛剛失去娘親的她與他，在海上初遇時的模樣。

那時候她還以為，她終於找到了避風的港灣，能永遠跟著公子走下去。

她嘆了口氣，低低道：「這次真的很重要，公子等我一會兒吧，就一會兒，行嗎？」

「別任性了，阿南。」公子的聲音沉了下來：「蓬萊閣周邊全是朝廷官兵把守，因為妳任性出走，所以我才親自潛入此間來接妳。就算我願意陪妳逗留，可司鷲還在船上等著呢，妳多拖拉一刻，豈不是讓他離險境更近一分？」

「但是……」阿南看向下方碼頭，又看看後面綺霞所在的屋子，一時猶豫難決。

綺霞自小在教坊長大，能認識幾個字已是她上進，寫了十來句便後背出汗。「發財的發字怎麼寫來著……」她正銜著筆頭苦思冥想，阿南離開後虛掩的門微微一動，有人閃身進內，又將門關好。

綺霞抬頭一看，手中的筆頓時掉在了桌上，驚呼出聲：「碧眠？妳……妳怎麼會在這裡？」

燭光照出面前這條盈盈身影，燈光下如花枝蒙著淡淡光華，正是方碧眠。她笑而不語，只抬起手指壓在脣上，對綺霞做了一個禁聲的手勢，向她走來。

綺霞看著她在燈下的影子，激動地站起身，一把握住她的手，捏了又捏：「有影子、手是熱的……太好了，碧眠妳……妳沒有死！」

方碧眠含笑輕聲道：「是呀，那日我不願受辱投河自盡，幸好被人救起，輾轉來到了這裡。這次看到妳來了，就出來與妳打個招呼。」

「真是太好了！妳不知道當時聽到妳的噩耗，我們有多傷心……我們還順著秦淮河一路撒紙錢給妳招魂，不瞞妳說，幾個姊妹眼睛哭腫了，好多天都沒法見人呢！」

方碧眠抿嘴一笑，說道：「好姊姊，我就知道妳疼我……咦，妳今天的眼睛怎麼也腫腫的，讓我看看。」

她說著，捧著綺霞的臉看了看，說道：「哎呀，怎麼把墨汁擦到眼角了？趕緊過來，我幫妳洗洗。」

「是嗎？」綺霞聽說妝容出問題，趕緊抬手一看，見手指上果然沾了墨汁，不由懊惱：「寫寫畫畫的事情，我真是做不來！」

方碧眠將綺霞牽到牆角臉盆架前，提起旁邊水桶倒了大半盆水，又取下毛巾，示意綺霞先用水潑潑臉。

臉盆正在及腰的地方，綺霞依言俯下身，閉上眼睛捧起水潑在臉上。正拿手擦眼角之際，她耳邊忽有一陣風聲掠過，似是笛聲，又似只是她的幻覺。

尚未聽得真切，腦中暈眩猛然侵襲，她整個身子不由軟軟跪了下去，一張臉不偏不倚正面朝下，浸在了臉盆當中。

綺霞心下大驚，抬手想要拉住方碧眠或扶住臉盆架，好直起身子，可暈眩的大腦讓她整個人前傾，雙手只在空中亂舞。

她張口想要呼喚方碧眠，水卻迅速從她的鼻孔與口中灌入，直達肺部。她劇烈咳嗽，卻只讓自己嗆入更多的水，胸口越發劇痛。

很快，昏沉的腦子中已經沒了清醒意識。她的手痙攣地抓住自己的衣服，眼前出現了苗永望死後那張可怖的臉——

江小哥啊，阿南啊，卓少啊……他們要是看到她那副模樣，一定很傷心吧……

身體愈發沉重，她的頭向水中沉去，沒過耳朵的水悶響出一片轟鳴。無數怪異的景象在眼前的黑暗中飛閃而過，最後定格在她於八月十八日沉入錢塘江中時，站在水上的江白漣注視她的面容。

那時候將她從沒頂的水中拉起的雙臂，如此堅實有力。

這一次，是真的沒有人再來救她了吧……

就在絕望之際，嘩啦一聲，令綺霞窒息的水陡然動盪起來。

一隻手猛然將她從水中拉起，在面前模糊的視線中，她失去平衡的身體撞入後方懷抱。

隨即，一道熟悉的聲音在她耳畔響起：「沒事吧？」

雖然阿南服了藥後嗓音低啞，但綺霞早已熟悉了「董浪」的音色，頓時心下一鬆，眼淚湧出，緊緊抱住了她。

阿南一手攬住她，抬腳狠踹向面前的臉盆架，只聽得一片稀里嘩啦的聲響，正要逃跑的方碧眠頓時被架子砸到，腳下一個趔趄，摔倒在地。

早已候在屋外的韋杭之聽到聲響，立即率人直衝進門，一見裡面情形，立即將摔在地上的方碧眠提了起來。

阿南擁住綺霞，趕緊撫著她的背心幫她控水。綺霞涕淚橫流，又吐又嗆，抱著她哇哇大哭。

回頭看向方碧眠，阿南怒極反笑：「別走啊方姑娘，好不容易來一趟，不讓我們好好招待招待妳？」

方碧眠面露悽惶之色，問：「怎麼了？我、我正要去扶綺霞，你們怎麼突然衝進來就抓我……綺霞妳沒事吧？怎麼洗個臉就嗆到了呀？」

綺霞聽她這麼說，心下遲疑，但又總覺得哪裡不對勁，緊抱著阿南的手臂不肯放開。

「方姑娘的意思是，綺霞自己去洗把臉，卻差點被嗆死？原來我們誤會妳了，真是抱歉抱歉。」阿南扶綺霞坐好，靠在椅背上似笑非笑地看著方碧眠：「可我覺得綺霞這遭遇，看起來怎麼和苗知府一模一樣的，我還以為那個凶手過來了呢！」

方碧眠臉色一變，張了張嘴卻一時說不出話。

正在此時，外面燈火驟亮，照徹屋內。

暗夜中兩行提燈放射光華，簇擁朱聿恆進內。朱紅團金龍羅衣被燈光映得燦爛，他神情卻格外沉肅，冷峻目光掃了方碧眠一眼，便拂衣在上首坐下。

眾人將方碧眠反剪雙手綁了，推她跪下來。就在她「撲通」一聲跪倒時，朱聿恆的眉心忽然微微一皺。

他的目光不動聲色地掠過屋上橫梁，又落在阿南身上，見她正在幫綺霞控水，似乎並未察覺到周圍。

他略一思忖，抬手示意韋杭之過來，在他耳邊低低說了幾句。

韋杭之神情微震，但很快便抑制住了，讓閒雜人等全部先行退出。

不到片刻，屋內除了原來三人，只剩了韋杭之護在朱聿恆身旁。

阿南抬頭看了朱聿恆一眼，見他示意了一下方碧眠，料想是方碧眠知曉的內情不少，尤其是山河社稷圖那一部分，更是不能外洩，所以將人都屏退了。

綺霞的嗆咳終於停下，又捂著心口一直在乾嘔，雙眼通紅、脣色烏青，顯然剛剛溺水差點要了她的命。

阿南怒極，再也懶得和方碧眠磨嘰，劈頭便問：「方姑娘，妳深夜潛入意圖殺人，被我們當場抓獲，還不趕緊認罪？」

方碧眠驚道：「南姑娘，我手裡一沒刀子二沒繩子，我怎麼行凶，如何殺人？妳……妳怎麼可以誣蔑我？」

聽到她叫「董浪」為「南姑娘」，韋杭之心下詫異，但見朱聿恆與綺霞都並無異樣反應，再仔細端詳這個「董浪」，心下頓時鬱悶。

難怪殿下這段時間與這個猥瑣小鬍子來往親密，原來她是阿南喬裝的！

殿下您也太任性胡為了！司南那累累惡行您不都親自過目了嗎？在發覺她身分的第一眼，就該讓屬下我直接將她擒拿歸案啊！

韋杭之暗暗腹誹著，板著臉一動不動站在朱聿恆身側，警惕地盯著面前這兩個對質的女人——畢竟，這倆沒一個是省油的燈。

阿南「喔」了一聲，找了個最舒服的姿勢在椅子上癱著，對方碧眠道：「佩服佩服！殺了這麼多人，還一副楚楚可憐的嬌弱模樣，方姑娘真是世間少有奇女子。」

方碧眠急道：「南姑娘，妳怎麼也和官府一樣，隨便找人替罪呢？苗知府遇害時，我們一群姊妹都在一起，大家皆可證明我並未離開過，哪有可能去殺害苗大人？」

「妳根本無須離開，更不用動手。」阿南一笑，抱臂看著她道：「畢竟方姑娘殺人易如反掌，只要輕輕吹口氣，哪還有對方的活路？」

方碧眠神情一僵，目光中湧起一絲驚惶，暗暗看向窗外。

「怎麼，犯下如此大案，還妄想別人來救妳？」阿南一看就知道她在盼著公子來救她，當下笑嘻嘻道：「放明白點吧方姑娘，沒人會與妳這種人為伍！妳這副楚楚可憐的模樣，騙得了一時，騙不了一世！」

方碧眠聽她這口氣，心下一涼，但神情依舊懇切委屈，對著阿南道：「南姑娘，我一直敬您念您，叔伯們雖然那般……那般提議，但我哪敢與您一起服侍公子呢？我卑下微賤，只願為奴為婢報答救命恩人，求姑娘放我一條生路，碧眠……實在擔不起殺人凶手這樣的罪名！」

綺霞嘴角微抽，心道不會吧不會吧，她這話裡的意思，難道是指海客們提議讓她們一起嫁給公子，然後阿南出於嫉恨，要扣個黑鍋給情敵，把她逼死？

想到自己親眼目睹皇太孫殿下與阿南的「親密溫存」，綺霞難免心驚膽顫，又偷偷打量朱聿恆的臉色，想看看這個當事人會不會勃然大怒。

宮燈光芒散射，投在朱聿恆沉靜若水的臉上，微顯陰影。

他目光緩緩轉向阿南，阿南卻依舊蜷著身子揉搓自己的手指，面上神情自若，對方碧眠那含沙射影的話嗤之以鼻。

朱聿恆何嘗不知道這是方碧眠故意在他們的面前挑撥離間，企圖尋找可乘之機，便對阿南微微一笑，道：「怎麼，妳如此勞苦功高，卻有人提議妳與一個初來乍到的人並列？我看有些人妄自托大，未免太不知天高地厚。」

阿南對他一笑，朝著方碧眠喝道：「妳說妳擔不起這個罪名，我就擔得起？別東拉西扯的，既然妳敢把這黑鍋扣給我，我就不能饒妳！」

方碧眠眼圈發紅，顫聲道：「南姑娘，我真沒有殺人的本事，我也不知道是誰冤枉了您，求您明辨是非……」

「還不承認？今晚我引蛇出洞，都掐住妳的七寸了，妳還嘴硬？」阿南冷笑一聲，端詳著她的模樣，忽然跳下椅子，走到她的身旁蹲下，抬手摸向她的鬢邊：「方碧眠，我看妳頭上這簪子挺別致啊，要不，讓我瞧瞧？」

方碧眠身體一僵，下意識便往後縮了縮。阿南眼疾手快，早已將那支簪子拔了下來。

方碧眠頓時掙扎起來，臉色大變。

阿南拿著那支簪子起身，展示給朱聿恆看，笑道：「猜猜這有什麼用？」

朱聿恆見這簪子以精銅製成，薄而中空，上面還有類似哨子的切口，略一沉吟道：「我聽說西域之人馴犬，會用一種獨特的哨子。那哨子發出的聲響，我們普通人往往聽不到，但犬類聽覺極為敏銳，卻能因此而焦躁或馴服，甚至根據那些聽不到的聲音而做出反應，聽命於人。」

「對，我上次見到這樣的東西，是拙巧閣的『希聲』，造型與它大差不差。傅准製作它用以捕鯨，在與鯨魚搏鬥之時，往往能用它震懾鯨鯢，令其臣服。」阿南端詳著手中這支「希聲」，將它在方碧眠面前一晃，笑問：「看來，如今大有改進，甚至可以令人虛耳紊亂，用來殺人了？」

聽她道破自己的手法，方碧眠咬緊下唇不敢說話，只是面色青一陣白一陣，驚懼不已。

阿南卻笑嘻嘻地看著她，道：「哎呀，方姑娘妳臉上好像擦到了塵土哦，這可不行，這麼漂亮的臉怎麼可以弄髒呢？我帶妳去洗把臉吧。」

說著，她將「希聲」叼在口中，一把提起方碧眠的衣襟，將她推到臉盆前。

方碧眠終於面露絕望之色，拚命掙扎，可反剪了雙手的她又如何能掙脫得開。

阿南一腳踢在她的膕彎處，同時以雙手三指按住了自己兩側耳畔的上關、下關、聽會穴，輕輕在她身旁一吹口中的「希聲」。

大巧若拙，大音希聲。

朱聿恆明明沒有聽到任何聲響，卻覺得一陣令他毛骨悚然的感覺從耳邊掠過，令他腦子嗡的一聲，神智瞬間便不清明了。

他立即學著阿南的樣子，將耳邊三個穴道按住，而綺霞就沒那麼幸運了，耳邊轟鳴作響，頓時覺得噁心欲嘔，趴在扶手上又吐了出來。

他們在屋子另一端，離笛音尚有段距離，還算能勉強控制自己。而「希聲」就在方碧眠耳邊吹響，她腦顱一震，整個身子虛軟地往前栽倒，面朝下跪在了臉盆前，整張臉浸入水中，連半分掙扎的力氣都沒有。

阿南低頭一看，水盆裡全是氣泡冒出，她心情愉快地取下「希聲」拋了拋，笑咪咪地揣進袖中。

朱聿恆放下按住穴位的手，道：「別淹死了，還沒審完呢。」

「別急，剛剛綺霞可被她嗆了不短時間呢。」阿南有仇必報，等到水面氣泡急促，方碧眠整個身子都有些抽搐了，才抓住她的衣領將她提了起來，任她趴在地上狼狽嗆咳，問：「怎麼樣方姑娘？妳還需要離開大家進屋殺人嗎？雖然苗永望喝酒的那個房間，門是朝著街邊走廊開的，但洗臉盆卻是放在後方窗邊。妳大可趁著姊妹們在欄杆邊招引客人時，走到那邊拐角後的窗邊，像欺騙綺霞一樣，將苗永望騙到窗邊洗臉，然後趁機在他的耳邊一吹，等他失控趴進水盆後轉身就走——一切在須臾間便神不知鬼不覺地完成了。」

方碧眠趴在地上脫力嗆咳，臉色青紫，一句話也說不出來。

「妳殺完人後，回去照樣和大家言笑晏晏。至於罪行麼，推給綺霞就行了，誰叫苗永望很有可能對綺霞說出了青蓮宗的祕密，關係到你們的生死存亡呢？她不死妳就很麻煩，甚至讓妳不得不一次又一次地對綺霞下手，要置她於死地。」

「阿南，這……是不是有什麼誤會啊？」綺霞聽到這裡，撫著胸口強抑自己噁心暈眩的感覺，怯怯出聲道：「碧眠她、她救過我的，當時在行宮大殿內，要不是她拚著重傷擋在我面前，我的眼睛就要瞎了……」

「別傻了，妳以為她是為救妳才奮不顧身嗎？」阿南嗤笑一聲，將方碧眠的右肩按住，把衣袖一把捋了上去，指著上面那個疤痕道：「若不是故意找機會受了傷，她哪有辦法留在行宮中，又哪有辦法說自己當時昏迷了不在場、受傷了無法殺人，給自己找到脫罪的證據？」

綺霞「啊」一聲，顫聲問：「行宮那個刺客，是……是她？」

「不然呢？」阿南一揚下巴，看著伏在地上面如死灰的方碧眠，冷冷道：「行宮封鎖嚴密，事後也並未找到刺客進出痕跡，說明作案的人就是當時宮內的人。而我們目睹刺客行凶之時，幾乎所有的人都或已出宮、或聚在殿內，唯有方碧眠受了傷躺在殿後，而留下來看護她的妳，又跑過來找我想辦法了。」

方碧眠趴在地上，可憐兮兮地看著綺霞，淚水混合著臉上的水珠一起滑落，嗚咽不已。

看她這麼可憐，綺霞又忍不住問：「可阿南，她當時真的受傷了，而且那瀑布兩邊的石壁那麼滑溜，她怎麼爬過去呢？」

「水車呀！殿後不遠便是水車所在之處。雖然左右兩閣之間全是瀑布峭壁，但隱藏在花木叢中的水車，卻正好橫架在瀑布之後，可以橫渡左右兩處。」

方碧眠含淚搖頭道：「可我當時確實受傷了昏迷不醒！更何況……咳咳咳，那水車扇葉堅硬鋒利，被水沖得一直在飛速旋轉，我……咳咳，我若是爬過去，怕是早就被絞割得遍體鱗傷了！」

「咦，方姑娘口口聲聲說自己昏迷了，可對於那架水車卻很瞭解嘛。」阿南擦乾手坐回椅上，笑嘻嘻地托腮看她：「說到這個啊，是妳下手時最周密的策劃，可惜也正因如此，妳的狐狸尾巴終於藏不住了！」

一言既出，方碧眠神色驚惶不定，綺霞則又害怕又好奇地緊盯著阿南，生怕自己聽錯了一個字，以後再也沒辦法解開縈繞心頭已久的疑惑。

朱聿恆與阿南一路走來，攜手查案，對於方碧眠的手段也有瞭解，但他畢竟對於江湖中這些手段涉獵尚少，哪有阿南這麼瞭若指掌，因此格外專注地望著她。

「一開始我曾以為，瀑布的兩次暴漲是刺客的作亂手段之一，目的是為了刺殺太子。而我們也在現場發現了屬於青蓮宗的標記——眉黛所繪的三瓣青蓮，便一直朝著這個方向追查了下去。直到我聽到太子妃當日所見的情形，才發現自己一直以來所尋找的方向都出錯了。」阿南雖然在說自己的錯誤，但神情卻十分輕快，那是一種繞過彎路後豁然開朗的暢快：「太子妃說，她看見刺客蹲伏在地上，而且許久未曾直起身子。我當時便在想，若是一個人潛進行宮中，定然會趁著瀑布造成大亂之時，趁機行刺，又怎會在高臺上一直逗留，不做行動呢？」

「後來我們查證到，妳當時在做的，果然是另一件事情。妳並不是來行刺的，而是要暗地替拙巧閣查找一樁極機密的事情，所以拙巧閣才會將瀑布管筒的路徑分布及轉動方法告訴妳，讓妳順利造成了瀑布暴漲的現象——可其實，那不是暴漲，實則是斷流！」

看著阿南那胸有成竹的模樣，方碧眠委頓於地，明白自己所有的手段怕是都已洩漏。心口湧上的絕望讓她不敢再狡辯，只緊緊閉上了眼睛。

一直都肅穆靜立的韋杭之，眉毛不由跳動了一下。

綺霞更是連嗆吐都忘記了，緊盯著阿南，雙手握得緊緊的，對於即將揭曉的謎底又緊張又期待。

朱聿恆思忖著，問：「妳確定是斷流？畢竟我們當時看到的，是瀑布水流忽然暴漲沖進殿內，而我當時正在殿外，看到瀑布一直都在向下流淌，並未斷過。」

阿南揚眉道：「藏起一片樹葉最好的方法，是丟進樹林中，同樣的，掩蓋水流最好的方法，也是用更大的水流。我們在山頂蓄水的池子中看到了管筒被挪移後留下的弧形痕跡，以及管筒被人調轉方向而引發的灌木摧折。這證明，那些將池水源源不斷運送往山頂的水管，曾在瞬間被忽然倒轉逆流。管道加上蓄水池中的水流，瀑布水驟然增加一倍，導致兩閣之間的水池容納不下暴漲水量，全部沖向了地勢較低又深窄的左殿，引發了那場混亂的發生！」

綺霞迷惘道：「那，她讓瀑布斷流又是為什麼呢？」

「水車呀。」阿南看著面如死灰的方碧眠，笑道：「原本從下方吸水形成瀑布的水管，在水中旋轉後，由於原先湧流的勢頭未變，便會如『渴烏』或『過水龍』般，倒吸池中之水，將其源源不斷傾瀉下來，讓我們誤以為瀑布照舊、水車依舊還在運行。可事實上，這個時候的水車早已停止輸送水流上山了，方碧眠正好可以趁這個機會，藉助停頓的水車到達對面，實施自己的計畫。」

朱聿恆瞥了方碧眠一眼，問：「所以，山頂蓄水池的魚全部消失，便是因為被那些巨大的管道吸走了？」

「對，為了保持瀑布潔淨，水池出口設了三層柵欄防止雜物，按照那柵欄的密度，池中魚絕不可能鑽得出去，可我下水時發現，這麼多魚在一夜之間幾乎全部失蹤了。不是被當時那巨大的水流吸走的，難道還是插翅膀飛了麼？」

她的話斬釘截鐵，燈光下的面容自信而燦爛，與那日下水的狼狽判若兩人。

可朱聿恆望著她立於燈下的背影，眼前卻一瞬間閃過山頂水池邊，她在日光中呈現的曼妙身軀。

但隨即，他又知道這是不該在此時出現的思緒，抬手按住了自己的額頭，強迫自己將那縈繞眼前的身影給拋到腦後。

「殿下！」方碧眠的聲音在他耳邊響起，哀婉而淒弱，打斷他的神思。

他垂眼看去，是方碧眠見阿南心硬如鐵，絕不可能被打動，便膝行至他面前，眼中含淚，顫聲哀求：「求殿下明鑑，奴婢自小在教坊長大，體格柔弱，當時又受了傷，哪來這力大無窮的本事，調動那麼大的水管，造成聲勢浩大的禍害？」

他神情淡淡地，目光從方碧眠那楚楚可憐的淚眼上移開，說道：「阿南，妳的猜測大體正確，但在一二細節上，我有疑議。」

阿南挑挑眉，瞥了方碧眠一眼，又看著他，眼中滿是「不會吧，這女人一求你，你就要打我臉」的疑問。

「妳說她潛入行宮只為了幫拙巧閣尋找祕密，我並不贊成，畢竟，她當時還隨身攜帶了利刃。若她只是以眉黛在地磚上勾畫，就算被人發覺，也大可說自己是誤入，頂多不過是被懲戒而已，但攜帶凶器，卻絕對是死路一條了。」朱聿恆緩緩吹了吹手中茶杯的浮沫，盯著方碧眠的目光愈顯凜冽：「由此，再聯想到她為了潛入右閣，寧願付出重傷的代價，加上標記在柱子上的青蓮痕跡，本王是否可以猜測，她其實是奉了青蓮宗之命，潛入行宮，意圖謀害太子殿下？」

此言既出，方碧眠斷無生路。

見朱聿恆竟比阿南更為狠辣無情，方碧眠那哀婉可憐的面容頓時變得灰白，絕望地癱倒在地。

「說得對，看來還是我思慮不周了。」阿南滿意地朝朱聿恆一笑，心下暢快，而朱聿恆則朝她一點頭，示意繼續說下去。

「這位柔弱的方姑娘，妳能給行宮的管筒做手腳，當然是因為和拙巧閣做了交易。拙巧閣給妳『希聲』，妳肯定要幫他們做事，我猜，交換條件應該是要求妳去行宮高臺之上，按照地磚格子排列，畫一張地圖吧？行宮是九玄門高手設計，與拙巧閣構造相同，這管道兩頭有一種防堵機制，只要在下方將大量枝葉塞進水管，水車將其送上盡頭後，最上一節的管道便會自然啟動關竅顛倒，借用猛烈的沖力將裡面東西沖走。拙巧閣既然要用妳，自然會教妳利用這個特性，而妳所需要做的，就是在進殿之前找機會往水車上扔幾捆枯枝敗葉，水車運行之時，自然會將它們混著水一起送往最高處。接下來妳便只需等待，等到水勢沖擊殿內造成混亂，即可找到機會受傷滯留宮中，藉助卡頓停止的水車，爬到對面實施計畫。」

而在拙巧閣，阿南也正是利用這樣的手法，將閣中的醴泉倒置，沖垮了傅准的天秤陣。

綺霞緊盯著方碧眠，見她面如死灰，已無從抵賴，不由又傷心又震驚：「為什麼呢？袁才人與我們這些教坊女子無怨無仇，妳為何要處心積慮潛入行宮刺殺她？」

「這事其實有點冤枉，方碧眠潛入後被袁才人不巧撞見，於是才慘遭毒手。」

阿南說著，與朱聿恆對望一眼。其實袁才人原本與此案無任何關係，可因為太子妃找了她當太子的替死鬼，所以才不幸殞命。

方碧眠急切地抓著綺霞，道：「綺霞，妳幫我說說話啊！我們教坊中人，當時穿的都是淺藍衣服，但你們都看見凶手是穿著綠衣的，而且還是用的右手殺人……妳也看到了，我當時為了保護妳，右手傷得很重，不可能有力氣殺人的！」

見她剛剛還要謀害自己，現在又來乞憐，綺霞趕緊一把甩開她的手，轉頭看向阿南。

「對，這兩點，也是我百思不得其解的地方。在案發後，我曾多次在行宮高臺調查，卻都沒有得到線索，直到——我看到行宮工圖，想起了案發之時，高臺上還有兩個巨大的水晶缸。而我們所目睹的，全都是發生在水晶缸之後的事情。」

阿南在屋內看了看，見旁邊正好有一個水晶花瓶，便將裡面的花枝拿掉，放在桌上，說道：「那對水晶缸，已經在瀑布暴漲之時被沖下了水池，砸得粉碎，所以我一直未曾將其與案情聯繫起來，以至於錯漏了事發之時兩個重要的條件。」

說著，阿南舉起一根手指：「第一，我們看到的殺人現場，是在瀑布第一次暴漲之後。原本應該空著的水晶缸內，當時因為瀑布沖擊，裡面已經盛滿了水。

這些陡然沖下來的水，裡面帶著泥漿，微帶黃濁，使得我們看見的缸後情形變得更為朦朧，同時，還改變了我們眼中的顏色。」

阿南轉而看向方碧眠，笑問：「方姑娘，妳琴棋書畫無一不精，所以向妳請教下，畫畫時藍色加上淺黃色，會變成什麼顏色呢？」

方碧眠咬緊牙關，一言不發。

「藍色加黃色當然是綠色啊！」綺霞恍然大悟：「所以，當時我們透過水缸看到的教坊藍衣，就變成了灰綠色衣服！」

「對，然後還有誤導我們的第二點——我們這位凶手方姑娘，受過傷的右手在殺人時，怎麼可能那麼俐落？」阿南說著，朝方碧眠笑了笑，並不再說下去，而是拿起一朵花扯掉了左半邊花瓣，然後將它放在了盛滿水的花瓶後方。

這下，就連一直板著臉專心傾聽的韋杭之，也不由得「咦」了一聲。

被扯掉了左半邊花瓣的花朵，呈現在水晶瓶後時，竟然是右半邊缺失而左半邊完好的模樣，與真實的截然相反。

「因為圓形會讓光線扭曲，所以在盛滿水的透明圓形物品之後，所有的東西都會變成左右相反的情況。所以，我們當時看到的那個凶手，其實用的是左手殺人！」

此言既出，綺霞捂住了嘴巴，震驚地許久無法呼吸。

就連朱聿恆，手也是端著韋杭之遞給他的茶，忘了啜飲。

「可惜她沒料到的是，幾乎所有人都在殿內忙亂之時，我們卻正好在對面發現了她的行跡，因此，她只能選擇在殺人後立即遁逃！」

綺霞「啊」了一聲，急問：「阿南，那時行宮中那麼多人在對面盯著，而後方就是順著橋過來捉拿凶手的侍衛們，眾目睽睽之下，她究竟是如何消失的？」

這事在眾人心頭都盤旋許久，凶手在對面無數人的目光下消失，事後眾人都是百思不得其解。

「其實很簡單，妳記不記得，我們在池邊的混亂結束後，趕緊去殿後找方碧眠，卻發現她一身是水，渾身溼透地躺在殿後？從鎖定她是凶手後，我便考慮她是借用水遁而從眾人面前消失的。由此我便想到，當時我們所有人的注意力都在袁才人身上，以為刺客是將她推下了水池後才消失不見的，可其實，刺客是抱住了她，用她身上那件寬大華服遮掩住了對面的視線，與她一起墜入了水中！」

阿南說到這裡，轉頭朝著方碧眠微微一笑：「想不到吧，一直假裝自己不會水、甚至還跳河自盡脫離教坊的方姑娘，其實是個潛泳高手。她在水下放開袁才人，趁著大家都在關注上浮的袁才人之際，游到遮掩水車的花木叢中，利用靜止的水車迅速回到了東閣，並且將那些管筒的巨大機關復原。水車加上管筒的再一次倒轉，造成了瀑布的第二次暴漲，將她所有作案痕跡消除得一乾二淨，沖走了繪在高臺上的眉黛、那對水晶缸，也沖走了水池中袁才人的屍身。而渾身溼透的她躺在殿後，說自己被暴漲的瀑布水濺溼了，身上殘留的血跡也被我們認為來自她自己的傷處，害得妳還難過大哭。」

阿南說著，輕拍了一下綺霞的後腦杓：「豈不知人家剛剛幹了一場大事回來，說不定正在策劃下一步如何除掉妳呢！」

綺霞瞪大眼看著方碧眠，見她所有手段被戳穿後，自知已無可抵賴，那嬌美的面容上盡是鐵青冰冷。

她打了個冷戰，顫聲問：「碧眠，難道說……前幾日在碼頭草叢要殺我的人，也……也是……」

「別問了，就是她。」阿南毫不留情道：「她──或者說背後的青蓮宗，似乎很介意苗永望掌握的一些事情，不然，我們怎麼可能利用妳布局，演出這一場引蛇出洞的好戲，讓她為了殺妳而自投羅網呢？」

綺霞氣得從椅上跳起來，指著方碧眠大罵：「方碧眠，這是真的嗎？我……我當初給妳流的眼淚，還不如流給一條狗！」

韋杭之瞪了她一眼，她才省悟自己居然在皇太孫殿下面前罵粗話，趕緊縮著頭閉上了嘴巴。

方碧眠卻一言不發，用眼角的餘光關注著門窗，似乎還期待著有人能破窗而入，奇蹟般將她救走。

阿南冷笑一聲，走到她的身旁俯下身，貼在她耳邊低低道：「怎麼，還期待著公子來救妳呢？可惜啊，我絕不允許妳這種蛇蠍心腸的人與公子為伍，更不會讓妳將他拖入青蓮宗這個漩渦，妳就安心接受朝廷處置吧，畢竟，這都是妳應得的！」

方碧眠呼吸急促，目光死死盯著她，放出困獸凶光。

阿南才不在乎，拋下她俐落起身，對朱聿恆笑道：「好啦，彎彎繞繞這麼多天，我終於洗清自己和綺霞的冤屈了。如今真凶落網，謎底揭曉，這個罪犯就隨你處置了。至於她和青蓮宗還有拙巧閣的關係，我就不摻和了，那是你們朝廷的事兒。」

看阿南輕鬆愉快的模樣，朱聿恆又瞥了橫梁一眼，不動聲色道：「這樁謎案能得破解，妳功不可沒。我會如實稟報朝廷，秉公處理凶犯，同時也會依律評判妳的功過，看是否能相抵吧。」

阿南笑道：「哎呀，這倒無所謂，反正……」

她揚揚眉，把後面的話嚥回了肚中，道：「算了，你看著辦就可以，反正這事告一段落，我也沒有牽掛了。」

這一晚折騰至此，大家都已有點倦意。韋杭之押起方碧眠出門，阿南也扶起綺霞，說：「走吧，妳今晚嚇壞了，趕緊歇息吧。」

綺霞點點頭，拉著她的胳膊起身之際，忽然一個偏頭，按著胸口又乾嘔了出來。

「水還沒嗆完嗎？」阿南忙幫她撫著後背。

綺霞一邊拉她出門，一邊勉強抑制自己噁心嘔吐的衝動，說：「這倒不是，是我最近不知吃壞了什麼，一直有點噁心，每天都想吐……嘔……」

阿南腳步頓住，用不可思議的目光打量她，問：「給妳搞幾個林檎吃吃怎麼樣？就上次酸不拉幾那種。」

「這麼晚了哪還有賣？明天我去多買點，那個真的好吃。」

說到這裡，兩人站在廊下，一起沉默了。

「不……不能吧？」綺霞終於傻了眼：「大夫說我應該是懷不上了啊……」

她遲疑錯愕，阿南則興奮地一拍她的手，說道：「這說明大夫方子有效，是大好事啊！趕緊的，告訴江小哥這個好消息去！」

今晚這一番死裡逃生，又清洗了冤屈，又知曉了自己可能有了孩子，無數重驚喜交加，綺霞覺得自己有些暈乎乎的，一時都傻了。

她輕撫自己的小腹，又是欣喜又是猶疑，而阿南一手提燈一手扶著她，小心地帶她下臺階。

就在她們下到城牆最低處，要走向碼頭之時，綺霞忽然拉住了她的手，停下了腳步。

阿南疑惑地看著她，而她咬著下唇，望著江白漣船上的燈火站了許久，才搖了搖頭，低低道：「阿南，我想回順天，我……不會告訴白漣這件事，妳也幫我瞞著他，好嗎？」

阿南頓時愕然：「為什麼？」

「我不想我的孩子一輩子困在水上，雖然像白漣這樣，也能成為一個特別好的男人，可是……可是我想帶孩子住在很熱鬧的地方，遇見很多很多的人，我沒有勇氣一輩子守在一條船上，和一個男人永遠在水上過日子，我會瘋掉的！」

阿南沉默地緊握著提燈的桿子，沒說話。

「就算妳笑我，說我自私也好，說我墮落也好……可我喜歡爬山，也愛去樹林裡摘花摘果子，將來，我也想帶孩子一起去。白漣生來是疍民，能為救我而破戒上岸，已經是為我豁命了，畢竟，他自小在水上長大，那麼信命，那麼怕犯忌諱……」說著，她抬起手捂住了眼睛，也擋住了自己眼中湧上來的淚，用力呼吸著，喃喃道：「阿南，我很喜歡很喜歡他，可是再喜歡也沒用，我有我的路，我也不想讓孩子走上那條路，妳……明白我嗎？」

阿南緊擁著她，讓她靠在自己的肩上，歇了一會兒。

她抬眼看向江白漣的船，那盞似乎在等待綺霞的溫暖孤燈，因為夜風太冷、夜色太黑，顯得微不足道，時刻要被吞噬。

「我明白的。」阿南輕輕地、低低地道。

就算擁有天空的鳥和擁有大海的魚亦能一瞬間於水面碰觸，但人生那麼漫長而豐富，並不可能永遠靠著那片刻的溫存活下去。

「就當是最後分手的禮物吧，我這輩子能有這麼一個孩子，就是我最大的幸運了……我不奢求他為我放棄他的人生，我也沒法為他不顧一切，唉，阿南……妳明白嗎？」

阿南嘆了一口氣，攏著她的肩，說道：「回順天吧。我替妳去求阿言幫幫忙，看能不能讓妳脫離樂籍。至少，不能把孩子生在教坊。」

「嗚嗚……阿南妳太好了，我、我不知道怎麼感謝妳。」綺霞哭得稀里嘩啦，把眼淚鼻涕都抹在了阿南的胸前：「等孩子出生後，我讓他認妳當乾娘！」

「那必須的，我要是不當乾娘，這世上沒人有資格當了！」阿南笑道，拍了拍她的後背又問：「這麼晚了，妳回教坊還是去江小哥那兒啊？」

「算了吧，回教坊太遠了，還是，還是去白漣那兒吧。」綺霞擦擦眼淚，說道：「順便……我也想好好和他告個別。」

「那行，我也擔心青蓮宗的人會報復妳，妳這段時間最好和江小哥靠近些。對了，妳拿著這個。」阿南說著，從袖中將「希聲」取出，彈出臂環中的小銼刀，調整了一下哨子口，將太薄利的斷口銼了銼。

「現在就算妳在別人耳邊吹，它也不能傷害虛耳了。但是這個聲音會很尖銳，周圍三兩丈內的人都會因為耳膜被震而暈眩，無法攻擊妳的。」阿南試著輕輕吹了吹，見綺霞捂住耳朵差點又要吐了，才滿意地將改造後的「希聲」遞給她，教她將耳朵按住：「吹的時候堵住耳孔與聽會穴，這樣妳自己就不會受影響，遇到危險就趕緊溜之大吉。」

「好呀，雖然我打架不行，但我跑得很快的！」綺霞把情緒調整好，讓阿南幫自己確認了無異後，學著方碧眠的樣子將簪子插在髮間，然後向碼頭走去。只是下意識的，她原本輕快的步伐放慢了，像是怕驚動肚子裡的小生命。

在船上等她已久的江白漣看見她身影出現，欣喜不已。

他握住她的手臂，將她拉上船，大概是覺得她的手有點冷，江白漣一邊說著什麼，一邊將她的手拉起貼在自己臉頰上暖一暖。

綺霞笑吟吟地抬頭看他，燭光之下，她的眼圈似有泛紅。

阿南目送兩人走進那繡著歪歪斜斜鴛鴦的簾子中，沉默地在冷風中駐足許久，終於輕嘆了一口氣：「對啊，是該告別的時刻了……」

眼看蓬萊閣上燈火漸熄，阿南往上而行，走到審訊方碧眠的那個院落一看，靜悄悄的，所有人都已撤走了。

阿南從門口朝裡一探，目光往梁上掃了掃，學著小貓叫了兩聲：「喵喵？」屋內毫無動靜，她詫異地又叫了幾聲：「喵喵喵？」

「這麼大的人了，沒個正經。」只聽身後傳來一道熟悉低醇的聲音，透露著無可奈何的縱容。

「阿言。」阿南一驚，隨即笑嘻嘻地回身：「方碧眠收押好了？」

朱聿恆接過她手中的提燈擱在廊下，燈光在風中微動，搖曳地映著他幽深的眼眸：「嗯，正想與妳商議一下，如何處置她。」

「這個你做主就好啦，我只負責把她揪出來，洗清自己的冤屈。」阿南說著，又想起一事，忙說：「對了阿言，我想求你件事啊，能不能幫綺霞解除樂籍？因為她……」

她一時躊躇，不知該不該將綺霞的事兒告訴他。

「可以。」還沒等她想好，朱聿恆已經應了，並不需要她的原因：「我待會兒便吩咐下去。」

阿南愉快地笑了，又朝屋內望了望，確定公子已不在其中，便拉了拉朱聿恆的袖子，示意他與自己進屋去，笑道：「你來得正巧，我給你看個好東西！」

見她這神祕模樣，朱聿恆略一挑眉，正要提燈進內，阿南卻止住了他的手，說：「不用。」

韋杭之見阿南將殿下拉到暗無燈火的屋內，急忙要跟上，阿南早已將門一關，把所有人擋在了外面。

一片黑暗之中，朱聿恆只覺阿南貼近了自己，在微冷的秋夜與寂靜的暗室之中，那種溫熱的梔子花氣息侵襲了他所有意識，讓他身體都不自覺緊繃起來。

尚未等他反應，阿南的手中已出現了一團澄碧光彩。是那顆夜明珠靜靜躺在她的掌心，周圍旋轉圍繞著一圈瑩綠的輝光，那是珠光映照下的青蚨玉。

阿南將這團燦爛輝熠的光芒舉到面前，珠玉生輝依稀照出她笑吟吟的面容，她的眼睛比那明珠美玉更為晶亮：「阿言，這是我師父講過的傳靈焰的武器，但我只知道構造，不太清楚如何使用。我想這應該是最適合棋九步的武器，就替你做出來了，具體的操控方法，接下來要靠你自己慢慢鑽研了。」

朱聿恆望著她的笑顏，緩緩抬手握住面前這團晶燦的光輝。

打磨得極為薄脆的玉石與夜明珠在他掌心輕微相撞，發出清脆空靈的細碎聲響，也讓珠玉光華繚亂，在他指縫之間閃爍不定。

他看著那精銅的蓮萼底座，認出這是上次她匆匆忙忙間藏起來的半成品。

原來，這不是給竺星河的，而是給他的？

他握緊了掌中這團燦爛，低聲允諾：「我會好好研究的。」

阿南笑望著他的手。這雙讓她一眼便淪陷至深不可自拔的手，被指縫間的微光照亮，如夢似幻，卻終究是她觸碰不到的鏡花水月了。

她心口湧起一陣類似心悸的遺憾，忍不住抬起雙手，將他的手與那片光芒攏在掌心之中，握了一握。

光芒被遮沒，一室幽冷黑暗中，她的掌心暖燙而有力。

朱聿恆下意識翻轉掌心，想要反手握住她，她卻已經鬆開了手，聲音有些發悶：「好啦，終於交給你了，我也就安心啦。」

她拉開門，正要邁出去時，聽到朱聿恆在身後問：「它叫什麼？」

「日月。」

如日之升，如月之恆。

永遠明亮、光照萬物，也是所有世人無法逃離、無法抵擋的致命力量。

朱聿恆低頭看著手中的「日月」，外面漏進來的燈光遮掩了他手中的光華，而阿南靠在門上望著他，臉上含著笑意：「真想早日看到你手握日月、操控自如的模樣，我想一定和當年的傅靈焰很像，縱橫天下，擋者披靡。」

他聽出她口中遺憾的意味，但還未來得及詢問，她便毫不遲疑地將門推得大開，一步邁了出去。

她沒有回頭，只背朝著他抬手揮了揮，說：「阿言，再見了。」

離開燈火輝煌的蓬萊閣，阿南卻並未回到驛站去。

她避開人群走下海堤，佇立在月光之下，望著遼闊的大海發了一會兒呆。

海浪發著細微的螢光，一波一波舔舐著她腳下的沙灘。

身後有腳步傳來，踩在沙灘上發出輕柔的聲音。

阿南回頭望了來人一眼，臉上擠出一絲笑容：「公子，我們走吧。」

「妳叫我看的好戲，都演完了？」竺星河與她並肩站在海邊，發了一聲呼哨通知司鷲。

「怎麼，還沒看夠嗎？」阿南抱臂望著遠遠而來的司鷲，道：「想不到吧，那個柔柔弱弱的方姑娘，居然是青蓮宗和拙巧閣的雙面間諜，殺人不眨眼的主兒。什麼為保清白投河自盡也全是假的，都是被青蓮宗指使接近我們的手段。」

竺星河微微皺眉，嗓音也有些低啞：「畫龍畫虎難畫骨，想不到我們以誠相待，她卻包藏禍心。」

「她是風月場中的老手，咱們久在海外，哪見識過這種手段。」阿南說著，有些鬱悶地噘起了嘴：「可惡，她這純良的模樣，裝得可真像，連我們都差點被她給離間了！」

「這倒不必多慮。妳與我是什麼交情，她一個初來乍到的，又算什麼。」周圍萬籟俱寂，遠遠燈火暗爍，月光下竺星河凝望著她，目光溫柔而專注：「退一萬步說，就算她不露出真面目，但只要損害到了妳，或者讓妳不快，我也會始終站在妳這邊。」

聽到他這番懇切話語，看著他凝視自己的溫柔眼神，縱然心裡還有些介意，阿南也覺得心口悸動，鼻間一酸，臉上還掛著慣常的笑容，聲音卻悶了一些：「我就知道公子不會辜負我的，我縱然粉身碎骨也值啦！」

公子抬手輕輕按在她的肩上，頓了片刻，想說什麼但終究還是換了話題，問：「妳那個教坊的朋友呢？」

「綺霞嗎？她找相好的小哥去了。公子你知道嗎，綺霞為了我，差點把命都葬送在監獄裡了，所以今生今世，我一定要護她周全！」

她把綺霞寧可帶著月事在水牢中站了兩天兩夜，也不肯將她招供出來的事對公子詳細講了一遍。

想著怕苦又怕疼的綺霞寧可承受那非人折磨，也要死咬牙關不肯誣陷她的情形，阿南眼圈不覺紅了，哽咽道：「之前她受了這般折磨，大夫說她不太可能有娃了，可現在就像奇蹟般，她懷孩子了，我真開心，也總算放下一樁心事了，不然，我這輩子都對不起她！」

竺星河默然聽著，與她一起望著江白漣那艘小船上的燈火，他神情有些陰沉，但看著阿南那歡喜欣慰的側面，又終究什麼也沒說。

阿南回頭看他，又問：「怎麼啦，忽然問起她？」

竺星河淡淡道：「沒什麼，我看她與方碧眠有瓜葛。」

「公子擔心青蓮宗報復她嗎？不怕的，我把希聲給她了，就是之前拙巧閣用過的那個，公子也見過吧？」阿南抬手在耳邊示意了一下，說道：「青蓮宗的人近不得她身。」

竺星河緩緩點頭，沒再說什麼。

阿南觀察他的神情，終於忍不住，低聲勸道：「所以，公子你看，青蓮宗既然會安排方碧眠這種人潛伏在你身邊，肯定也有其他卑鄙手段，我們還是不要與青蓮宗攪到一起，以後分道揚鑣吧。」

竺星河一哂，道：「阿南，妳此言失當了。什麼叫攪到一起？有共同的敵人，合作並非壞事。」

「老虎與毒蛇都會受到人類追捕，但叢林之王從不與蛇蠍為伍。公子您是何等身分，又怎能自降格調，與這種令人不齒的亂黨結交？」

竺星河微微側頭看了她一眼，神情依舊溫和，聲音卻微冷下來：「放心吧，我做事自有考量。既然妳與其他人一樣奉我為少主，便只需安心信賴我即可，我所作所為，只求為大家謀一個最好出路。」

「可我不認為與青蓮宗合作對抗朝廷會有出路。方碧眠的手段，我剛剛不是已經清楚地揭示了嗎？她殺了苗永望、殺了袁才人，還三番兩次加害綺霞，哪有半分道義可言呢？青蓮宗這些人只會些下三濫的手段！」阿南急道：「趁現在合作未深，尚有轉圜餘地，還請公子三思！」

竺星河的嗓音更沉了，問：「哦？所以妳覺得，不結交其他勢力，不驚動官府百姓，我們該何去何從？」

阿南與他相處多年，哪能聽不出他這口氣不佳。但明知公子不悅，她依舊不肯放棄自己的想法，說道：「那我們就回去吧。」

竺星河望著黑暗的海天沉默。阿南等了他片刻，見他不開口，又道：「公子，二十年過去，山河已定，又何苦再令這世上風波動盪？回到屬於我們的海上，天地之大，一生一世夠我們縱橫馳騁——」

竺星河劈臉打斷了她的話：「是朱聿恆讓妳這麼說的？」

驟然聽他提起這個名字，阿南心下頓時一驚。她咬住脣，見公子的神情在粼粼波光下明暗不定，聲音亦有些遲疑：「阿……他從未提過這些。但我這段時間在心中翻來覆去想過了，這或許是最好的解決方式。世上改朝換代本不罕見，亦有皇室後人選擇隱姓埋名遁世而去……」

「別說了。」竺星河靜靜道：「妳未曾經歷過我的人生，妳不會懂得我的選擇。」

他沒有怪罪她，也沒有與她爭執，但這種平靜冰冷的口吻，他從未曾在阿南面前表露過。

星漢璀璨，潮聲急促。竺星河轉身，與她背向而立。

阿南佇立在他身後，看著他的背影似要被黑暗吞沒，終於忍不住開口問：「你與方碧眠，什麼時候相識的？」

竺星河的腳步略略一頓，卻並未回頭。

「換言之，你與青蓮宗，其實早就已經聯絡上了？不然，方碧眠怎麼會那麼巧，剛好在殺完苗永望之後便被迫投河，而投河的時候，又恰好被我們救走？」

「不要多心，想這麼多對妳又有什麼益處？」竺星河抬頭凝望著空中那抹冰冷的下弦月，道：「阿南，妳以前沒有那麼多心思，要可愛許多。」

阿南一動不動地站著，喉口哽住，連呼吸都覺得遲緩。

司鷲的船終於靠岸，他拉住阿南，激動得哇哇大叫。

阿南抬手示意他別驚動岸上人，默不作聲地上了船。
「阿南，妳這次事情都辦完了吧？不會再跑了吧？」
「嗯，應該不會了。」阿南慢慢說著，卻覺得心口堵得慌。
阿言身上的山河社稷圖，她還未幫他解開。
只是，她已經盡了最大的能力，幫他提供了最後的線索。如今距離十月初下一條血脈的發作尚有時間，相信他能在渤海水城中找到線索，最終解開謎團的。
而她，也不知道竭盡全力，究竟能不能讓公子回歸南方之南，回到他們最好的地方。
懷著沉沉的心事，她抄起船槳，慢慢將船划向海中。
在泛著螢光的幽藍大海上，小船漸漸遠去，融入了黑暗之中。
熄掉燈火的城樓之上，朱聿恆佇立在窗前，放下自己手中的千里鏡，沉默地看著海上的斜月。
韋杭之在旁邊等待了片刻，低低問：「殿下，要攔截他們嗎？」
朱聿恆將千里鏡交到他的手中，轉身大步向下走去，說道：「不要大張旗鼓，先循蹤看他們是不是返回海客們盤踞的那座島嶼，屆時若有青蓮宗的人出沒，再行剿滅不遲。」
「是。」

順著跳板踏上座船，他已經看不見前方小船。

水軍們的跟蹤資訊傳來，座船不緊不慢出了海，隔著對方無法發現的長距離，向著同樣的方向航行。

朱聿恆站在船頭，望著起伏的海浪，握緊了手中的「日月」。

月光下，夜明珠的螢光幽淡，顯出瑩白質地。它與青蚨玉一般，都被切割成了極薄的片狀，以精鋼絲收攏相繫於精銅的蓮萼底座之上，依舊是渾圓模樣，不上手根本不知道它們已被徹底切割，鋒利無比。

日月。懸在手中如明珠日側旋轉一輪碧玉彎月，置於掌中則所有珠玉碎片散成一泓白雲碧水，光華流轉。

他輕輕地抖動手中這層珠片玉，試著按住蓮萼上的刻紋。

只聽得碎玉相碰的空靈撞擊聲不斷，那些刻紋其實是極細的精鋼絲，連接於蓮萼中心的彈簧機括之上。被他一觸動，所有銳利薄片如雪片般同時向前蓬射而出，籠罩了面前這片海天。

攜帶著仙樂般的敲擊聲，船頭之上忽現萬千星光，漫天耀眼。

一直佇立在他身後的韋杭之嚇了一跳，正在辨認是何異狀，卻見那些光華於一旋一轉之間，如流星般劃出圓滿弧度，倏地回到了殿下手中，聚攏於他的掌心，被他牢牢握住。

周圍一切無聲無息，唯有幽黑的水面之上，出現了細密如弦的無數條筆直波紋，在光芒閃過時瞬間割開水面又瞬間消失，一縱即逝。

光芒盛熾，無人可避。

難怪她說，這是天底下最適合棋九步的武器。因為這龐大的瞬間計算與操控，除了他與傳說中的傅靈焰以外，沒有任何人能掌握駕馭。

這是她送給他的臨別禮物，在她決意要離他而去之時，傾盡了心力為他而製。

這算是，她對他最後的情意嗎？

「阿南，妳不是遺憾，無法看到我手握日月的模樣嗎？」他將日月懸於腰間，如一枚別致的腰珮，在月光下幽光淡淡。

「那現在，我就走到妳面前，讓妳親眼看一看它的光彩吧。」

第十六章　越陌度阡

月光之下，渤海愈顯幽深遼闊。

前方阿南的小船出海後便揚起了帆，風力催送下小船快捷如箭，月過中天之時，已接近海客們所在的島嶼。

朱聿恆的座船在他們看不見的後方遠遠航行，幾艘快船打探情況，源源不斷將消息傳來。

等阿南他們上島之後，朱聿恆命令船隻停泊在距離不遠的荒島坳中，商議如何進攻圍捕。卻聽得外面響箭聲響，顯然有重要消息傳遞。

朱聿恆起身看去，只見海面上一艘小船被快船夾擊，船上人呼喝著以刀棍拒敵。但朝廷水軍訓練精熟，哪是他們能抵抗的，不出片刻，眾水兵便俐落翻上小船，將一船十餘人全部擒住。

這十餘人與上次抓到的那批一樣，全都是青布裹頭，渾身凶悍之氣。領頭的被綁了還不服氣，咬牙道：「我們都是良善漁民，怎麼晚上打個魚，都要被官府抓捕？」

「漁民出海打魚，還要攜帶武器？」審訊之事諸葛嘉最為精熟，根本不與他們多言，示意手下把人制住，將小船駛到了背風港坳之中。

一陣鬼哭狼號從小船上傳來，朱聿恆雖在座船之上，亦如看到對方慘狀。不多時諸葛嘉便回來了，神色不定地請朱聿恆屏退了所有人，告訴了他青蓮宗謀劃的事情。

「屬下從他們口中撬出了三件事。其一，今日落網的方碧眠顯然是教中主要人物，他們正要去救她。」

這倒是求之不得的事，朱聿恆示意他可加派人手，圍點打援。到時候對方人來得越多，對他們越是好事。

「此外，我看青蓮宗行動如此迅猛，那個方碧眠手中重要機密的事情不會少，一定要嚴加看管。」

不知她對山河社稷圖的事是否有瞭解，他倒是不便假手他人盡快審訊，只能等回去再說了。

諸葛嘉應了，朱聿恆又問：「其二，他們既出現在此處，應該是正有人與海客接洽，準備一起動手救回方碧眠？」

諸葛嘉點頭稱是，又道：「另外，青蓮宗出現在此處，還有個原因是，在海上遭受了不明攻擊。對方實力非凡，他們本以為是官兵，但據屬下所知，我方尚未出動。」

「若地方衛所出動，必定會上報我們，所以這股突然出現的勢力……」朱聿恆略一沉吟，立即了然，道：「若是他迫不及待動手的話，也未必不是好事。走吧，我們去看看局勢如何。」

海客與青蓮宗相會之處，正是距離此處西南方二、三十里處的一個沙尾。這沙尾由長年的泥沙沖刷而形成，只在退潮時分露出水面，彷如一個數丈方圓的小島。

月光下四周茫茫，他們的船停得很遠，畢竟那沙尾無遮無掩，一旦有船接近便會被察覺。

朱聿恆放下千里鏡，沉吟面對這一望無垠的海天。

暗夜之中，水波茫茫，一彎下弦月孤單懸在海面上，緩緩湧動的海面鍍著一層明亮的光華，如同一匹光滑的黑緞在船下起伏。

朱聿恆正要回艙安排水軍潛近，目光瞥過海面時，腳步忽又停了下來。

面前巨大的黑緞海面之上，出現了小小一點亂跳的光芒。

螳螂捕蟬黃雀在後。沒想到在跟蹤海客之時，自己也被他們盯上了。

朱聿恆略一沉吟，向韋杭之打了個手勢。韋杭之會意，錯愕地掃了海面一眼，立即悄悄退開，示意船上防衛提高警惕，準備抓捕來人。

然而，就在來人出水，流光一閃勾住船舷之際，韋杭之看到殿下又朝他一抬手，示意他帶著所有人退下。

韋杭之錯愕地看了從水中輕捷躍出的那條身影一眼，見流光閃爍間，殿下已向對方迎了上去。他頓時猜到了來人是誰，只能悶聲不響轉身離開。

而朱聿恆走到船舷邊，見她已經上到了船沿，正要抬手給她，不防她已經一躍而上，揪住他的衣襟，臂環中彈出小刀，抵在了他的脖頸上。

朱聿恆並不反抗，只在月光下靜靜看著她。

而阿南抬眼看他，溼漉漉的睫毛下一雙比常人亮上許多的眸子瞪了他一眼，然後收回了自己的臂環，沒好氣地問：「堂堂皇太孫，居然幹這種偷偷摸摸的行徑？」

朱聿恆並不回答，只抓起旁邊的毛巾交給她，示意她擦擦臉上的水珠：「我是擔心妳。」

阿南鬱悶地胡亂擦著自己的頭髮，問：「我怎麼了，需要你擔心？」

朱聿恆默然看著她，端詳她的神情許久，才問：「妳還好嗎？」

他關切的目光，讓阿南忽然悲從中來，一把抓緊了手中的毛巾。

她當然知道他的意思。

即使公子肯悉心安撫她，可她怎麼可能不知道，公子必定是方碧眠的同夥——至少，方碧眠的所作所為，公子早已知曉。

甚至，方碧眠進入他們這個團夥，成為海客與青蓮宗的紐帶，也可能是他們在放生池上相遇時就已經商議好的。

而如今，竺星河與青蓮宗夤夜密會，並未通知阿南，表示已將她屏棄在了核心之外。

她和公子，已經是道不同，不相為謀了。

只是，公子和她之間的事情，她始終覺得是自己能掌握的東西，不需要任何人來插手。

尤其是，阿言。

她將毛巾狠狠地丟給朱聿恆，沉聲道：「我自己會處理，不勞你操心。」

「妳真的對自己的處理有信心嗎？」在下弦月的光輝下，朱聿恆靜靜看著她，低聲問：「我想竺星河應該是瞞著妳去和青蓮宗會面的吧？若妳真的有把握處理好，為什麼還要像我手下的水軍一樣，偷偷地潛近？」

來意被他一句道破，阿南心下一陣急怒，但伴隨而來的，又是無言的黯然。

最終，她倔強地轉過頭去，望著殘月之下那抹依稀浮現的沙尾，低低道：「會有辦法的，我一定、一定能讓公子回心轉意！」

朱聿恆端詳她的神情，毫不留情道：「妳明知道，他與青蓮宗已經上了一條船，妳阻止不住的。」

「我知道我不一定有這個能力，可我跟著公子回來，就是想了結青蓮宗與海客們的聯繫。」她一貫尾音上揚的聲音低落了下來，眼中除了鬱悶難過，還有無法割捨的糾結。

朱聿恆問：「那妳打算怎麼辦？」

「說不好，我現在心裡很亂，根本不知道該怎麼辦。」她將臉埋在毛巾中，聲音有些發悶：「可我不能眼睜睜看著他踏上絕路，還帶著兄弟們一起……如果有可能的話，我想帶公子回家，回到海上去……」

後面的話，被她湮沒在了喉口中，模糊恍如夢囈。

海風微冷，她渾身溼透，朱聿恆望著月光下她微微抽動的肩膀，難以抑制衝動，想要將她攬入懷中。

但尚未抬起雙臂，阿南已丟開了毛巾，望著他的目光已恢復了沉靜：「好了，我要走了。海客們的事情，我會處理好的，你……不需要插手我們的事情。」

「事已至此，我不插手不行。朝廷水軍已在渤海之上設伏，而且目前還有一股力量要收拾青蓮宗與你們。」朱聿恆盯著她，指著下方海面，道：「阿南，我們出生入死多次，我也希望永遠都站在妳身邊，所以才會親自出海來找妳。看今晚的局勢，海客們已經到了生死關頭，有可能全部都死在這渤海之上。可我不能讓妳走上這條絕路，妳……懂我的意思嗎？」

下弦月光芒冷淡，可他對她說出這些話時，眼神卻似在月色中灼熱燃燒。

她當然不會不懂他的意思，可對公子十四年的依戀與執念，讓她暗暗咬了一咬牙，終究狠狠轉過頭去，說：「無論如何，我不會放棄他們。他們都是與我並肩作戰過的生死兄弟，如今既然走上了絕路，那麼，就算是為他們而死，我也甘之若飴！」

說罷，她抬手按在船舷上，翻身便要下水而去。

「阿南，別執迷不悟！」朱聿恆一揚眉，抓住了她的手臂，提高了聲音：「妳明知竺星河已不是同路人，當著他的面拆穿方碧眠的罪惡勾當亦是白費心機，妳回到他身邊也阻攔不了他與青蓮宗的結交，何必還要抱存希望？」

阿南站在船舷上，殘月在她的肩頭光華冷淡，逆光隱藏了她的神情，他只聽到她的聲音，喑啞而低微：「阿言，我欠公子一條命。所以，無論失望也好，痛苦也罷，我都得用這一輩子去還。」

和綺霞在應天小店中喝醉了酒時說的話，忽然在這一刻湧上了她的心頭。

欠了債的荷裳，終究以身抵債，和打鈸的饒二再也沒有緣分。

欠了一條命的她，最後握了一握阿言的手，身體向後仰去，墜入冰冷的大海之中，讓深暗的水吞沒了自己的身軀。

入秋的渤海，海水已經有些冷了。

被冷水一激，阿南的思緒反倒清醒得可怕。

她潛在水中，向著公子所在的沙尾游去。她潛得那麼深，水面上只有一條細不可見的波紋，一直向著那邊延伸。

許久，她才冒出頭換一口氣，取下頭上小釵，擰掉中間的精鋼芯，將中空的釵身含在口中，然後再度沒入水中，只以中空的管子吸氣，無聲無息地貼著水面潛泳。

下弦月照亮的細長沙洲之上，公子如雪白衣在風中微動，鍍著一層冷月光華，如同姑射神人。

「方姑娘已經落入朝廷手中，我看你們要過去營救她，絕非易事。」即使沙尾四周遼闊平靜，竺星河的聲音依舊低低的，令水中的阿南聽來，恍惚波動如在夢中。

對面人以青布裹頭，顯然是青蓮宗的人，頭領頗顯老成，捻鬚沉吟道：「碧眠姑娘雖不會武藝，但一向機敏過人，而且此次行動還有公子護送，本應萬無一失，怎的失手了？」

竺星河並未說話，而司霖道：「官兵狡詐，設下了圈套，方姑娘急於求成被擒住了。當時閣內重兵埋伏，我們若出手相救怕是也無法脫身，只能先行回來通知你們。」

看來，公子他並未向人提及是她作為，這讓阿南心口的微痛又似得了一絲緩解。

老者急道：「方姑娘於我宗舉足輕重，她既然出事，兄弟們無論如何也要將她救出來。她當初一力促成你我雙方合作，對你們也是仗義，不知如今你們是否會助我們一臂之力？」

司霖道：「這個自然，否則我們公子為何連夜找你們商議？營救方姑娘之事越快越好，最好是趁今晚尚未交接及早下手，否則一旦她被交付押解，路上再營救便難上加難了。」

青蓮宗眾人紛紛贊成，開始商議營救事宜。

阿南平靜地藏於溫柔沙地之中，她早已洞悉許多，因此也並無太大反應，只是覺得心口像被針扎了般，微微刺痛。

他到蓬萊閣，不是來接她回去的。

他是護送方碧眠去殺人的，甚至把她從屋內引出也是為了讓方碧眠動手，順便把任性的她帶回去。

但，公子至少並未對青蓮宗提及她揭發方碧眠的事情，他還是維護海客團體的，也是……維護她的吧。

沙尾之上，眾人已經商定解救方碧眠事宜，如何趨近、如何脫離都制定好了路線。就在分頭行動之際，青蓮宗頭領忽然問：「碧眠姑娘此次執行任務失手被擒，那個目標綺霞，如今怎麼樣了？」

水下的阿南氣息驟然一滯，她趕緊屏息，竭力鎮定下來，聽到司霖悶哼一聲：「被救下了。」

「苗永望死前只有她在，而且碧眠姑娘還曾在窗外聽他們有過升官發財之類的對話，為防萬一，我們絕不能讓她活著，畢竟，那件事若是洩漏了……」

即使他們確定周圍並無他人，但說到這裡時，對方的聲音還是壓得極低，潛在水中的阿南無論如何也聽不見他後面的話語。

審訊方碧眠時，公子亦在梁上聽到了經過，知道苗永望臨死之前，並未對綺霞說什麼，因此他微一皺眉，沉吟道：「那個綺霞……」

阿南的話還在他耳畔迴響，她說：「公子你知道嗎，綺霞為了我，差點把命都葬送在監獄裡了，所以今生今世，我一定要護她周全！」

她歡喜欣慰地望著江白漣那艘船的側面還在他的眼前，她紅著眼圈講述綺霞對她的情義，一切都清晰在目。

但，他終究開了口，語調平淡而清晰道：「她似乎與一個疍民關係非凡。」

似有冰冷的海水灌入額頭，阿南瞬間渾身冰涼，從頭至腳，周身所有的血似乎都停止了行走。

她死死地捏住自己的鼻子，讓自己保持神志清醒，免於嗆水。

只聽青蓮宗頭目又說道：「多謝公子提供線索，區區一個弱質女流，既有了下落，收拾起來自是不費吹灰之力。」

「還是盡量小心些。」既然已經幫了他們，竺星河乾脆聲音沉沉地再度開口，提醒眾人：「方姑娘的『希聲』已經落入她的手中，這東西能震盪耳膜令人身形不穩，到時候你們怕是得防備一二。」

青蓮宗的人立即道：「行，那我們用布堵住耳朵再去殺她！」

「那沒用。」竺星河抬起手，做了個手按耳孔與聽會穴的動作。

青蓮宗的人一看便知，這是得按住穴道，才能抵禦那聲波。

幾人按照那手法依葫蘆畫瓢按了耳朵穴道，向他連連道謝。眼看天色不早，海水已侵漫上來，即將淹沒整片沙洲，眾人將小舟推下沙洲，準備離去。

卻聽嘩啦一聲，一條人影從海中躍出，漫身水花飛濺間，已經立在了青蓮宗的船頭。

冷月之下，只見她一身豔紅水靠熠熠奪目，一頭濃髮溼漉漉地披捲於肩頭，眼中倒映著冷冽波光，那臨風而立的姿態攫人魂魄。

她足踏船頭雕刻的青蓮，取下口中叼著的精鋼髮釵，慢慢地將自己的溼髮挽起，在月光背後俯視著船上的青蓮宗眾人，如同羅刹臨世，殺氣瀰漫。

船上的人看著她，驚恐萬狀，不知這個忽然出現的凶神惡煞，是如何突然冒出來的。

而她慢慢地抬起手腕，臂環在月光下發著冷冷光華，對準了船艙中的頭目老者。

倉促之間，青蓮宗的人立即回防，擋在頭目面前。

可惜他們防得住她的身影，卻防不住那一線流光無孔不入，倏地間穿透人牆縫隙，直取頭目的眉心。

眾人沒想到她下手如此穩準且狠辣，正在反應不及之際，卻見那新月光芒一閃，硬生生停滯在了距離頭目雙眼不到一尺之處。

是竺星河，他是最瞭解阿南的人，是以一見她動手便知道她的攻擊方向，此時身影飄動，早已攔在人牆面前，手中春風如初初抽芽的蒹葭，瑩光細長，那上面的花紋正卡住了新月，並反手一絞一揮，精鋼絲纏繞於葦管之上，所有攻擊力量立時消弭。

起起落落的潮水似永不停止，洶湧地拍擊船身。立於船頭青蓮之上的阿南用力抬手揮斥，精鋼絲立即從葦管之上鬆脫，新月倏然回轉，一縷光華急縮回她的臂環之中。

一擊被阻，阿南立即飛撲上前，躍上船艙，向眾人直擊。

然而，竺星河早已張開了雙臂擋在青蓮宗眾面前，看著飛撲而下的她，聲音既冷且急：「阿南，住手！」

她的流光即將正面射向他的胸膛，而他已經收了春風，並不與她相抗——因為他知道，面前這勢如瘋獸的女子，世間沒有任何武器能收服她，即使是他的春風，也絕無可能。

因此他只袒露自己的胸口，任由她的攻擊撞向自己。

十四年來對她的了然於心，讓他敢於賭這一次。

那流光在他胸前破開了三寸長的口子，鮮血於白衣綻裂處湧出，他胸前印上一道鮮紅血月。

但與此同時，那抹奪目的流光也硬生生地掠過了他的身軀，在空中虛妄飛舞著，奔赴回茫然恍惚的阿南臂環之中。

他賭對了。

只這一瞬間的錯神，他已經欺近阿南，春風輕揮，點在了她的肩井穴上。

阿南的右手頓時麻痺，那臂環便再也抬不起來了。可她一身凶悍之氣，哪是右手失控可以阻止的，身軀前傾便要直衝入面前青蓮宗眾中，腰間一緊，卻已經被竺星河一把攬住。

那前衝的力道被竺星河借力卸掉，順勢帶著她後退，將她拽下了船，兩個人一起落在了漫水的沙洲之上。

青蓮宗見這個女煞星被擒，哪還敢多問，朝竺星河拱一拱手，立即抄起槳櫓，向前飛也似地划去。

司霖在阿南手下吃虧甚多，見她這瘋魔的樣子，哪敢久留，對公子一點頭，趕緊追上青蓮宗離去。

阿南情知他們此去，不但要劫掠方碧眠，更要殺害綺霞，哪肯甘休。她咬一咬牙，一把甩開竺星河，大步蹚水要追上去。

冷不防腰間一麻，是竺星河制住了她，在她癱軟倒下之際，他自身後抱住了她，帶著她涉過淺水，將她放在了沙洲另一邊自己的小船上。

阿南仰躺在小舟上，看見空中冷月黯淡，天河倒懸，洶湧的海水在耳邊澎湃，整個天穹似被浪潮撕裂扭曲。

她睜大眼睛，看著面前這動盪的蒼穹，也看著俯身望著她的竺星河，氣息沉重急促，許久，卻只從牙縫間擠出幾個字：「為什麼？」

「我倒想問妳為什麼。」竺星河在她身旁坐下，抬手將她黏在臉頰上的亂髮撩開，看著她因為激憤而通紅的眼眶，眉頭微皺：「我早告訴妳，青蓮宗如今與我們合作甚佳，妳擅自動手，還痛下殺招，這是要置我、置兄弟們於何地？」

阿南死死盯著他，聲音嘶啞地反問：「為什麼要殺綺霞？你明知道……苗永望並未對她吐露任何祕密！」

公子眸光暗沉，靜靜看著她許久，才低低道：「匹夫無罪，懷璧其罪。」

渤海夜風寒冷，阿南想問綺霞有什麼值得他們痛下殺手的地方時，腦門忽然衝上一片冰冷，一瞬間，她忽然明白了。

陽關三疊。

綺霞可以幫助阿言解開進入水下城池的方法，是這世上，僅有幾個知曉古法陽關三疊曲譜、掌握了那個水洞的鑰匙的人。

所以，公子不允許她打開水城，讓他們進入其中。

他要這天下動亂顛覆，要這災禍成為他的可乘之機。

他非但不可能幫她制止即將到來的災禍，連可以阻止災禍的人，也要順手清除掉。

一瞬間，那些以往經歷過的、卻未曾想明白的事情，全都湧到了她的眼前，似在猛然炸開。

老主人去世時，在懸崖上痛哭失聲發誓復仇的公子。

薊承明焚燒順天、要以百萬民眾為殉時，潛入宮中冷眼觀察動靜的公子。

黃河決堤沖潰萬里時，只命她一個人去觀察地勢的公子。

錢塘暴風雨中，眼看著災禍發動摧垮城牆、阿言又必死無疑之時，才帶著她離開的公子。

拉住年幼時的她，將她帶上船的公子。

在她斬殺了敵首之後，微笑抬手輕撫她髮絲的公子。

並肩看著海浪時，仔細傾聽她對綺霞安排的公子……

毫不留情傳授斬殺綺霞方法的公子……

所有一切如疾風驟雨，在她面前傾瀉而下，整個天空的星辰都在劇烈動盪，撲頭蓋臉向她墜落，令她無法喘息。

她眼中大顆的眼淚撲簌簌順著臉頰滑落進髮間，胸口呼嘯激蕩的巨大血潮，讓她無法控制地低吼出來：「你明知道……明知道綺霞如何豁命保護我，明知道我發誓要護她一生一世……」

「我知道，妳一直很重感情，對我、對兄弟們，都可以豁出性命相交。」竺星河在她身旁坐下，仰望天空星辰，面容皎潔若冰雪：「可阿南，妳能以情待人，卻不能感情用事。誠然，綺霞可能對妳很好，但這比得上我們兄弟並肩浴血奮戰時的情誼嗎？在生死關頭，我們都可以毫不猶豫犧牲自己，保全戰友，而妳現在要為了她，棄我們多年來出生入死的感情而不顧，甚至要毀了兄弟們的前程嗎？」

「前程……」阿南喃喃地念叨著，抬起勉強可以活動的瘦軟手臂，覆住了自己的雙眼：「沒有前程……公子，這條路走下去，只能是絕路……」

竺星河聲音微寒：「少聽這些挑撥離間的話，阿南，妳在外面遊蕩太久，著魔了。」

「不，著魔的人不是我，是公子你。」或許是絕望了，阿南的聲音反倒顯得平靜，她捂著眼睛不去看頭頂的星空，也不去看面前曾令她千萬次心旌搖曳的星河。

「抱歉啊，公子……我是個心思淺薄的女人，我本以為，我跟隨您回歸故土是落葉歸根，哪怕最壞的打算，也不過是找準機會、豁出命替您刺殺謀朝篡位的那個大惡賊，哪怕就此身死，也是報了當年您救我的大恩。」她說到這裡，神情慘淡地笑了笑，說道：「可公子您是有大抱負的人，我以為您的仇敵是皇宮裡那一個，可誰知，卻是整個朝廷和天下。」

「妳錯了，天下不是我的仇敵，是我要挽救的目標。」明月和波光從身後照來，竺星河的面容背對著所有光線，顯得格外晦暗，他的聲音也越顯低沉：「阿南，這本是我父皇的天下，我無法眼睜睜看著它落入匪酋之手，自己卻在海外逍遙自在！」

「所以……為了二十年前的恨，你可以拉順天百萬人陪葬，可以任由黃河氾濫，可以讓渤海化為血海……為了這奪取天下的機會，你甚至可以結交匪類、任由生靈塗炭、濫殺無辜……包括我最好的姊妹！」

竺星河一把抓住她的手腕，逼視著仰躺在小舟上的她，眼神鋒銳，阻止她再說下去：「阿南，妳眼光放長遠些。成大事者不拘小節，一時動亂為的是萬世安定！」

可阿南沒聽他在說什麼。

她只是一動不動地望著他，目光中有悲愴有傷感，卻再也沒有了這十數年來對他的熾熱憧憬。

那一直追逐著他的目光，已經冷卻了。

波光搖曳，微寒的夜風帶著海水氣息從他們中間穿過，一切恍然如夢。

疲憊脫力的感覺忽然湧遍全身，竺星河慢慢放開了緊握著她的手，默然跌坐在她的身旁。

海風鼓足小船風帆，海客們的小島已遙遙在望。

阿南身上的痠麻漸退，她撐起身子，勉強坐了起來，又扶著船艙，慢慢站起了身，活動著身體。

竺星河默然望著她，向她伸出手：「走吧，回去好好睡一覺，想想清楚。」

阿南低頭望著這雙遞到自己面前的手。

十四年前，她緊緊握住了這雙手，從此獲得了自己往後的人生，成為了如今的阿南。

可如今她看著這雙手，卻再沒辦法伸出手。

她咬一咬牙，狠狠推開了他的手，抬腳在船沿上一蹬，趔趄落在了碼頭的另一艘小舟之上。

抄起竹篙，她在碼頭上一抵一撐，小舟立即退離開碼頭，向著海上而去。

「阿南！」竺星河在碼頭厲聲喝問：「妳去哪兒？」

「我去救綺霞！」她聲音嘶啞，帶著一種絕望的堅定，催著腳下小舟向蓬萊閣而去。

竺星河死死盯著她離去的背影，一種從未有過的心慌，徹底堵塞了他的胸口。

這些年來，他們在海上縱橫，曾有過無數次離別。

有時候，是她整裝出發，站在船頭對他揮手，臉上的笑容如身上紅衣一般鮮亮。

有時候，是他深入敵穴，她替他檢查武器，叮囑他記好戰陣的布置與控制。

有時候，是他們分頭出擊，在兩艘船擦肩而過時，朝彼此對望一眼，心照不宣。

無論哪一次離別，他們心中都毫無猶疑，堅信他們很快便會再次相見。

可這一次，他的心中忽然充滿了恐慌。

無法控制地，他懷著自己也不明瞭的心情，忽然對著撐船離去的她大聲喊了出來：「阿南！」

他從未如此失態過，也從未這般嘶聲喊過她。

阿南手中的篙杆不自覺地停了停，慢慢回頭望向岸上的他。

暗夜之中，碼頭孤燈獨懸，照得他一身朦朧，似蒙著一層繾綣煙雲。

而他深深望著她，道：「前次……妳喝醉之後，長老們曾對我提起一件事。」

阿南心口猛然一抽，握著篙杆的手不覺收緊。

她自然知道，他指的是什麼。

「自妳走後，我最近一直在考慮我們之間的事情。我想，這麼多年了，或許我們……不應該再讓他們記掛了。」一貫清冷自持的公子，終於第一次在她面前失態，因為氣息凝滯，話語都有些不順暢：「阿南，回去後，我們讓魏先生選個好日子，妳看……好嗎？」

他沒有直接說出那兩個字，但她怎會不知道他的意思。

多年的夙願，終於在這一刻呈現於她的面前。只待她放開離別的舟楫，轉身撲入自己夢寐以求的懷抱，採擷到她長久仰望的那顆高天星辰。

可，椎心的痛深刺入胸膛，阿南再也忍耐不住，眼淚撲簌簌便落了下來。

設想了這麼久的一刻，她卻沒有料到，會是在這樣的情形、這樣的局面下，夢想成真。

抬手捂住臉，她呼吸顫抖，在這微冷的初秋海上，每吸入一口氣，都似讓胸臆疼痛萬分。

不願讓公子看見自己的絕望悲慟，她轉過頭去，聲音低啞：「好，我知道了。」

見她沒有回來，他的聲音沉了沉：「那妳……還不回來？」

阿南死死地握緊手中篙杆，緊得手上青筋如同抽搐痙攣，與她心口的疼痛一般刻骨。

她很怕。怕自己一回頭，實現了夢想的代價，是付出綺霞的命。

收到件漂亮衣服就樂不可支招搖過市的綺霞；喝醉了酒拉她對街上男人品頭論足的綺霞；寧願在屈辱折磨中死去也不願出賣她的綺霞……

那麼辛苦才看到幸福曙光的綺霞，若再猶豫下去，她的人生就要被掐滅了。

而，要掐滅綺霞的人，就是她的公子。

為了他的仇恨、他的大業，百萬順天民眾、黃河無數災民都只換得他輕輕一句「九泉瞑目」，綺霞又怎麼可能得到他的半分憐憫。

她慢慢搖了搖頭，抬起手，狠狠擦掉自己臉上的水珠。它們順著臉頰滑落，那麼鹹澀，根本分不清是海水還是淚水。

她抓起船篙在水面一點，藉著水勢往前疾衝，箭一般刺入了黑暗的海面，向著綺霞所在的方向而去。

「阿南！」她聽到公子在她的身後，遲疑的呼喚。

海浪聲那麼大，卻壓不過她胸口澎湃的血潮。她抬手死死扯著風帆，不敢回頭。

她怕自己一回頭，這不顧一切衝向綺霞的勇氣，便會消弭在公子那凝望的目光中。

以至於，她不敢回頭不敢回應，只死命扯著風帆，向前而去。

眼見她就要駛離視野，竺星河再難維持一貫清雅高華的舉止。他略一遲疑，不由躍上旁邊另一艘船，便要划開海浪，向著阿南的小舟追去。

誰知，他的船尚未划出海港之際，海上忽然有震天動地的聲響傳來。

海波劇烈動盪，浪潮幾乎要將他們的船掀翻。

船隻停靠的碼頭有轟然亮光燃起，隨即火光沖天，碼頭大半的船同時燃起熊熊火焰。

敵襲！

阿南扯住風帆猛然轉向，朝炮彈來處看去。

黑暗的島上已響起尖銳哨聲，發出警報。

眾人在海上之時早已習慣，因此並未亮燈，而黑暗中早已有守備哨兵衝出，向著碼頭而去。

只聽得轟隆聲響不絕，無數火炮向著島上猛擊。這一次的目標，是島上剛剛修整好的屋舍。

地面震動，海面掀起巨大的波浪，重重拍擊在他們的小舟之上。

阿南的船去勢被阻，船身又太小，差點被激浪捲入。無奈之下，唯有用力一拉船帆，藉著風勢順潮頭逆回，險險避過巨浪的同時，也被逼回了碼頭。

只見被火光照亮的碼頭上人影聚集，海客們已經迅速衝至碼頭。

半夜從海上折返，如今他們一幫人都剛進入酣睡不久，但習慣了枕戈而眠，一驚醒便立即察覺到了敵人來處。

眾人的目光從燃燒的船上掃過，落在碼頭邊的竺星河及海上的阿南身上，都是茫然不知發生何事。

馮勝聲音最大，在混亂中只聽他大嚷：「這麼猛的火力，朝廷鷹犬來了？」

「不，看座船的標誌，是邯王。」莊叔恨恨地放下千里鏡，道：「看來他們早已在海上設好埋伏，要等我們所有人聚在島上之時，將我們一網打盡！」

「邯王？」眾人頓時心下一凜。尤其是年長的，更是想起了當年邯王在戰場上大肆屠戮戰友的模樣，再看對方下手如此準確，先燒船隻再夷居所，顯然是要讓全島雞犬不留，不由個個神情激憤。

「但，邯王怎麼會來圍剿我們？」

竺星河躍上碼頭，指揮滅火救船，上船填炮反擊。眾人迅速聽命投入戰鬥，唯有司鷲在碼頭看著阿南，頓足大吼：「阿南，妳還不趕緊回來？小心被火炮當成活靶子！」

阿南與司鷲感情最好，她手握篙杆心口一慟，還未來得及回答，一發炮彈落在她面前的水中，激起高高波浪，她所站的小船頓時晃蕩不已。

阿南矮身伏下，抬頭一看碼頭已被火光吞噬，司鷲被水浪震倒，重重跌在了火中。

阿南大急，立即躍入水中，撲向火海，拖出半身是火的司鷲，架著他跋涉上岸。

見她回轉，竺星河心下一鬆，疾步過來接應，與她一起將司鷲拖上了岸，撲滅火勢。

他抬眼看向阿南，卻見她只焦急地扶抱著司鷲去找魏樂安，又覺莫名失落。

司鷲的頭髮衣服被燒了大半，臉上也有許多燎泡，而魏樂安倉促奔出，隨身並未帶著燒傷藥，只道：「公子，敵方勢大，這島地勢平坦難守，縱然抗擊慘勝，亦無甚意義，大夥兒不如撤了吧。」

竺星河點了一下頭，示意阿南先帶司鷲上船，道：「分散行動，以免傷亡。」刀光急斬，倒扣在焚燒大船身上的小船一一落水。海客們遵照指揮，在晦暗的夜中向四方散去。

海上炮火雖猛，但小舟匯入黑暗，便絕難擊中。

「阿南，來。」竺星河躍上自己的小舟，抬手示意淺水中的阿南。

在過往的所有危機之中，他們始終在同一條船上，並肩抗敵——

習慣性地，他認為這次也是這樣。

阿南扶著司鷲上了船，將他放在甲板上，靜靜地抬眼看了竺星河一瞬，翻身便下了船。

她站在及腰的海水中，抬手在船尾上狠狠一推，將他的船往前送去。

火炮聲響不斷，竺星河在風浪中回頭看她，浪濤顛簸，他佇立在船頭的身形卻紋絲未動。

這是她心中堅若巨船的公子，她也以為自己是那永遠牽繫著船頭的纜繩，卻未曾想過，她也有鬆開他，沉入大海的一日。

「你們走吧，我……殿後。」

像以往無數次一般，阿南隔著兩、三丈的海水與瀰漫的硝煙，對著他大聲道。

只是這一次，她的眼中，再也沒有期盼重逢的光芒。

竺星河站在船上，定定看著她。

火光前她明滅的面容令他心口暗緊，於是他伸著的手一直不肯收回，執意要拉她上船：「阿南！」

趴在甲板上的司鷲抬起頭望著水中的她，一邊呻吟，一邊痛楚叫：「阿南，妳……快上來啊，我們一起走！」

阿南望著他，也望著船上的公子，緩緩地，重重地搖了搖頭。

她依舊能為公子、為兄弟們而死，但她已無法與他們一起在這條路上走下去。

道不同，不相為謀。

他們已經到了分別的岔路口。

十四年前，公子乘船而來，將她帶出那座孤島。那麼今日，就讓她親手送公子離開，以痛，以血，以他當年救下的她的性命。

「公子，別辜負阿南爭取的時間，快走吧！」

在同夥的催促下，船隻散開，抓住最後的機會四下逃逸。

即使公子還死死盯著她，但腳下船也終於向著海中而去。他是首領，他得帶領著兄弟們逃出生天，謀取最大的生存機會。

被水遠送入黑暗的船上，公子最後的聲音傳來：「阿南，等脫離危險，我們憑暗號再聚。」

她沒有回答。

後方響起不絕於耳的可怕喀嚓聲，阿南身後那座木頭搭建的碼頭終於被燒朽，一邊焚燒著一邊坍塌入海，激起巨大的水浪。

阿南站在沒膝的激蕩海水中，在水火相交之中，最後看了竺星河遠去的身影一眼。

她五歲時遇見的公子；如同奇蹟般出現在孤苦無依的她身邊的公子；她曾經想要畢生追隨的公子……

她曾以為他永遠是朝著受難的人伸出救援之手的神仙中人，卻沒想到，他的手上已鮮血淋漓。

南方之南，她心中永恆的星辰墜落了。

那些灼熱的迷戀與冰涼的絕望，那些陳舊的溫暖與褪色的希冀，全都埋葬在了這暗夜波光之中。

她竭力咬住自己顫抖不已的雙唇，拚命制止住那即將落下的眼淚，躍上身旁小船，向著邯王的船陣，以瘋狂的勢頭疾駛而去。

黑暗的海上，炮火聲隱隱傳來。

朱聿恆悚然而驚，立即走出船艙。

大海遼闊，殘月黯淡，他抓過千里鏡遠望炮聲來源，卻只看到黑色的海浪與微亮的波光。

不多時，有個水兵攀爬上船，奔到朱聿恆身邊，單膝跪下湊到他跟前，低低對他稟報了戰況。

朱聿恆臉色大變，問：「海客散逃，唯有一個女子隻身去阻攔邯王座船？」

「是，那人穿著豔紅水靠，身材看來，是女子無疑。」水兵見他反應如此之大，忙詳細講了一遍。

朱聿恆握緊了椅子扶手，立即揚聲叫：「杭之！」

韋杭之立即上前，聽朱聿恆疾聲道：「立即調集快船，隨本王……」

話音未落，只聽得數聲火炮巨響，在這遼闊海上遠遠擴散，令人耳邊震盪，就連波浪也被震動，船上的人都是一個趔趄。

朱聿恆神情一變，立即起身舉起千里鏡看去。

只見黑暗的海面之上，有突兀火光騰起。是被炮火引燃的船帆在熊熊燃燒。隨即，火苗竄上幾艘船的甲板，引燃船艙，船上所有人眼見無法救火，頓時個個跳海求生，一時間海面一片動盪。

他又朝著炮火來處一看，那腳蹬船頭，正在指揮眾人大呼酣戰的，正是邯王。

韋杭之從自己的千里鏡中一覷，立即大驚失色：「邯王爺他……他怎麼會在這裡？」

朱聿恆沒回答，但他自然知道，這是因為太子設局，導致謠言自青蓮宗內部而起，民間更是紛紛傳說邯王與海客及青蓮宗有交易，甚至連天子腳下都有所驚動，引來朝中眾多非議。

邯王氣昏了頭，竟暗夜涉險來此，企圖一舉擊潰青蓮宗和海客，為自己洗清不白之冤，更要藉此討得聖上歡心，在自己的功勞簿上再添一筆。

此中種種，他自然不會對別人談及，因此只道：「上快船，走！」

天色終近破曉，海天相接處一抹灰白橫亙，雲朵簇擁於旭日將升之處，等待著捧出世間最亮的光芒。

海客的小舟四散在茫茫暗海上，火炮根本無從尋覓目標。

眼見炮口轉變方向挪來挪去，最後卻都在水上落空，根本無法追擊散逸的小船，邯王氣得對傳令官大吼：「打！給本王狠狠打！今天不把他們全部擊沉，本王唯你們是問！」

眾人不敢怠慢，急忙裝填甲板上架設的大炮，一時炮火連天，座船隱隱震動，可惜依舊收效甚微。

「王爺少安勿躁。」身後有輕輕的咳嗽聲傳來。

邯王轉身看去，黯淡天光中繽紛的光彩閃現，一隻盤旋於空中的孔雀振翅而來，正是當初被大風雨捲走的「吉祥天」。

身後輕咳的人抬手輕揮，吉祥天順著他的手勢落於肩上。熹微晨光映著七彩雀羽，將他蒼白俊逸的面容映照得光華絢爛，旭日未出的海上，似升起了一道動人虹霓。

他身姿清瘦，步伐飄忽，走到欄杆邊掃了海上狀況一眼，平淡道：「無妨，小嘍囉不追也罷。司南和竺星河肯定在一條船上，其他人都是短兵器，唯有她的流光足以遠距離攻擊，那便先讓吉祥天替我們探一探路吧。」

說罷，他右臂一揮，吉祥天自他肩上振翅而起，拖著長長的尾羽，帶著奇異的嘯叫聲，橫掠向了茫茫大海之上。

炮彈攪起無邊風浪，吉祥天藉著風火俯衝過所有船隻，在空中劃了個弧形，遙遙返回。

見無功而返，他也不在意，手腕一抖，撥開了吉祥天的喙。

「看來，不給點顏色瞧瞧，她是不肯現身了……」

在他捂嘴輕咳聲中，吉祥天再度乘風而起，向著各處船上飛掠而過。

海客之中，馮勝脾氣最為火爆，見這綠影一而再地飛來，他哪耐這窩囊氣，從船上站起身就揮刀向它劈去，口中大罵：「扁毛畜生，在你老子面前撲稜來撲稜去……」

話音未落，那鳥喙中一蓬毒針射出，直刺他的面門。

馮勝大叫一聲，只覺得滿臉刺痛中夾著灼燒感，知道必定有毒，立即捂著臉大叫出聲：「小心毒針！」

但他們的小船在海上無遮無蔽，唯有竺星河身手超卓，揮舞竹篙護住自己船上眾人，而其他船上的人措手不及之下，被吉祥天飛速掠過的船隻，一條條相繼響起慘叫聲。

「傅准！」見此情形，後方正急速追趕上來的阿南揚頭看向對方的旗艦，從牙縫間擠出這兩個字，竹篙一點，迅速向他而去。

吉祥天凌空而來，四下肆虐。眼看無法抵禦這詭異孔雀，船上人無法阻攔，只能紛紛棄船，慌忙鑽入水中躲避。

就在吉祥天肆意飛撲之際，半空中忽有一道弧光閃過，直切它的羽翼。

此時風疾浪高，吉祥天在空中右翼被斬，身子一偏，頓時直撲水面，貼著水波滑了出去。

「流光。」傅准滿意地盯緊那光芒閃出之處，一聲呼哨，在吉祥天往回急飛之際，鎖定了阿南所在之處。

阿南船篙在海面一點，向著他們的座船如箭划去，對著他喝道：「姓傅的，少拿吉祥天搞偷襲，有本事衝著我來！」

「她瘋了……不要命了？」眼看她隻身孤舟，直衝旗艦而去，站在竺星河身後的司霖聲音略顫。

竺星河望著佇立於船頭的阿南，她一身豔紅水靠，在拂曉黑海之上鍍著一層幽光。隨著她排眾而出，對面所有的船幾乎都找到了目標，紛紛向著她的小船調轉了炮口。

阿南卻毫不畏懼，在如林的炮口前操縱小舟，猛然衝入敵陣之中。

竺星河緊盯著阿南那決絕的身影，因為心口那莫名的衝動，手中竹篙一點，向著她追了上去。

旁邊常叔離他們的船最近，見他追隨阿南身涉險地，急忙伸槳一把勾住他的船沿，對他大喊：「公子，咱們快走！兄弟們再逗留下去，怕是要走不成了！」

竺星河沒有回答，用力握著手中竹篙，緊盯著前方阿南的背影。

炮火落於海上，水浪飛濺，她就如一隻幽藍的蜻蜓，穿過密集雨幕，直赴前方。

司霖在他身後急道：「公子，時機難得，兄弟們全部撤出的機會就在此時了！」

竺星河緊抿雙唇，那被他太過用力緊握住的竹篙，微微顫抖。

趴在船沿上的司鷲一把握住了他的竹篙底端，流淚看著阿南的背影，嘶聲哽咽：「走吧，公子……阿南為您、為我們捨生忘死，咱們若不抓緊時機，怎麼對得起她豁命殿後？」

「是啊！公子您就放心吧，在海上時，阿南也多次替兄弟們斷後過，哪次不是安然無恙回來了？」

竺星河手中的竹篙發出輕微的「喀嚓」一聲，被他捏得開裂。

竹刺深深扎入他的掌心，刺痛讓他的思緒終於清醒。

他狠狠將目光從阿南身上收回，在海面上零落的夥伴們身上迅速掃過，深吸了一口氣，握緊了沁出血珠的掌心：「傳令下去，全速撤離！」

朝陽將升，風帆催趁，海客們的船隻散入茫茫海上。

後方隆隆炮聲響起，劇烈湧動的海水令阿南腳下的小舟頓時傾覆。就在她落水之際，炮彈與烈火立即籠罩了那朵水花。

海面快船上，朱聿恆盯著那炮火最盛處，只覺得喉口如被扼住，一時連氣息都不穩了。

他猛然回頭，匆匆下令：「加速，去旗艦！」

「殿下，火炮無眼，不可以身涉險！」韋杭之脫口而出：「更何況，邯王與我們東宮向來不和，殿下此時去找他，若是他藉機發難……」

「我說去，就去！」朱聿恆厲聲道。

韋杭之不敢再多言，小船駛出遮蔽的礁石叢，向著邯王旗艦全速而去。

海上火炮密集射向阿南消失的地方，直到一輪轟擊完畢，他們停下來裝填，所有人的目光都盯在海中那塊地方。

唯有小船斬浪向前的朱聿恆，看見了邯王座船下忽然冒出一朵水花，隨即，新月光輝閃動，流光勾住甲板，嘩啦一聲，阿南分開倒映在海面上的燦爛霞光，躍出了水面。

甲板上傳來「嗚」的一聲螺號，在尚且昏暗的海面上遠遠傳開。

隨即，萬千「嗤嗤」破空聲傳來，如同飛蝗過境，直射向半懸在水面上的阿南。

船身平滑，並無任何藏身之處，阿南當機立斷，翻身再度向著海面撲下去。天邊一片鮮媚的粉色金色，海天浸在絢爛之中，阿南就如躍入了大片顏料之中，被那些顏色吞沒。

傅准站在上方看著下方鮮亮的霞影，下令道：「收網！」

只見數條細長的波紋自水下箭一般飛速聚攏，射向了阿南落水之處，密密交織，如同迅速編織的羅網。

就在這些波紋迅速交織之際，旁邊船上忽然傳來一聲驚叫：「在那裡！」

只見紊亂耀眼的波光之中，被大炮轟炸後殘碎的一片船板上，正站著身姿筆挺的阿南。

她身姿輕巧，藉著這片三尺見方的船板屹立於天海之間，沐浴萬道霞光。

初升的朝陽自她的身後冉冉升起，給她鍍上一層金光燦爛的輪廓，而她面對身前的巨艦與火炮，倔強而固執地阻擋住萬千人的去路，明知是螳臂當車亦在所不惜。

「那女人是誰？」邯王憤憤地一掌拍在欄杆上。眼看那些海客四散而逃，早已出了船隊火炮射程之外，他氣恨不已，把自己抓捕不到海客的憤恨全都發洩在了她身上：「不殺了她，難洩我心頭之恨！」

「殺她哪有那麼容易？我費了兩年時間，也就傷了她幾根寒毛而已，還……」傅准想起被沖垮的拙巧閣密室，撫著肩上再度殘破的吉祥天，俯頭看向下方的阿南，嗓音微寒：「不能這麼便宜她，一定要將她活捉到手！」

螺號聲響，周圍萬箭齊發。為了要活口，這些箭都已去掉了箭頭，後面拖曳著極細的絲線。

朝陽光輝照亮了那些細細的銀線，萬千流星奔赴向墜落之地，向她極速匯聚。

在天水交會的海面之上，阿南尋到一線最狹窄的生機，可如今水下是纏繞的羅網，空中是交織的亂線，上下一起收攏，這一線生機眼看就要被徹底絞殺。

阿南毫無懼色，右臂高揮，新月般的弧形流光在空中旋過，所有的銀色細線被新月絞住，隨著她手腕的幅度，如同一個稀薄的銀色漩渦，在旭日下飛速盤旋轉動。

星辰漩渦的最中心，如同漏斗最下方的那一點，正是阿南。

正在全速前進的小舟上，朱聿恆定定地看著海上的她，心口悸動，難以自已，只望腳下的船快一點，再快一點。

而傅准捂住嘴，輕咳兩聲，那緊盯著阿南的目光露出一絲笑意，彷彿看著正在走進陷阱的獵物。

站在他身後的薛澄光嘖嘖讚嘆：「閣主果然神機妙算，就知道阿南會選擇用流光來收攏天羅，這下她還不翻船？」

果然如他所料，只見那被阿南收束住的銀線，並沒有隨著她手臂旋轉的弧度而收攏，反倒在被收住的同時，四散紛落，如雪花一般向著她落下，籠罩了全身。

此時她頭頂是散落的天羅，水下是密布的地網，真正的上天無路，入地無門。

眼看那片幽光即將蒙住她的身體、侵染她的肌膚，眾人都不約而同憋了一口氣，期待著她束手就擒的那一刻。

然而就在此時，水面上忽然波濤狂湧，飛激的水浪如巨大的蓮花自海面怒放，翻湧的水花在日光下晶瑩透亮，迅速吞噬了空中散落的幽藍雪屑。

是阿南在千鈞一髮之際，猛然踩翻了腳底的船板，在落水的瞬間，水浪相激，如花綻放，消融了傾覆而下的天羅。

水下銀線急速收緊，是地網被水面的動靜所觸動，要收攏捆縛落水的她。

在天羅消融、地網收束的同一剎那，阿南右臂的流光勾住水面上一塊碎木板，拉過來擋在自己上方，身體在水面硬生生轉側過來，翻身重新撲在了之前所站立的船板之上，避過了天羅。

如此機變，讓聯手狙擊她的人都是目瞪口呆。

傅准卻似早有預料，他冷冷地收回目光，抬手示意。隨著螺號聲響，水上的輕舟戰艇迅速包圍了阿南。

在明滅不定的波光下，阿南手中流光再度飛舞，如殘月乍現，引得海面上呼聲驟起。

然而，不過兩、三聲慘叫的短短瞬間，那圓轉的流光忽然滯住。

天羅再次發動。不同的是，這次幽藍的銀線之中，混合著髮絲般細微的鋼線，從周圍小船上噴射而出，將她的流光緊緊絞住。

被纏繞住的流光遲滯地、但依然按照慣性，向著阿南的臂環彈回來。

纏繞在上面的鋼線與銀線，於是也隨著這一道流光，向著阿南撲去。

阿南立在尺板之上，眼睜睜看著面前光華如彗星襲月，萬千條銀光向自己直射而來。

間不容髮之際，她已無暇多想。

抬手按上臂環，精鋼絲網激射而出，如丈餘大的雲朵綻開，將所有向她撲來的利線裹入其中。絲網洞眼不小，眼看有不少鋼線脫出，但她抬手疾揮，絲網旋轉傾斜之際，就將所有一切線條捲入其中，在離她的身體不過三尺之地時，嘩啦一聲被她甩脫墜入水中。

眼看纏繞在一起的絲網已經無法在這關頭整理收回，阿南乾脆俐落地按下臂環上的寶石，將絲網棄在海中。

此時海面上的快船已經逼近，她的周身被團團圍住，只剩下小小一塊水面。她的肩上，朝陽已衝破所有雲霧，自空中射下刺目光輝。

被圍困於極小一片水面的阿南，已經失去了流光與絲網，同伴們也在她的掩護下已經不見蹤跡。

但，仰首踏在波光閃耀的水面上，任由獵獵海風將自己溼透的衣服與鬢髮吹乾，阿南毫無懼色。

明知自己絕沒有逃出生天的機會，但她依舊在水上將脊背挺直。周圍圍攏的士兵為她的氣勢所懾，一時竟不敢動手。

「這妖女是什麼人？怎麼如此剽悍？」邯王破口大罵，催促傅准趕緊動手。

第三聲螺號在海上響起，低沉如鯨鯢嗚咽。

最後一波天羅即將到來。周圍船隻上，每個士兵都蒙著面，不讓一絲肌膚暴露在外，他們手中都有一支對準阿南的鋼筒，有幾個已經洩出淡淡的黑色煙霧。

「黑煙曼陀羅……」阿南下意識地喃喃。

這是拙巧閣的祕方之一，縱然屏住呼吸，但只要肌膚上沾染到了一絲，神仙也站不穩——而她孤零零站在這水上，更是避無可避。

傅准居高臨下，冷眼看著下方紛擾的戰局，將右手緩緩舉了起來。

海風獵獵，這些瀰漫的黑霧將隨著天羅射出的氣旋，自四面八方撲向阿南。而陷入絕境的她，如今只待一聲螺號，便是被擒之時。

就在傅准的手即將落下、號令就要響起之時，海面之上忽然綻開一束燦爛的火花——

那是被日光照耀的珠玉片光，絢爛奪目地在海上蔓延擴散。無數片薄如蟬翼的玉石，在飛赴至阿南身畔之時，忽又猛然散開。

所有圓形的、弧形的片玉相互敲擊，共振共鳴，藉助彼此的力量向外擴散，又敲打於另一枚玉片之上，將它向前推進，飛旋不已。

空靈的叮叮噹噹聲不絕於耳，細碎的光芒與日光波光上下相映。離阿南最近的一圈人眼前一花，只覺光芒燦盛一閃即逝之際，手腕上忽然一痛，砰砰聲嘩啦聲不絕於耳，手中的鋼筒已全部落於船上水上。

那些玉片割斷一圈人的手腕後，挾著光芒飛旋撞擊上下交錯，原本勢頭已混亂竭盡，但後方內圈卻有其他玉片斜飛而來，準確地與其擦撞而過，外層玉片借了此力，頓時如漣漪般向外擴散。

轉瞬之間，那朵圍繞著阿南的花火似又暴漲了一周，周邊船上所有人慘呼聲不斷，血花飛濺，手中鋼筒亦全部掉落。

阿南看著圍繞自己的燦爛光環，怔了一怔，猛然抬頭向光芒的來處看去。

在潰散的船隊中，一隻小舟飛快切入戰圈，站在船頭的人頎長而矯健，朱紅羅衣上金色團龍熠然生輝，正是朱聿恆。

「阿言？」阿南脫口而出，不敢置信地睜大了雙眼。

朱聿恆那雙令人心折的手中，正緊握著她送給他的日月。十根在日光下淡淡生輝的手指，操縱著蓮萼上密密麻麻的精鋼絲，控制所有在空中飛旋的玉片。

他來不及與阿南搭話，只緊盯著手上紛亂飛舞的利刃，就如九天的神祇，抽離了自己所有的神思，讓彼端光華此消彼長，紛繁交錯，一波波在海上擴散至最遠處。

精鋼絲牽繫的玉片軌跡怪異，卻又在朱聿恆的控制下避開了一切纏繞打結的角度。玉片於混亂的旋轉中再度聚攏，如一片漩渦光環繞著阿南飛舞蓄力，然後再次相互敲擊震盪，轉瞬間如煙火向外再次炸開。

這世間唯有棋九步能操控的巨量計算，六十六片薄刃各自攻擊已是巨大的變數，六十六片珠玉相互撞擊借力又疊出億萬計算，目標的移動是天量變數，而所有施加的力量穿梭來去自由回轉，更是恆河沙數之計。

一生二，二生三，三生萬物。

在緊急快促的珠玉敲擊聲中，它們層層借力互相疊加攻勢，將這波光華推向了最外層。

神鬼莫測的旋轉軌跡，萬難逃脫的攻擊範圍。日月凌空，無人可避，勢不可擋。

轉瞬之間，三波光芒如一朵更勝一朵的巨大煙花閃耀消逝。周圍所有船隻上的士兵連同水手已無一人站立，不是落入水中被羅網纏住慘呼，就是趴在船上握著自己的手哀叫。

朱聿恆的手驟然一停，所有絢爛收束於他的掌心，空靈的碎玉敲擊聲被他一握而停。

唯餘他掌心蓮萼之上，碧綠彎月繞著瑩白的明珠旋轉不已，絢爛如初。

傅准死死盯著他手中的日月，神色陰晴不定。

邯王又驚又怒，狠狠一拍座船欄杆，向下看去。

朱聿恆的小舟橫攔在阿南身前，他抬起頭，朝著上方的邯王微微一笑：「二皇叔，別來無恙？」

第十七章　怒海鳴鸞

聽到朱聿恆這風輕雲淡的一句話，邯王的臉頓時漲成了豬肝色：「二叔倒要問你呢，你孤身跑來海上，還從二叔手裡搶這海客女匪，怕是不妥吧？」

「再不妥，也未必有二皇叔此舉荒誕？」朱聿恆揚起下巴，向著後方示意：「堂堂王爺黃夜在海上率眾混戰，殺敵爭功，怕是會成笑談？」

他身後的韋杭之聞言，不由得側目偷看了他一眼，心道：那堂堂皇太孫，又為什麼要率眾暗夜出海，一往無前呢？

「渤海並非二皇叔封地，可你在此處私自用兵，事先又未向朝廷報備獲批。被姪兒發現也就算了，若被有心人上報到聖上面前，屆時二皇叔準備如何自處？」

邯王心下一驚，順著他的示意看去，只見遠遠的海面上，朝廷船隊已經遙遙而來，艨艟巨艦集結成隊，聲勢驚人。

他立即道：「二叔我也是立功心切，朝裡有些混蛋誣蔑我與青蓮宗、海客們有瓜葛，是可忍孰不可忍？再說了，你此次奉命主理登、萊事務，二叔把他們對付了，於你也有好處是不是？」

「那便多謝二皇叔了。」朱聿恆笑著拱手道：「二皇叔脾性滿朝皆知，相信聖上也定不會信那些流言蜚語，二皇叔大可放心。」

「那就再好不過。你先忙這邊要事，下次你到二叔那兒，陪叔多喝兩盅！」邯王回頭看看越發逼近的船隊，哪裡還敢與朱聿恆多言，目光恨恨地在阿南身上轉了轉，最後撇下一句：「對了，這個女匪可剽悍得緊，姪兒你可要小心啊！」

朱聿恆一笑置之，並不多言。

邯王船隊迅速轉舵，朱聿恆的目光移向了邯王身後的傅准。

傅准居高臨下，似笑非笑地看著他懸於腰間的日月，目光在阿南身上一掃，便輕咳著隨邯王離開了甲板。

朱聿恆轉頭看向踏在破碎船板上的阿南。

她剛剛經歷了一場大戰，又在海中翻覆落水，如今髮絲散亂糾結於臉上，狼狽不堪。而她一貫明亮的眼睛，如今也蒙上了一層恍惚，望著他時，神思不屬。

朱聿恆向她伸出手，示意她到自己的船上來。

阿南怔了片刻，終於慢慢地握住了他的手，躍了上來。

鬆開他的手時，她才覺得有點不對勁，低頭看了看自己的手掌，然後一把拉回朱聿恆的手，掰開他的指尖。

果然，他的手指之上是道道極細的血痕，那是在操控「日月」時，太過專注而被精鋼絲割出的口子。

她呆呆地看著他這些縱橫交錯的傷口，聲音低不可聞：「痛嗎？」

「還好。」朱聿恆收攏了自己的手指，平淡道：「我剛拿到這東西，還不熟悉操控手法，等多練練就好了。」

「是我的錯，我不該想當然的。」阿南緊握著他的手，道：「傅靈焰的日月由冰蠶絲懸繫收縮，而我考慮失當，用了更易獲取的精鋼絲……等回去後，你以冰蠶絲替換，攜帶更輕便，攻擊範圍可以擴得更大，手也不會受傷了。」

朱聿恆聽她話中口氣，不覺心口微凜，問：「妳不隨我回去？」

她道：「回去！我得趕緊去救綺霞，『希聲』破解法被青蓮宗的人知道了，我現在很擔心她會出事。」

朱聿恆垂眼看了看自己的手，點了一下頭，並未出聲。

阿南隨身攜帶著流光的替代品，打開臂環將它安裝好，船隊已經到來，護送他們返航。

水上那一場大戰太過驚心動魄，阿南疲憊脫力，到船上後勉強吃了點東西，便躺下休息了。

船行海上，一路西進。在微微起伏的船上，朱聿恆抽空將送來的公文翻閱了一遍。

南直隸這一撥的賑災物資已安全運至下游災區，各地以工代賑發動民夫排澇築堤後，秋播正有條不紊進行。

在這戮力同心的情況下，目前修補堤壩的過程進展頗為順利。青蓮宗如今元氣大傷，登、萊一帶被裹挾的民眾大多返鄉安居。目前此次洪災已基本得到恢復，只要後續沒有其他變故，山東地區已趨向平穩。

後續變故……

朱聿恆望向窗外，碧海之下，隱藏的那一處水城，究竟會不會是關先生布下的又一個殺陣呢？

眼看蓬萊閣遙遙在望，朱聿恆放下手中公文，走到蜷縮在睡榻上的阿南身邊。

她一直一動不動，他以為她睡得香甜，可走近一看，才發現她一動不動地看著窗外，眼睛睜得大大的，盯著外面碧藍的大海，不知已望了多久。

她臉上有種迷離的恍惚，那是已從夢境中醒來，卻尚未徹底清醒的模樣。

他知道她望著海的那一邊，在想著什麼，也知道她在留戀的夢境是什麼。

朱聿恆不覺心口微悶，沉聲問：「在擔心妳的同伴？」

阿南慢慢搖了搖頭，說：「他們在海上縱橫多年，不至於逃不出邯王的包圍……我現在，只想盡快回到岸邊，把綺霞救出來，否則……我這輩子都對不住她。」

朱聿恆望著她低落的側面，想寬慰她之時，一開口腦中卻陡然劃過了一個念頭——青蓮宗要殺害綺霞。

阿南如此焦急，看來青蓮宗已得知了綺霞的藏身之處，而且阿南說，他們也知道了破解希聲的方法。

而將這個祕密洩漏、甚至指派青蓮幫眾的人，應該就是與青蓮宗關係匪淺的竺星河……

他心口大震，忍不住看向阿南幽微沉鬱的側面，明白了她為什麼如此失望決絕地離開海客們，以必死的姿態，不顧一切地孤身阻攔邯王。

她不是去殿後的。

眼睜睜看著十幾年來信賴依託、敬之愛之的人崩塌潰散，她在那一刻，是真的絕望到想把自己埋葬於大海，永不再看見這個世界。

但他不知如何勸解她，他也知道這樣的心境下說什麼都沒用。

思索了片刻，他吩咐人送來衣服和梳妝盒，遞給她道：「馬上靠岸了，妳先收拾一下吧。」

這一夜她赴海蹈火，已經蓬頭散髮，就連身上都還穿著那件豔紅水靠。

阿南本是最愛美的人，可此刻她看著梳妝鏡中的自己，只喃喃摸了摸臉，低低道：「這麼醜，難怪……」

難怪這麼多年，她也無法得到公子。即使他最後對自己說起挑個好日子，恐怕也只是不想讓她去救綺霞吧……

他和方碧眠在一起，就是江南煙柳燕雙飛，而她這隻豎著脖頸毛的鷹隼飛在旁邊，又算什麼？

心中湧起難言的酸澀，她把鏡子一扣，疲憊道：「大海可真討厭啊，這頭髮上岸後要好好洗洗了。」

「確實，還是陸上好。」朱聿恆見她這與往日大相逕庭的沮喪失落，便拿起梳子試著在她披散的髮上梳了梳。

其實他只是想比劃一下的，可一梳才發現，她在海裡泡過的頭髮糾結乾澀，上面還附著乾掉的鹽粒，把梳子卡得根本梳不下去。

自然而然的，他就坐在她的身後，慢慢替她梳起了頭髮。

「可，再怎麼險惡，我的家與歸宿，都在大海上。」阿南望著窗外茫茫大海，低低道：「我從海上來，總有一天終究要回到海上去。」

她身上有海水鹹腥的氣味，偎在榻上的身軀透著漫不經心的慵懶，令傳說中南方之南最深的海中那些迷人而飄渺的鮫人都似有了具體模樣。

朱聿恆握著她的頭髮，沉默一瞬，道：「陸上也未必不好，尤其妳愛熱鬧，名山大川呼朋喚友，對酒當歌秉燭夜遊，未必不比海上快意。」

「可惜……熱鬧也不是我的，我終究……」

或許她此生此世，終究是那個被遺棄在孤島上的小女孩，註定要在海天中孤零零度過一生。

她蜷起身子，抱緊自己空落孤寂的身軀時，卻感覺到了阿言輕柔幫她梳理髮絲的指尖，溫柔又小心翼翼，生怕扯動她的亂髮弄疼了她。

她血氣充足，亂蓬蓬的頭髮既濃且長，垂垂及地。他將它們攏入懷中，置在膝上，手指穿過她的萬縷青絲，從下至上慢慢梳順。

阿南緊閉上眼睛，強行抑制自己眼中即將洶湧的熱淚。

在最傷心的時刻，無論是誰，對她稍微好一點，都讓她更感絕望與痛楚。

「算了吧阿言……就這樣吧。」她拚命忍住自己的眼淚，顫聲說著，將自己蓬亂的頭髮從他的手中扯回，抓過旁邊一根銀簪胡亂將頭髮盤起。

朱聿恆望著她強抑的眼淚，隱隱為她心疼，正要開口勸慰她時，腳下平穩行駛的船忽然一頓，外面傳來了隱隱的驚呼聲和金鐵交鳴聲。

他示意阿南少安勿躁，立即起身去查看情況。

阿南狠狠擦掉眼淚，從窗口一眼便看見了外邊情形。

蓬萊閣下的水船碼頭依舊停著密密匝匝的船隻，她越過如林的桅杆，依稀看到了江白漣的小舟。

她尚未來得及鬆口氣，卻見蓬萊閣中有火星迸射，隨即黑煙滾滾突起。

阿南抄起千里鏡一看，有青布裹頭的人在城牆上鬼祟放火。看這火急火燎來劫人的模樣，那位方姑娘在青蓮宗地位肯定不低。

水手們拋下巨大船錨，在船沿搭上跳板。岸上的人在呼喝著救火。

心裡記掛著綺霞，阿南穩定心神，竭力拋開所有低落思緒，奔到甲板上。

越過層層疊疊的船帆，她看見幾個青布裹頭的漢子正持刀跳上江白漣的船，顯然是青蓮宗眾已經尋到了此處，要趁亂偷襲綺霞。

江白漣十分警覺，在周圍的混亂中早已察覺到動靜。他從船艙內躍出，見對方持刀襲來，便立即抓起旁邊的魚叉，抵擋住攻勢。

可對方人多勢眾，趁著他在前方拒敵之際，有兩、三人繞到船尾，一把扯掉那條繡得歪歪扭扭的鴛鴦門簾，直撲船艙。

綺霞從艙內逃出，卻被逼到船尾，下方便是洶湧海水，周圍的船又忙著靠岸去蓬萊閣救火，在一片混亂中她走投無路，嚇得臉色煞白，大聲呼救。

跳板尚未搭好，阿南也顧不上許多了，流光閃動，勾住對面的桅杆，身影閃動，立即飛撲向江白漣船上。

可距離太遠，中間隔了無數混亂移動的船隻，她一邊左挪右閃一邊衝向前方，眼睜睜看那些人欺近綺霞身旁。

只見倉皇的綺霞似是想起什麼，趕緊摘下髮間的「希聲」咬在口中，按照阿南教的捂住耳朵，用力一吹。

誰知對面的人看見她拔下「希聲」時，便立即按住了耳孔與聽會穴。綺霞用力吹希聲，遠處船上的人都被驚動，面露難受之色，而面前的凶手們反倒毫髮無損。

阿南一個起落，踏在了對面的船沿上，看見綺霞臉上露出錯愕驚詫的神情，想著這手法是公子洩漏給青蓮宗殺手的，頓時心口又急又痛，不顧面前距離還有多遠，奮力向前撲去。

圍攻綺霞的青蓮宗眾雖然雙手捂耳，但腳下毫不留情，後方有人飛起一腳將呆愣的綺霞踹倒在地。

綺霞驚叫一聲，下意識便捂住了自己的肚子，任由下巴在甲板上磕得血流不止。

兩船之間的距離太遠，阿南竭力一跳，掛在了旁邊的船舷上，縱身翻上，向著那邊奔去。

青蓮宗的人已幾步趕上了綺霞，揮刀就向她砍去。

眼看刀子即將落到綺霞背上之時，旁邊一柄魚叉直刺入殺手肩膀，在慘叫聲中，江白漣一腳踢飛那人，抬手拉起綺霞，帶她躲入船艙，以身子與船篷為遮擋，將她護在了後方。

江白漣身手靈活，船上又十分狹窄，對方一哄而上，卻互相礙手礙腳，一時難傷他們。

此時阿南已躍上船頭，流光疾閃間，青蓮宗眾哀叫著紛紛倒下。

江白漣鬆了一口氣，趕緊抱住蜷縮在角落中的綺霞，卻發現她一直捂著肚子死死護著，忙問：「哪裡受傷了？」

「沒……沒有……」綺霞抹掉下巴的血，搭著他的手剛想站起來，船身忽然一陣劇烈動盪，她驚呼一聲，又重重跌撲在船上。

阿南及時穩住身形，只覺腳下大海中傳來轟然聲響，船身連同水波同時猛烈震盪，波光粼粼的海面之上，有一圈巨大的漣漪向四下飛速散開。

「青鸞！」阿南脫口而出，震驚不已。

船下的海面中，一隻碩大無朋的青鸞痕跡飛掠而過，攜帶著海浪猛烈撲擊在碼頭之上。

碼頭陡然劇震，所有船隻傾斜震盪，在驚呼聲中，船上人紛紛落水。

阿南知道這裡的水城與錢塘灣一般，水下高臺無休無止在發射青鸞水波，可這一直在海下的波光，為什麼會突然射向水面？

尚未等她找出緣由，日光下原本寧靜的海面已狂湧波動起來。

青鸞翔集，群飛的氣流直激水面，水花沖天而起。

激流直撲半空，就如接連不斷的巨大青鸞自水下躍出，挾帶著鋪天蓋地的呼嘯聲與傾瀉而下的水珠，覆蓋在集結的船隊之上。

在那巨大無比的激蕩中，碼頭大大小小的船隻互相擠壓傾軋，甲板船身全都在咯咯作響，只聽得哀叫之聲不絕，落水的、被擠扁擠傷的人不計其數。

「上岸！」在劇烈的顛簸中，阿南一把拉起綺霞，示意江白漣趕緊帶她走。

然而，他們剛奔到甲板上，便只覺耳邊一片轟鳴聲響起，彷彿有利椎刺入頭顱，劇痛無比。

在海浪的轟然聲響中，勉強爬起來的人身軀再度失去平衡，不由自主地向前傾倒——

「撲通」、「撲通」連聲，船上人幾乎同時摔倒在甲板上，手中武器墜落，撞擊聲不絕於耳。

阿南立即按住耳邊穴道，在激蕩中背靠船艙穩住身軀，一抬頭卻發現旁邊一艘船的桅杆正朝著他們直直倒下來。

她當機立斷，一把推開江白漣和綺霞。

巨大的桅杆重重壓在船上，甲板斷裂紛飛。江白漣和綺霞躲過一劫，但也雙雙落水，掉入了海中。

但阿南已顧不上他們了。她看見越過船隻來尋她的朱聿恆，正被困在對面那艘傾倒的船上。

那艘船桅杆斷裂後，龍骨軋軋作響，整艘船都在撞擊中變了形。

韋杭之率眾竭力撲去救助朱聿恆，可海中的青鸞與腦中的轟鳴交錯，維持身體平衡已是妄想。

朱聿恆握住面前的欄杆，穩住自己身形，黃花梨的堅實欄杆本已撐住了他的身體，但在下一刻，旁邊一艘船的虛梢（註3）急撞而來，欄杆頓時粉碎崩裂。

船身傾斜，水浪飛激，朱聿恆與散碎的欄杆一起直墜入海。

水浪迅速吞噬了下墜的身軀，鹹腥海水從朱聿恆的口鼻灌入，直嗆肺部。

朱聿恆咬緊牙關，想要浮出水面，可身體卻在陡然之間一僵。他只覺得肩頸一陣劇痛，隨即疼痛蔓延全身，讓他整個身軀都在水中抽搐起來。

這熟悉而絕望的疼痛，讓他的心口頓時與海水一樣冰涼——

這一次，是陽蹺脈。

劇痛自腳踝而起，順著雙腿外側上達腹胸，直沖肩頸，最終那可怖的劇痛匯於風池穴，讓他頭痛得幾欲炸裂，意識失控。

不是預料的十月初，他的第四根奇經八脈，在九月底爆裂了。

胸口劇痛，是他的肺已控制不住，在窒息之中吸入了第一腔水。

他忍不住嗆咳起來，可越是咳嗽，周身的海水越是湧入他的口鼻之中，肺腑如被撕裂，身體開始抽搐。

就在眼前的一切蒙上昏黑，他陷入痛苦絕望之際，一雙有力的胳膊自後擁來，有人緊緊抱住了他的腰。

這擁抱的熟悉力度，和上次在西湖中抱住他的，一模一樣。

註3　船梢處為船尾，甲板上延伸出一定距離成框架後，鋪上木板，成為一個平臺。

可他浸在冰冷的海水之中，連勉強睜開眼睛的力量都沒有，只下意識地「唔」了一聲，動了動自己的肩膀。

他知道阿南會瞭解他的情況的。

果然，她毫不猶豫便在水中將身體上升了半尺，撕開了他的衣襟，看向他的肩膀。

日光透過動盪的水波，光線跳躍閃爍，詭異而恍惚。

她看見朱聿恆的肩頸相接處，一條血脈正腫脹成猙獰的猩紅，在可怖地突突跳動。

山河社稷圖的第四條血脈，發作了。

在這樣危急的境地，在距離他們設想還有數日之時，它命中註定、卻又突如其來地降臨了。

波光粼粼的水下，朱聿恆肩頸上跳動的血脈詭異無比。

阿南的手按在了跳動的那一點上，感覺那裡面有個東西在左衝右突，意欲從血脈中衝破而出。

她只猶豫了一瞬，便立即抬手，臂環中薄刃彈出，俐落地劃過那截正在詭異跳動的血脈，一刺一轉間，一片薄薄的血霧頓時噴出，瀰漫於海水之中。

本就光線恍惚的水下，摻雜著血色，此時顯得更為詭異。

朱聿恆的傷口被海水所激，整個人頓時痙攣起來。
阿南一手按住他的肩，低頭湊到他的傷口處，用力吸吮。
與上次的瘀血不同，她的脣明顯碰到了實質性的東西。
她立即張口，模糊間看見自己吐出了細長的一根粉色東西，在水中飄蕩。
朱聿恆意識昏迷，因為疼痛與嗆咳，在水中抽搐不已。
她一把抱住他，匆忙地將那根東西抓在掌心，便立即帶著朱聿恆向上游去。
可上面的動盪尚未停止，他們剛要冒頭，只見水面波動，一條船櫓忽然墜下，在距離他們不到半尺的地方直插入水，差點砸到朱聿恆頭上。
阿南無奈，只能轉身拚命打水，帶著窒息的朱聿恆向旁邊水域游去。
渤海水質黃渾，她向那邊游去時，依稀看見身旁另一對游動的人影，模糊辨出是剛剛掉下來的江白漣與綺霞。
綺霞並不會水，此時顯然已經嗆到了，江白漣亦帶著她竭力往平靜海面游去，想將她托舉上去換口氣。
阿南跟在江白漣身後，帶著朱聿恆一起向前。
就在他們即將逃離混亂船舶、冒出水面之時，忽覺耳膜一痛，下方那可怕的水波震動再次襲來。
阿南低頭一看，深水之中有無數道縱橫亂波向他們襲來，那碧綠的波光似是撲面飛來的青鸞，挾著萬千氣泡與尖銳嘯叫，以勢不可擋的姿態，要將他們吞噬。

阿南心知不好，伸出雙臂用力勾住朱聿恆肩膀，帶著他竭力向上方游去。

江白漣也帶著綺霞，拚命打水企圖衝出水面。

可就在他們距離海面只有數寸之遙時，那青鸞終於還是與尖銳嘯聲一起趕上了他們。

在這無比倉皇緊急之刻，阿南抓住最後的機會，攤開自己那一直緊握著的手掌，看向那根她從朱聿恆體內吸出的東西。

細細的、長約半寸，在他的體內大概已經很久了，上面包裹了一層薄薄的粉色血肉。

水波激蕩，將她掌中東西沖走，她倉促間抬手抓去，指尖一捻，血肉化在水中，露出裡面青綠色的、一端粗一端細的刺狀物。

青蚨玉。

它瑩潤地折射著波光，那點青碧光芒彷彿針一般刺入她的眼睛，讓她在一瞬間隱約窺見了朱聿恆身上那山河社稷圖的祕密。

僅只容她一閃念，那鋪天蓋地的青鸞，已將他們徹底吞沒。

他們不由自主地緊緊抱住了對方，鋒利的水波在他們身上劃出無數傷痕，周身頓時被淡淡的血色包圍。

隨即，青鸞的尾羽與翅膀在水中攪起巨大浪潮，湧動的暗流在水下瘋狂沖擊。他們來不及做任何掙扎，便被水波捲在當中，在瘋狂如水龍翻捲的渦旋之中，向前衝去，再也沒有機會冒出水面。

肩上傳來陣陣尖銳抽痛，朱聿恆的睫毛微微顫動，卻無論如何也無法睜開眼睛。

溼漉漉的身體很冷，眼皮很沉重。他竭盡全力想要控制身體，最終卻只能讓手指輕微地動了動。

周圍水聲潺潺，耳邊傳來輕微的窸窸窣窣聲音，還有一聲低低的輕喚：「阿言？」

那是阿南的聲音。即使沉在這樣的黑暗中，浸在無邊寒冷中，但因為她的聲音在自己耳邊響起，他便覺得安心起來。

她俯下身貼近他，溫熱的氣息撲在他的面頰上，溫暖的掌心覆蓋向他，輕輕貼了貼他冰涼的額頭。

似是被那點暖意激醒，他用力睜開眼，眼前是另一片黑暗。

許久，他的眼睛才模糊尋到一點亮光，是阿南手中舉著的一束微光，碧光幽熒，照亮了他們周身。

「醒啦？」她俯身專注地望著他，微光照亮了她的眸子，燦亮如昔，裡面飽含的關切驅散了周圍的暗寂，將沉在黑暗陰冷中的他重新拖回了人世。

她手中所持的光芒，正是「日月」上的夜明珠。見他只茫然望著自己，阿南想到他山河社稷圖發作，又嗆水昏迷，便輕輕將他上半身扶起靠著，讓他舒服一點。

失去意識前的一切漸漸在他腦海中浮現出來，在那湍急的水渦中，緊緊抱住他、也被他所緊緊抱住的，確實是阿南。

心口瀰漫著安心的暖意，藉著幽微的珠光，朱聿恆靠在她身上，艱難轉動眼睛，終於看清了身處的世界。

他們在一個狹長的潮溼洞穴中，周圍全都是水，唯有中間一塊凸出的石頭將水面分為兩部分，給阿南與他提供了棲身之所。

「猜猜這是哪兒？」阿南問他。

他緩慢轉動脖子，四下看去，而阿南讓他倚坐在洞壁上，起身以手中的夜明珠照亮了對面牆壁。

只見洞壁上鑿著兩句詩：勸君更盡一杯酒，春風不度玉門關。旁邊是小小一個長條凹痕，中間擱著一支骨笛。

朱聿恆恍然想起之前阿南對他描繪過的情形，愕然問：「我們被捲入了……水城洞窟中？」

「嗯，我估計那青鸞自此而出，機括有如此巨力將它推出，也必有強悍的後座力，因此造成了漩渦，將我們捲回了此處。」阿南若有所思道：「關先生天縱奇才，必定是藉助了這裡的地勢力量，不然，他一介凡人，如何能製造出這般震天撼海的機關？」

朱聿恆對機關陣法之學涉獵尚淺，見阿南都推斷不出是何手段，便只點了點頭表示贊同，目光看著那支骨笛，艱難道：「不知江白漣他們如今怎麼樣了……是不是也和我們一起被捲進來了？」

「應該是的，我當時看到他們了。只是和我以前猜測的一樣，地下洞窟似乎並非只這一處，如今不知他們被捲入了哪裡，希望他們也能和我們一般幸運才好。」阿南擔憂道。

朱聿恆勉強振作精神，道：「江白漣身手不凡，水性更是萬里無一，我相信他會護好綺霞的。」

阿南嘆了一口氣，在他身旁坐下，說：「只能希望吉人天相了。」

海中洞窟幽深陰溼，他們身上又都是溼漉漉的，寒冷讓他們不自覺地靠在了一起。兩人肩膀相抵，讓這溼冷的洞窟彷彿也溫暖安定了些。

阿南靠著他的肩膀，想起什麼，一手舉起「日月」，一手拉下他的衣襟，照向他的傷處。

朱聿恆也恍惚記起自己落水後身上血脈劇痛的那一刻，藉著阿南手中的光，他低頭看向自己的頸肩與胸外側。

幽熒碧光之下，他們看見那條血色淺淡的陽蹺脈，一時面面相覷。

想像中的可怖血線並未出現，他的陽蹺脈只顯出淺淺紅痕，反倒是他鎖骨旁被阿南剜過的痕跡，因為泡了海水而傷口翻白，看著更為可怕。

他艱難抬手覆住這針刺般疼痛的傷口，抬起眼望向阿南，卻看到她臉上漸顯出一抹若有所悟的笑意。

朱聿恆望著她臉上的笑意，不覺問：「妳當時……發現了什麼？」

她將他的手取下，湊過去仔細看了看那傷處，確定只是皮肉之傷，才道：「阿言，我下水後看見你血管在突突跳動，便想著是不是該如上次一般，先將瘀血清掉，讓你的意識及早清醒。於是我確定了跳動之處，朝著那一點割了下去──你猜我發現了什麼？」

她將當時發生的一切詳詳細細對他說了一遍，朱聿恆雖精神不濟，但他何等機敏，立即便明白了她的意思。

他抬手去摸日月上的彎型青蚨玉，而阿南乾脆拉出一片，用手指在上面輕彈，其他玉片便此起彼伏，競相發出清空的聲響，在這山洞之中如仙樂奏響，久久迴盪。

「我之前受傷尋醫之時，曾遇到一個婦人帶著女兒看病，因婆婆恨她連生數個女兒，便在女嬰身上扎針，以求不要再來女胎。那女孩當時也頗大了，她體內藏著那些針刺，居然僥倖如常長大……」

「世間竟有如此惡毒婦人？」朱聿恆聽著她的話，脫口而出之際，又悚然問：「難道說，我身上這玉刺，也是如此而來？」

「確有可能，按照那玉刺外面包裹的血肉來看，可能已被植入有十數年了——我猜測，可能在你尚不記事之時，有人以淬毒青蚨玉製成細刺，又以某種手法隔絕毒源，將其扎入你體內，是以你一直毫無察覺。」阿南說著，又以手彈了彈青蚨玉，道：「我知道有些陣法便是以青蚨玉驅動，在最關鍵的機關陣眼之中設置一片母玉，設陣者手中留一片子玉。必要時擊碎子玉，母玉隨之破碎啟動機關，這樣便不需自己身處陣中亦能操縱。而如今看來，對方是反向利用了這個方法，要以陣法來操控你的生命。」

「所以，對方利用青蚨玉應聲的特性，在我體內種下了子玉，又在關先生當年所設的機關之中埋下母玉。如此……六十年一到，機關一處處啟動震碎母玉之日，便是我身上子玉破碎、毒性發作，山河社稷圖一條條發作之時？」

阿南點了一點頭，說：「有可能，但目前都還只是我的猜測。」

朱聿恆默然按住自己胸前那幾條猙獰血線，低低道：「山河社稷圖按照奇經八脈所設，所以我的體內，還有四根淬毒的青蚨玉……」

就像四隻靜靜蟄伏的凶獸，只等關先生其他陣法啟動之時，子玉破碎，劇毒隨經脈遊走，山河社稷圖剩下的四條血線便會呈現，最終如毒蟒纏身，徹底絞殺他所有生機。

阿南沉默地再看了一眼他胸前的血痕，將他的衣襟輕輕理好，說道：「阿言，若這次我們有幸生還，你回去可以查查看小時候接觸過的人。另外就是，看看有沒有辦法確定它們在體內何處，是否能將其取出。」

朱聿恆沒有回答，只摸索著握緊了她的手。

距離山河社稷圖的祕密，終於又近了一步。可惜，是在這般危急情境之下。他根本不知道是否有辦法與她安全逃離，回去拯救自己。

兩人在朦朧幽光之中，雙手交握，似可憑著這點肌膚的觸感汲取對方身上的熱意，來抵擋此時的徹骨陰寒。

她停了片刻，又俯身貼近他的耳畔，壓抑氣息，以極輕極輕的聲音道：「但是阿言，這還有難以解釋之處——青蚨玉縱然會應聲，那也要經過極精確的手法，而且超過一定距離便無法接受感應了。對方要如何才能保證陣法發動之時，你就在近旁，近得足以讓身上被植入的毒刺因共振而破碎呢？何況按照常理來說，那次西湖與錢塘灣的距離，隔了千山萬水，我不信那母玉能引發你身上的子玉破碎。」

朱聿恆心口微震，但聲音亦與她一般，壓得如同囈語：「妳是說，真正控制我身上子玉，讓它與殺陣同時發作的那個人，就在我的身邊？」

阿南低低「嗯」了一聲：「這也解釋了你第一條血脈為何會發作兩次。我想，或許是對方以為薊承明能引動地下陣法，所以在你身旁擊碎了母玉，讓你的子玉發作，誰知薊承明功虧一簣，而你的毒刺後來在地下又與母玉應聲發作，才造成了發作兩次的假象。」

「所以，對方手中必定有控制我的母玉，同時也知道關先生那些陣法的詳細情況，才有機會做得如此天衣無縫。」身處絕境，虛弱無力，可朱聿恆的口氣依舊沉靜而堅定：「只要我能出去，這惡毒小人定然無處遁形！」

兩人不再說話，似乎這昏暗洞窟之中蟄伏著那股威脅他們的力量，在時時窺探他們。

靜靜倚靠了片刻，阿南站起身，說：「之前你昏迷時，我去看過外面的情況，青鸞海嘯一直震盪在水城周圍，根本無法出去。我再潛水去看看外面的情形……」

她說著，往外面的水面走了兩步，然後「咦」了一聲，腳在水面量了量，聲音頓時發緊：「水面在上漲！」

朱聿恆一驚，問：「這裡要被水淹沒？」

「是……外面水渦亂捲，動盪的水勢必然影響到裡面，海水倒灌也在所難免。」阿南估計了一下僅剩的範圍，道：「只有一丈方圓了，若這水再漫上來，我們只能及早潛水，下去尋找別的洞窟，希望能找到另一個容身之處，否則……」

她沒有再說下去，但他們都是心中雪亮。

否則，海水淹沒這裡時，他們將註定無處可逃。

朱聿恆一手按著隱隱作痛的胸口，一手扶著牆壁，勉強起身走到她的身旁，道：「妳去吧，一定要逃出去，我們不能兩個人一起被困在這裡。妳出去後，若有機會，可以帶人下來救我。」

阿南自然知道這是最好的選擇，但把他一個人拋在這隨時會被淹沒的水下洞窟中，怕是絕難有生還機會。

正在她猶豫之際，忽聽得水下一陣動盪，然後嘩啦一聲，一團黑影從中爬了出來。

黑暗洞窟中，只有一點夜明珠的幽綠微光，此時忽然出現不明生物，阿南下意識便擺好警戒之姿，口中叫了一聲「阿言退後」，飛腳便向黑影踹去。

那黑影在水中極為靈活，倏地一下便換了方向，險險避開了她踢來的腳。

隨即，伴隨著嗆咳聲，一聲急促而慌亂的聲音在洞中響起：「阿南？是妳嗎阿南？」

一聽這聲音，阿南怔了怔，立即放下正要攻擊的臂環，幾步涉入水中，將那團黑影拉住，定睛一看，原來是江白漣背負著綺霞，帶她潛到了此處。

藉著「日月」的微光，向朱聿恆匆匆見了個禮，綺霞便緊緊抱住阿南，與她一起靠著洞壁坐下，邊咳邊哭道：「阿南，嚇死我了！我們掉水裡還被捲進漩渦，沖到了地下海洞中……那個洞很小，很快就被水淹沒了！白漣背著我在水洞中摸索了很久，幸好下面是相通的，能找到妳這裡太好了……」

恐怕不太好，我們也無計可施走投無路呢。阿南心想著，苦笑撫撫她溼漉漉的頭髮，見她手中緊握著個癟癟的氣囊，知道這肯定是江白漣隨身攜帶的，才能讓她堅持到現在。

她問江白漣：「你們那邊被水淹沒後，你找了多久？唯一的路只有這裡了？」

江白漣點頭，道：「我幾乎找遍了外面的洞窟，所有地方全都被水淹沒了，水城外又不知怎的全是漩渦，根本逃不開。我看這邊也挺危險的，水勢難保不漲上來，咱們得趕緊想個法子逃走。」

阿南點頭，看向綺霞，問她：「妳感覺怎麼樣？」

「不怎麼樣啊，胸悶氣短，還一直……嘔……」綺霞冷得打戰，抱著她又乾嘔了出來。

江白漣藉著「日月」的微光看著她噁心作嘔的模樣，目光又往下看向她一直護著的小腹，神情憂慮而遲疑。

「不管怎麼樣，如今唯一的辦法，只有讓綺霞試試看，能不能以古譜陽關三疊解開這水下機關，打開去往前方的通道了。」

「其實……其實我上次也是隨便一說，要是不行的話，那、那可怎麼辦？」綺霞緊張地拿起洞壁凹痕中的骨笛時，手在微微顫抖。

畢竟，她上次說得那麼肯定，其實都只是猜測而已。可如今箭在弦上，所有人的性命繫於她此舉，萬一猜錯了，洞內四人連同她腹中的孩子，都將殞命於此，讓她怎能不壓力倍增。

阿南攬住她的肩，道：「別擔心，再差也不過是沒效果，那我們就齊心協力再去尋找下一個出路，畢竟天無絕人之路，總有辦法的。」

綺霞看向江白漣，見他也向自己點頭，才稍微安了下心。

她摸索手中的骨笛，這應該是用仙鶴的尺骨製成，笛子打磨得潤如象牙，入手極輕。

阿南舉起手中「日月」，幫她照亮笛子。

定了定神，綺霞將骨笛湊到脣邊，試了一下音。

鶴骨笛音色如鳳鳴鶴唳，清勻幽遠，與竹笛截然不同。

只聽得笛聲響徹水洞，在洞壁與水浪間回轉，那幽咽之聲並不甚響，卻激得水浪逐漸湍急。

耳邊傳來嘩嘩的聲音，阿南以手中珠子照去，珠光朦朧，依稀可見內側洞窟的水逐漸激湍，似乎被什麼巨大的力量所攪動，拍擊向他們腳下所站的岩石。

阿南與朱聿恆對望一眼，覺得這幽暗窒息的水底洞窟中似透進了一絲光亮，前方頓時明朗了起來。

江白漣上次下過內側水洞，此時自然一步跨到水邊，嘗試著準備下水。

阿南對他道：「我懷疑這水下的機括與『希聲』相似，都是利用聲音讓虛耳受損導致身體失控。」

江白漣點頭，問：「我堵住耳朵再下水？」

「堵住耳朵怕是無用，你雙手按住左右聽會穴和風池穴，才能使虛耳隔絕侵擾，不受震動。只是常人用這個姿勢可能潛不下去。」

「這倒無妨，我在水裡就算綁了手腳也能游。」江白漣說著，見前方水勢已逐漸加大，心知已不能再耽擱，當下深吸一口氣，反手按住阿南所說穴位，潛進水中。

見他入水，綺霞心下湧起一陣緊張。她一邊吹著骨笛，一邊努力回憶當初收集來的古譜，但年月太久未曾溫習，記憶終究是有點模糊了，她如今又寒冷又驚嚇，胸口忽然一陣作嘔，氣息凝滯，笛音驟然一斷。

水面頓時一震，雖然他們未曾聽到什麼聲音，但那交錯的水花陡自內側噴湧而出，令綺霞頓時慌了神，捏著骨笛一時不知所措。

「不要停，繼續！」阿南疾聲道。

綺霞呆了呆，趕緊深吸一口氣繼續吹奏笛子。她竭力控制凝滯的氣息，一邊流淚盯著水下，一邊將那古譜陽關三疊吹下去。

笛聲幽咽，在水洞之中混合了浪湧聲、回音聲，一疊三嘆，百轉千迴，一根小小的骨笛卻似奏出了千絲百竹萬人合唱的聲勢。

幽深洞穴之內，樂聲久久迴盪，與水洞下湧出的浪潮相激，匯成聲勢浩大的合奏。

朱聿恆聽出這水聲在應和笛聲，不由得緩緩靠近阿南一些，與她一起專注盯著水面。

陽關三疊層層相遞，原本哀傷婉轉的曲子，在洞中迴盪，一疊更比一疊高亢，那湧起的水浪也一波更比一波高漲，直至綺霞吹出最後一聲，笛聲盪氣迴腸之時，浪湧也到了最高點，只聽得轟鳴之聲不絕，狂湧而出的水浪向他們直撲而來，聲勢浩大。

阿南眼疾手快，一把抱住綺霞，帶著她緊緊貼在洞壁上。

浪頭撲過，三人都是渾身溼透，綺霞盯著內側水洞呆了半晌，「哇」的一聲哭了出來。

她撲到水洞邊緣，邊哭邊喊：「白漣，白漣！」

那狂湧的水流依舊汩汩向外，眼看內外洞的水一起升高，已經沒到了膝蓋，阿南趕緊將她拉起，說道：「站高一點，我先幫妳把皮囊裡灌滿氣，等水漫到胸口，帶妳一起下水……」

話音未落，水面嘩啦一聲，只見一條人影破浪而出，大口喘息著爬了上來。

洞內幽暗，但綺霞早已撲了上去，緊緊摟住了他：「你沒事吧？」

「沒事，妳的笛聲引動了水下機關，那浪湧果然可以抵消水下怪象，如今水洞已暢通無阻。」江白漣抹了一把臉，看向朱聿恆與阿南道：「我順著洞窟往前探了一段路，前方水路很長，但已隱約透出光亮，也有了出水面。我怕你們在這邊擔憂，因此看到出口便立即返回了。」

「有光亮有水面，可以出水底洞窟了？」阿南雖覺驚喜，但看看朱聿恆的情形，又有點擔憂，問江白漣：「你說水路很長，具體大概是多長距離？」

江白漣估計了一下，說：「我全速游過去，大約不到半盞茶工夫。」

不到半盞茶，對於他和阿南來說，勉強可以通行，但對剛剛嗆水醒轉的朱聿恆與不會水的綺霞來說，絕不可能。

阿南正在猶豫，卻聽朱聿恆道：「妳和江小哥先送綺霞過去，然後妳帶回氣囊接我即可。」

阿南看看這湧起的水浪，剛剛還是沒膝，如今已經到了大腿一半，再看這洞中空間，抿脣匆匆道：「若水漫上來了，你貼著牆壁，盡量往高處攀爬。」

「我會的。」朱聿恆應道。

水漲得極快，事不宜遲。江白漣負起綺霞，阿南在後方搭住她，要帶她下水。

綺霞擔憂地看看正在洞壁上尋找攀爬點的朱聿恆，囁嚅道：「這邊如此危險，要不……你們先帶殿下過去……」

江白漣看著朱聿恆，也一時不敢開口。

朱聿恆俐落道：「我留下比妳好，至少我會水，即使漫過頭頂我也可以浮上去堅持一會兒。」

「記得在入水之前調整呼吸，吸兩次，呼一次，這樣入水時間可以久一點。」

阿南匆匆教他呼吸法，便不再浪費時間，拉著綺霞便躍入了水中。

水下洞穴一片黑暗，幸好江白漣對水流極為敏感，帶著她們循著流動的方向一直向前而去。

阿南與他一起護著綺霞，一邊往前游，一邊竭力記住水下路徑，以免待會兒走錯路徑。

在黑暗之中穿行，時間顯得格外漫長。

就在阿南都覺得窒息之時，蜿蜒的洞窟在前方拐了個彎，他們轉過角度，面前水面忽然開闊，上方漣漪隱隱，透著五色光芒。

正用皮囊吸著氣的綺霞雖然神志昏沉，仍不免「咦」了一聲。

江白漣拉著、阿南推著綺霞，兩人將她送出水面。

一經出水，五彩光芒頓時撲面而來。

呈現在他們面前的是個高約十丈的巨大空洞，洞壁斑駁嶙峋，顯然已被海浪蝕空多年。但在海面之下，卻有明亮圓轉的光輝如巨大的日輪投射在洞壁上方，在日輪的正中，是一尊放射光輝的佛像。

光輪足有十丈之高，中間的大佛坐像也有七、八丈，正俯瞰著他們。五色光輝隨著水波流轉，金色大佛在蕩漾波光中顯得有些模糊，但依稀可見面目端嚴沉靜，頭結螺髮肉髻，端坐在青蓮之上。

「這……這海底怎麼會有佛光？」綺霞瞠目結舌，而江白漣早已拉著她一起在佛像前跪下，連連叩拜。

阿南從水中鑽出，仰頭看向這大佛，心中忽然想起某年南海之上，她與公子曾一起見過的佛光。

可那只是天邊依稀模糊的暈光投影，哪像面前的佛光般絢爛清晰。

那時司鷲悄悄跟她說，一起看過佛光的男女，以後必受庇佑，能有美滿姻緣。

可如今看來，海上的虛幻影像，自身都是轉瞬即逝的東西，如何能護佑凡人的情意。

她與公子已是背道而馳，今生今世哪還有一起走下去的可能。

心如刀割，鈍痛瀰漫在胸口，令她都開始不暢。

她深吸一口氣，將這突然湧上心口的記憶強行壓下去，心中暗恨起自己，在這般危急之中，為什麼還要在意那些傷感心情。

想到阿言還在漆黑洞窟中危在旦夕，她立即抄起氣囊灌飽紮緊，一個猛子扎下，沿著原路返回。

順著記憶的路徑，她快速潛回洞窟中，剛穿過水洞便心口一涼。

刻著陽關詩句的那個洞穴，早已被水徹底淹沒。

她急忙往洞頂浮上去，手一伸卻摸到了石頭，原來上面早已沒有了任何足以讓人呼吸的空洞，整個洞穴早已被水灌滿了。

她估算錯誤了，這水來得比她設想的還要快，還要多。

她心下大急，立即摸著洞壁，四下搜索朱聿恆的蹤跡。幸好，在前洞的入口，她依稀瞥見了一抹晦暗的珠光。

她立即撲上前去，卻見朱聿恆的身影半沉半浮在黑暗之中，隨水漂流。

她一把抓住他的手，將他扳轉過來，一手解下氣囊，想要按在他的口鼻之上。

朱聿恆轉過身來，臉上卻已罩了一個氣囊，夜明珠的微光下他看見了阿南，浸在水中的眼睛亮了亮，似乎想要說什麼，但水中無法開口，只緊緊拉住了阿南的手。

阿南不知他這氣囊從何而來，亦不知他一個人時發生了什麼，環顧周圍只覺詭異無比，當下便拉起他，帶他順著水道急速游向前方。

穿過黑暗的洞窟，終於來到那個被佛光照亮的洞穴中，兩人都是疲憊至極，趴在石壁上喘息不已。

緩過一口氣，阿南抓過那個氣囊看了看，問：「哪裡來的？」

朱聿恆搖了搖頭，說道：「我在洞中等妳回來，誰知不久後水勢便飛速上漲，很快將整個洞窟徹底淹沒。我算了下江白漣離開的時間，估計自己撐不到妳回來，正在絕望之際，水中忽有人影從我身邊游過，將這個氣囊塞到了我的手中。我循著他離去的方向追去，但他早已消失在了前方黑暗的水洞中，直到妳來接我，他也沒再出現。」

「奇怪……」阿南嘟囔著，拿過他那個氣囊，翻轉過來看了看，眉頭忽然微皺起來。

朱聿恆順著她的目光看去，只見氣囊的接口處，烙著小小一朵火焰痕跡。

「這是？」朱聿恆抬眼看她。

「這是傅靈焰、也是拙巧閣的標誌。」阿南的手指摩挲過那朵火焰標記，神情不定：「難道說，拙巧閣的人也進來了？薛澄光帶進來的？」

但拙巧閣的人過來，又為何不光明正大現身，只暗地裡給朱聿恆一個氣囊，又立即離開呢？

「而且，水陣已經發動，周邊青鸞亂舞，連那麼遠的碼頭都受影響，憑薛澄光那點道行，又如何能潛進來？」

事發詭譎，在這怪異的情境之中，兩人一時也探討不出個所以然，也只能先擱開了。

朱聿恆起身環顧周圍，見洞中並無任何可供出入的口子，便問江白漣：「此處可有通道？」

「有，就在斜下方。」江白漣指著水底，臉色十分難看：「只是，下面那一道坎，咱們怕是過不去。」

他是最講究口彩的人，聽他都說過不去，阿南心知必定艱難無比。

但她抿抿唇，立即道：「過不去也得過，我潛下去看看，你們做好準備。」

綺霞一把拉住她的手，說：「要不算了吧，阿南，咱們就在這兒待著，我相信朝廷一定會傾盡全力來救殿下的……」

阿南搖了搖頭，抬手輕拍她的手背，道：「陣法發動，這水城馬上就要和錢塘灣下面一樣，夷為平地了。如今出口已被青鸞封鎖，我們困在其中無法逃離，如今唯一的辦法，只有盡快尋到陣法中心，將其摧毀，讓這些青鸞氣流徹底停止，才有逃出生天的希望。」

綺霞臉都青了：「所以……我們還得去破解陣法？這……這麼大的海底，這麼縱橫交錯的水下洞窟，怎麼找得到陣法中心啊？」

阿南自然也知道希望渺茫，但她用力握著綺霞的手，道：「至少我們不能坐以待斃。拚一把還有希望，不拚一把，只能被水城埋在海底，永遠也出不去了！」

五彩佛光下，綺霞的臉色一片煞白，她捂著小腹，喃喃道：「可……可我不會水，我不想拖累你們……」

「什麼拖累，妳可是救了我們所有人的大功臣，我們能到這裡，全都是靠妳。」阿南摟住她，與她碰了碰額頭，低聲道：「別擔心，就算妳不相信我，也要信妳的江小哥，我們一定會帶妳走出去的！」

時間緊迫，再者此間詭異莫測，綺霞也不肯獨自留下，最終商議決定，大家一起前往通道。

目前最難的一點，是他們尚未知曉水下的具體情況，就算循著洞窟而入，也未必能順利上到水城。

「薛澄光既然能準確地打出地下洞窟，他必定對這個水城有所瞭解。可惜當時我並不知道如今的變故，又擔心他察覺到我的身分，沒有多套套他的話。」阿南對朱聿恆說著，隱約帶著懊悔。

其實她還有點心事未說出來——當時因公子的關係，她感覺對朝廷的行動不便過多參與，因此並未太過用心，如今真是追悔莫及。

「誰能未卜先知呢？我們只要知道拙巧閣與此事必有關聯即可。」朱聿恆坦然處之，舉起手中的氣囊向她示意：「而且，他們說不定在水下已經有了行動。」

「嗯，先下去探一探虛實，反正目前我們這境況，不會更糟了。」阿南撿起一塊小石子，找了塊比較平坦的石頭，畫出了水城的大致輪廓，然後圈定城門口，說道：「這裡，就是將我們吸進去的洞穴。江小哥你估計我們在水下穿行，如今應當身在何處？」

江白漣看著水城，遲疑地比劃著，一時不敢確定。

水下洞窟九曲十八彎，又全在黑暗中摸索，他縱然在水中如魚兒一般，但危急之中，亦記不得大致方位了。

就在他遲疑之際，朱聿恆接過阿南手中的石子，毫不猶豫在水城中心偏東的地方畫了個圈，說道：「應該在這裡。」

阿南側頭看他：「你確定？」

畢竟，她來來去去游了三次，卻還不太敢肯定自己的路徑，而朱聿恆才跟著她游過一次而已。

「嗯。」他聲音不大，卻堅定不移。

畢竟是獨步天下的棋九步，阿南一想他連日月這麼複雜的武器都能迅速掌控，這瞬間能進行億萬次計算的腦子，就算當時處於黑暗與疲憊中，記下這麼一條水道自也不在話下。

因此她毫不猶豫，根據自己上次在錢塘灣下水的記憶，將這座水城粗略再描摹了一遍，說道：「這麼看來，我們應該已經接近水城中心了。按照青鸞水流的角度來估計，直接壘臺至那種高度相當困難，更不可能在水下暗流中屹立這麼久。我預計這座城很可能依山而建，高臺建在城中最高的山頂，按此推斷，我們的位置可能就在街道與山峰的交界處。」

幾人都點頭贊成她的推斷。既然確定了方位，接下來便是尋找通行之路。

江白漣道：「我下水查看時，發現這佛光從下方洞窟中射出，想要接近一些，可下方光線太過迷幻，根本無法睜開眼睛，我試了好幾次，發現水中還有詭異響動，只能返回。」

「詭異響動？」綺霞緊張地盯著他。

「對，我自小在水中的時間比船上還久，對於水下動靜比常人都要敏感些。就算我潛入最黑暗的水道、最深的海底斷崖，也不曾有那種怪異的感覺，就是……總覺得那個水中，不僅僅有光，還隱藏著其他可怕的東西，那種感覺……我說不上來，但就是很危險，千萬不要接近！」

「佛光普照，可是大歡喜大慈悲的事兒啊……」

阿南抬頭看向投射在岩洞之上的佛像，這隨著水波映射的青蓮大佛，是當初韓凌兒起事的依憑。

但關先生此人行事，看來似乎並不在意神鬼之說，他既將如此強烈的佛光罩在此處，必是有所企圖。

阿南思索著，紮緊自己的衣袖，對朱聿恆道：「下水後盡量不要離我太遠。我覺得關先生設下佛光的用意，可能在於影響我們的視力，掩飾暗中的機關。到時候我們目不能視，說不得全靠你這個棋九步了。」

「放心，我會跟緊妳的。」他毫不遲疑道。

阿南朝他揚唇一笑，又轉而看向江白漣與綺霞，見綺霞在江白漣的寬慰下，長長吸氣平定情緒，確定已經準備好，便示意他們下水，當先縱身躍入水中。

阿南當先，朱聿恆居中，江白漣帶著綺霞游在最後，四人向下潛去，游向下方透出佛光的洞窟。

越是接近，眼前佛光越是強烈。

如阿南所料，他們的眼睛在水下本就難以正常視物，此時光線閃耀中，更是無法睜眼。

朱聿恆憑感覺隨著阿南下潛，他聚精會神地傾聽著周圍的動靜，可除了他們游動時攪動水流的聲音之外，四周一片寂靜。

阿南游動的速度漸漸慢下來，越發謹慎小心。

緩慢的潛游中，周圍的水流舒緩地從他們身邊穿過。在這一片溫煦中，朱聿恆微一側耳，聽見了其中細微繁雜的幾縷急促聲音。

那聲音極細微又極尖銳，就如劃過耳畔的春日細雨，輕得讓人察覺不到存在，卻確確實實已經濡溼了肌膚。

他立即示意後方江白漣不要接近，一手迅速拉回阿南的身子，帶著她向側邊急轉，避過那幾絲雨線般的波動。

在強烈佛光的籠罩之下，眼前盡是絢爛波光，阿南只感覺燦爛之中有幾線冰涼的寒意從身旁掠過，迅疾劃過肌膚，那鋒利的感覺令她毛骨悚然。

她顧不得自己的眼睛，猛然抬頭望向洞窟中射出的佛光。

莊嚴神聖的佛光放射出萬千條五彩光芒，毫光似幻化成了有形之物，一條條細微的光芒密集且迅速，在水中拖曳著淡淡微光，如萬千絲條聚攏，鋪天蓋地而來。

情勢危急，他們立即向旁邊洞窟撲去，尋找避身之處。

這水下密密麻麻全是洞口，兩人慌不擇路，拉著朱聿恆撲進洞中，抬眼一掃屋內，頓時叫苦不迭——山洞內除了朽爛難辨的幾堆東西外，只有幾具石棺。

看來，這是被人當作水下墓穴了。

毫光如附骨之疽，光芒閃爍不斷，萬千白光如有生命的飛鳥般一起從洞口狂湧進來，隨著水流疾捲而進，對他們緊追不捨。

阿南一個箭步上前推開了石棺蓋。朱聿恆雖不知道她在這危急時刻為什麼還要去動石棺，但見棺蓋沉重，還是立即上前與她一起抵住棺蓋，用力向洞外推去。

水中毫光本就是隨水而動的輕微之物，此時棺蓋被猛然前推，水壓捲起巨大水流，裹挾著那些正要撲近他們的毫光，在屋內捲成了一個巨大的氣旋。

那些紛亂的毫光被水流迅速捲入，成為了一道白光漩渦，隨著水流旋轉匯聚，然後與沉重棺蓋一起墜出洞窟，迴旋撞擊著消失了蹤跡。

但兩人一時還不敢動彈，怕還有剩餘的白光未被引走，唯有緊緊貼在一起，一動不動地等待室內水波一起安靜下來。

水波緩緩靜止，追擊的光芒隨之逐漸散去。

等到一切安靜下來，朱聿恆才從身上摸出氣囊，吸了兩口緩解自己因水下劇烈運動而引發的窒息，又遞給阿南。

阿南水性雖好，但也已經憋不住了，深吸了兩口後才忽然驚覺，這是阿言剛剛吸過的。

想到自己的唇正碰觸著他剛剛碰過的氣囊，自己與他也正在水下緊緊依偎，她感覺有些怪異，將氣囊塞回他的手中，臉頰不自覺地別開。

這一偏頭，她看見了地上落著三兩條閃著微光的東西，隨著他們的動作，又在水中閃爍了一下。

阿南抓住一根細看，正是一條磨得極細極利的銀色小針，只有水波晃動之時，它才現出一抹淡淡殘影，否則幾乎不可能被發現。

這針的質地不知是何種物事，入手極輕，形制極細，所以能隨水流轉。一旦有東西接近佛光引發水波捲動，這些針便會被喚起，循著水流的方向，襲擊接近的人。

而這些針扎入目標物後又微微震盪，顯然會順著血脈往裡鑽進去，直至到達心臟，令人暴斃。

阿南拿起來向朱聿恆示意，讓他小心這東西的特性。

手掌一緊，是朱聿恆輕輕握住了她的手。

他攤開了她的手掌，阿南只覺得掌心觸感輕微，是他伸出食指，在她的掌中迅速地一筆一畫，寫下了「誘引」二字。

她錯愕地看向他，他卻只抬手指了指自己，向她點了點頭。
水下洞窟朦朧幽暗，阿南遲疑的面容恍惚不清，似乎難下決定。
而朱聿恆將她的手再緊緊地握了一握，便拉著她站起身，游出了洞窟。

外面江白漣正帶著綺霞慢慢游近洞口，見他們出來，明顯鬆了一口氣。
阿南舉著針向江白漣做了個游動的姿勢，詢問他那些毫光都去了哪兒。
果不其然，江白漣抬手指向佛光射出的洞窟，那些細小光針又聚攏回了洞口佛光之中，靜靜潛伏著，等待著對下一波接近者發動襲擊。
阿南見綺霞緊抱著江白漣的手臂半浮半沉，拿著手中氣囊呼吸著，怕是支持不了多久，便對著朱聿恆一點頭，轉身貼著洞窟向佛光而去。
見阿南似要從這團佛光中穿過，綺霞心下大急，趕緊拉拉江白漣，示意他去阻攔阿南。
然而江白漣還未動彈，卻見朱聿恆已經毫不猶疑地跟上了阿南，隨她向著那凶險萬分的佛光正中央而去。
就在五色熠熠的光彩照亮他們身影的瞬間，懸浮於光芒中的光針察覺到水波流振，立即被挾帶發動，向著撥動水流的他們而來。
阿南當即折身，一拉朱聿恆。
他與她配合無間，抬手之際，日月光華盛綻於昏暗海中。

薄薄珠玉映著絢爛佛光，攜帶著無數股水波，如同巨大的千瓣蓮華開放在他們身前，護住了靠在一起的身軀。

佛光中那縷縷透明的光針隨水而動，頓時隨著玉片的牽引散成千百股白線，如織機在紡織時的紗線隨梭翻飛，萬千細毫跟著日月攪起的水流，驟然聚散。

朱聿恆抬手操控精鋼絲，內層幽綠明珠擊打外層青蚨玉，那巨大的蓮華光輝再度擴散，激起更多水流擴散向外。隨著水流激湍攪動，佛光上那些白光如箭雨如飛蝗，齊齊追逐著珠光玉片飛去，似萬千流星颯遝，劃過海底水域，共同奔赴向激流最洶湧之處。

趁著所有致命光針都被朱聿恆引走之際，阿南抬手向江白漣略一示意，頭也不回地率先鑽入了洞窟之中。

佛光如一束巨大的陽光從洞窟內向頭頂的海水射去，阿南投入這萬丈光華，就如縱身撲入了熾烈的日光之中，身影迅速便被吞噬殆盡。

朱聿恆只來得及看了她一眼，便不得不再度收斂心神。面前的水流漩渦已越來越大，匯聚的毫光也越來越多，朱聿恆的日月也只能一而再、再而三地互相撞擊、擴散、收縮、再擴散，攪動水流的幅度也越來越大，才能將所有光針圈禁在日月光輝之中。

水流阻滯，朱聿恆知道自己不可能堅持如此強橫的力量太久，可他已將如此巨多的毫光都匯聚於此，若一旦停下或速度減緩，所有細針將同時扎入他的身軀，到時斷無生理。
因此即使水壓讓他的胸口沉悶難耐、即使長久未曾呼吸的窒息感讓他的動作難以支撐，他也無法停手，只能利用日月製造更大漩渦。即使明知此舉是飲鴆止渴，也唯有不管不顧地持續下去，替阿南爭取到盡可能多的破陣時間。
阿南已經撲入了洞窟之中，迅速接近了端坐於正中的佛像。
這洞窟十分窄小，被修整成渾圓形狀，一尊佛像端坐青蓮之上，正好將整個洞窟堪堪填滿。
佛光自背後射來，照亮了法相莊嚴。它在水下數十年依舊金身鮮明，熠熠生輝，如同神跡。
阿南透過佛像肩膀，看向洞窟後方射來的絢爛光彩，猜測是建造時引來了上方光線，又以五彩琉璃重重折射，使洞中光線與水光相映，才將這座佛像擴大投映於空中，形成佛光幻象。
其實海底光線並不甚強，但經過兩重折射之後，光芒被聚攏至中心一點，他們又陡然從黑暗的水洞中潛行出來，因此一眼看見佛光，頓覺格外光華耀眼，莊嚴綺麗。
而這釋放出來的光華配合周圍護衛的萬千光針，便形成了華光萬丈動人心魄的佛光景象，在這大慈悲的佛像中隱藏了最深重的殺機。
這些針既然總是聚攏在佛光之中，必定是佛光中有什麼東西在控制它們。

阿南揚手，試探著將握在掌中的一枚光針揮出。

只見光芒微動，那毫針果然隨著水流向面前的佛像飄去，但在即將觸到佛像之際，又懸停在了兩、三尺開外，不再接近。

阿南心下了然，這佛像應該是具有強烈磁力，足以將光針吸引而來，但洞窟中又埋下了斥力，讓它們無法接近，只能一直分散懸停於佛光之中。關先生用極為精確的計算，控制這萬千光針微妙懸浮，水流平緩時為佛光增添光彩，水流變化時則成為看不見的殺人利器。

而現在，唯有摧毀這佛光異象，收束萬千毫光，才能為他們打開逃生之路。

仰頭看向洞窟之外，朱聿恆的日月光華幽碧，倒映著絢爛佛光，一波波璀璨花朵於昏暗死寂的海底綻放開謝，如此絕豔奪目，卻也讓她清楚地知道，這盛景難以堅持長久，阿言再怎麼堅持，已是強弩之末。

她游到雕像後方，用力去推佛像，意圖將它推出洞窟，解除磁力束縛，吸附所有毫針。

然而一推之下她才發現，這雕像的青蓮伸出數根鐵條，扎進下方地面，無論她怎麼用力，依舊紋絲不動。

阿南果斷抬手向後面游進來的江白漣示意，讓他將洞口的寶幢丟過來給自己。

洞窟陳設與尋常廟宇近似，門口有雙雙寶幢相對，供桌上也有銅爐燭臺，供奉佛香。

寶幢上的錦幡早已在水中腐爛殆盡，但寶幢的桿子卻不知做了什麼處理，依舊泛著青灰的金屬光澤，並未生鏽。

江白漣一手護住綺霞，一手抓起光桿在水中往前一送，無聲無息便穿過水波滑到了她的面前。

阿南用腳尖挑起桿子，將它插入了青蓮之下。

她的動作幅度稍大了一點，上方的水流立即被攪動，有一、兩簇漏網的毫光被水流裹挾著，向著她直衝而來。

江白漣立即抬手抓起另一根桿子，在洞窟中揮舞了兩下，以桿尖攪動光針，讓它們被更大的水流捲走，以便阿南能專心去撬那青蓮。

外面光彩繚亂，綺霞倉皇地轉頭看去，只見朱聿恆已經承受不住胸口窒息，一手操控「日月」，空出另一隻手去摸腰間的氣囊。

可面前萬千毫針無孔不入，他稍稍分心，便是數條白光趁虛而入，向他攻擊而來。他不得不鬆開氣囊，操控日月立即回防，才將那些隨水而動的攻擊化解。

但與此同時，他的口中也冒出了一連串的水泡，已嗆到了水。

他身體蜷在水中，整個人痛苦不堪，可雙手一直未停，依舊堅持著讓面前的日月光華阻擋住萬千白光。

綺霞咬了咬牙，狠狠從氣囊中吸了口氣，然後將江白漣向外一推，示意他去朱聿恆身邊，自己則在洞中連滾帶爬，虛浮著以狗刨的姿勢接近阿南。

雖然連身體都站不穩，但她還是抓起案上一截蠟板，扶著洞壁爬到阿南的身邊，將其插入青蓮座下，要幫阿南將上方佛像一起頂起。

阿南抬頭看向洞外，江白漣已游到了朱聿恆身邊，將他的氣囊解下，按在他的口鼻之上，暫時緩解他的氣息。

但這般續氣也保證不了多久，她知道自己要盡快解決這佛像才行了。

抓過綺霞的氣囊吸了兩口，她將手中的桿子丟給游回來的江白漣，把香爐踹到蓮座下方，定好位置，示意江白漣以此為支點，架起寶幢為槓桿。

隨即，她拔身向上，一手撐在上方洞壁上，雙腳頂在佛像肩上，向綺霞和江白漣示意。

三個人一起竭盡全力，將青蓮連同上頭的佛像頂向前方。

只聽得喀喀聲連響，佛像搖搖欲墜，泡在海水中已鏽爛的鐵條終於齊齊崩斷，下方青蓮徹底脫離了地面。

巨大的水流捲起汙濁泥水，洞中佛光一時黯淡。佛像在搖晃中向著前方重重倒去，仰面沉重倒在了供桌之上，又在水中翻了個跟斗，滾到了離洞口不遠之處。

阿南落地，與江白漣一起架好槓桿，將它撬動再往前翻滾出去。

在轟然聲響中，佛像墜下洞窟，向下跌落。塵灰在水下無聲瀰漫，頭頂的佛光黯然消失。

脫離了平衡磁力的洞窟，大佛身上的引力頓時暴增。那些正糾集於日月旁的毫光，此時彷彿有了統一的目標，齊齊脫離了朱聿恆面前的水流。

紊亂的水流亂攪成團，萬千光針在水中匯聚成數匹白練，隨著大佛攜帶的水流向下墜落，如仙袂如雲霧，簇擁著佛像消失在了下方黑暗的深淵之中。

朱聿恆手上一鬆，日月光華驟然收回，而他疲乏之際，整個身子癱軟於水中，脫力地向下墜落。

腰身被人攬住，一雙手臂摟住他下落的身軀，在亂捲的海水中給了他向上的力量。

是阿南將他攔腰抱住。她雙腿打水，托著他向著上方洞窟而去，帶他一起奔赴向絢爛光彩。

沒有了佛像的遮擋，五彩佛光透過水波從洞中衝出，照亮了整條通道。

那一邊，隱約有光線在波動，似乎在等待他們的到來。

第十八章 萬壑歸墟

迎著絢爛光彩前行，他們穿過斑斕的洞窟，向前方出口不顧一切地疾游而去。

阿南依舊一馬當先，引領他們奔赴前方。

眼看前方亮光洞明，出口遙遙在望，他們的耳邊盡是轟隆聲響，外面似乎在不停震動。

在洞窟的出口處，有一個小小的彎折。

阿南剛越過那個彎道，卻感覺後方有人奮力趕上，拉了拉她的裙角。她轉頭一看，江白漣在水下向她打了個手勢，指向那個彎道。

見江白漣已經拉著綺霞游往那邊，阿南知道江白漣在水下無人能及，當下毫不猶豫，折身跟了過去。

曲折繞過一段洞窟，前方赫然有一段空洞，四人迫不及待，將頭冒出水面，貪婪地呼吸著這片難得的空氣。

等喘息漸漸平息，他們將兩個氣囊內的廢氣排掉重裝。在外面一般用風箱給氣囊鼓氣，但這裡並無工具，他們只能扯開袋子口，盡量多裝些新鮮空氣。

一抬眼，阿南在幽微珠光下，看見朱聿恆沉思的側臉，便用手肘撞了一撞他，挑了挑眉以示詢問。

「我在估算路徑，這裡離高臺應該已經很近了。」朱聿恆靠在洞壁上，指著外面道：「前次薛澄光帶著拙巧閣眾從街道而上前往高臺，應該就在這裡。他們比我們更瞭解水下情況，裝備也更精良，但最終折戟沉沙，無功而返……」

阿南知道他的意思，拙巧閣與朝廷聯手下水，最終慘淡收場，如今他們四人倉促至此，前路只能更為叵測。

綺霞抱著江白漣浮於水上，不自覺地將小腹貼緊他的身體，似乎要讓腹中這一直浸在水中的孩子，多感受一些他的體溫。

江白漣雙手環住她，將她護在懷中。他目光緊盯著她，張了張口，可身處如此危境，那些要詢問的話語，卻終究堵在了他喉口，無法出聲。

阿南在心中暗嘆了一口氣，收斂心神道：「休整一下，咱們出去後就是山呼海嘯了。這座水城在海中六十年，如今陣法已經發動，高臺青鸞氣旋鋒利，一直在水城上縱橫。那水波在遠處還好，靠近了可以割膚斷髮，到時候我們千萬不可大意，一定要及時躲避鋒芒。」

綺霞忙不迭點頭，提醒江白漣注意。

江白漣道：「我被困水下後，曾經多次想出洞窟逃出水城，可四下全是持續不斷的水波，根本無法脫逃。最詭異之處在於，它們以青鸞形狀在水中向外四處飛散，可以將人割傷，又會化為氣泡……到底是什麼古怪東西？」

阿南腦中一閃念，脫口而出：「我猜，它不是用任何可以摸得到的東西製成的，青鸞是由看不見的氣組成的！」

話一出口，她自己都覺得荒謬，但再想一想，又肯定道：「是的，只要利用地下洞窟的氣流，以水作為交換，機括將其急速射出，只要氣流足夠強大，風刀水刃傷人確實不在話下！」

綺霞咂舌：「這……這得多巨大的陣仗啊！」

阿南道：「他又沒有鬼神之力，能設下這般陣法，必然是藉助了這海底的地勢，只是，我還不知道究竟是什麼。」

朱聿恆則若有所思，道：「關先生這幾個陣法，當年為對抗異族而設，一經發動必然翻天覆地引發災禍。錢塘灣的水城引發了風暴潮湧沖垮杭州，可渤海這個水城，我看青鸞雖然鋒利，但只在水下縱橫，似對陸上並無影響。」

阿南想起一事，道：「這麼說的話，我們當時在東海之下，曾打撈到高臺殘塊，上面雕畫著血海蓬萊。可我再怎麼想，也想不出渤海灣被血染紅的可怖場景，到底會怎麼發生……」

光華幽淡的夜明珠，照著小小的一泓水面，照出綺霞驚慌失措的面容，也照出江白漣欲言又止的神情。

阿南便問：「江小哥，你是不是有什麼發現？」

「那塊浮雕，我們是一起在水下看到的，那上面豔紅的渤海，確實令人心驚。」江白漣回憶當時情形，心有餘悸道：「只是我多年在海上，這段時間船又總是停在渤海岸邊，心中有個想法……那紅色倒未必與人有關，或許，是海上會發生的災難？」

阿南略一思忖，脫口而出：「你的意思是，赤潮？」

「是，我晚上會在岸邊看到螢光浪潮，泛著藍光的浪花一波波沖上岸，那是要發『厄潮』的前兆。」

阿南與朱聿恆對望一眼，想起她那晚獨自回蓬萊，朱聿恆率眾相迎的情形。那一夜的浪尖上，在火光的背後，他們確曾看見螢光在浪尖上閃現。

「渤海三面被海灣圍困，通連外界的活水極少，而且黃淮常年攜帶大量泥沙入海，使得淤沙年年堆積，海水極淺，只有老鐵山水道還有三十來丈深，凶險湍急，是連通黃海的唯一要道。而這座水城，就距離老鐵山水道不遠，並且，正對著水道。」朱聿恆聽著他們的話，此時開口：「若那場海嘯般的浪湧持續下去，恐怕周圍的海礁砂石會急劇坍塌沉澱，到時候，這條唯一的水道將逐漸消失，兩岸的海峽也必將越收越窄。僅靠著那麼一點出入的水源，渤海勢必逐漸封閉。」

江白漣用力點頭道：「渤海本就多發赤潮、青潮，若出入活水再減少，一年甚於一年，年年頻發，守著這樣一潭死水，厄潮又大多有毒，海中魚蝦絕收，沿海的漁民還有活路嗎？」

見他面帶驚懼，阿南安慰道：「不至於這麼嚴重。海洋廣袤無邊，就算水下青鸞之力強悍，我看這點力量，十年、八年內造不成多大影響。」

「別忘了錢塘灣下方，在六十年內被逐漸影響的地勢，最終造成了杭州城那一場風暴潮水。」朱聿恆抿緊雙唇。

江白漣臉上滿是水珠，他抹了一把臉，急道：「是啊，一年、兩年，或許都沒有太大影響，可若是六十年、一百年呢？」

阿南啞然失笑：「到時候我們怕是都不在了，漁民肯定也都散了，早就離開這多災之地，另謀出路去了。」

「靠山吃山，靠海吃海，海若是都沒了，我們水上討生活的人，還能有什麼出路？」江白漣說著，將綺霞又往水面托了托，低低道：「再者說，六十年、一百年後，我們自然已經不在了，可我們的孩子還在這海上。我們如今就在這裡，不把這苗頭掐掉，萬一真輪到那結果，留什麼給我們的後人？」

綺霞抱緊了他的手臂，緊緊咬住下唇，一聲不吭。

阿南卻笑了出來，說：「江小哥，你年紀不大，眼光倒很是長遠啊，連孩子都考慮到了。」

江白漣悶聲低下頭，攬著綺霞，不再說話。

「放心吧，關先生的設想不會成功的。既然薛澄光執意沖擊高臺，那麼這水城的總控必定在那上面。只要我們搗毀了高臺，這座水城的一切都會停擺。」阿南將灌飽的氣囊繫好，交到朱聿恆手中，一字一頓地道：「水城我們要闖，命我們會留著，渤海也絕不會成為一潭死水！」

說罷，她深吸一口氣，向他們抬手示意，隨即一個猛子出了洞窟。

朱聿恆對江白漣一點頭，立即便跟了上去，似是怕她這一往無前的姿態，會被前方洶湧海水侵蝕吞沒。

出了彎折洞口，向前探出水下洞窟，面前豁然開朗。

如他們所料，城池果然依山而建，他們從山中一個洞穴鑽出，差點被面前激蕩的水流捲走。

整座水下城池，已經被激烈的嘯聲和振盪的水波籠罩。

次序井然的街衢巷陌、鱗次櫛比的屋宇樓閣，如今全都如颱風過境，已被夷為平地。

從海底湧出的狂風激浪，從他們的面前呼嘯而過，那聲波與水波共振，在海底隱隱回震。

眾人的胸腑本就因為海底壓力與無法呼吸而沉悶不堪，此時再受劇烈震動，都是氣血翻湧。

在這渦流之中，上方有金紫紅碧光彩波動。那裡高高在上，倒比城中安靜。

阿南抬頭看去，山巔高臺矗立於亂流之中，五光十色，隱隱綽綽。那裡高高

她向江白漣比了個手勢，見他確定自己能護住綺霞，便與朱聿恆一起貼著山坡向上游去。

他們放低身體，竭力貼著地面，以免被激烈水流捲走，終於艱難地靠近了高臺。

高臺由一塊塊平整條石嚴絲合縫地壘砌而成，四壁陡峭，佇立於山頂之上。

他們貼著臺壁急速向上游去，上面果然是青鸞氣流的死角，他們終於鬆了口氣，穩下身子。

臺身四周有狹窄的樓梯盤繞，阿南對江白漣打了個手勢，讓他與綺霞先停在臺階上，自己與朱聿恆繼續往上。

水城中混亂不堪，臺上水流卻異常平緩。

阿南一眼便看見了站立於高臺四角的紅色珊瑚火鳳，每一只都與當初江白漣在錢塘海中撈到後進獻上來的那只珊瑚鳳凰相差無幾。

錢塘灣水城與渤海的形制相同，只是錢塘灣其中一只由於受震而脫落，被江白漣打魚時偶爾獲得，最終才指引他們輾轉來到了這裡。

高臺四周是大枝的白色珊瑚與五彩琉璃縱橫圍成的欄杆，中間是方方正正兩丈見方的一塊平地，只在正中有一個高約丈許的青銅鎏金雕塑，是一尊莊嚴巍峨的四面佛。

佛像的身邊，一只展翅飛舞的青鸞以尾相纏，盤旋在佛身左右，似與大佛一起守護這座水底城池。

大佛的身上纓絡纏繞，青鸞的羽間寶石相輝，因為持續不斷的水波蕩漾，欄杆上的琉璃片震動四面水波，懾人眼目，是以在極遠的城外都能看見這邊光彩氤氳，金紫動人。

可是，沒有關先生從應天行宮分來的三十六支琉璃燈。

阿南示意朱聿恆先別動，她來到青鸞後方，緩緩地從下方游到臺上，踏著雕刻雲紋的潔白石板，向內走去。

她極其小心，整個人幾乎懸浮在高臺之上，只用足尖輕點臺面，以免驚動任何可能存在的機關。

可惜她畢竟身在海中，阻止不了周身的水流波動，臺上原本舒緩的水流中，出現了一絲異常波動。

水流撩動了佛身那只青鸞，它口中冒著震盪的水波，圈在佛身上的尾巴是一個巨大的銅軌，倏地圓轉，喙口猛張，鋒利的水波已向著阿南所在的地方直射而去。

阿南出生入死多年，早已養成了極為迅捷的反應，下意識便側轉身子向著高臺外傾去，直扎入下面水中。

朱聿恆一把拉住她下墜的身子，帶她緊貼高臺牆壁站著。

他們的上方，是青鸞噴射而出的利波，比下方整座城池中瀰漫的更為鋒利，籠罩護衛住高臺四面佛。

天秤機關，與拙巧閣中那個幾乎相同的結構，這長久不朽的彈性機括中，關鍵環節所用的想必也是鯨鬚。

只要有一處受壓，萬向旋轉的機械青鸞便能感應，藉這海中源源不斷的水流作為動力，內部機括連通洞窟空洞，發射出鸞鳳形狀的利刃波光，斬殺入侵城池的任何東西。

阿南與朱聿恆交換了一個眼神，指了指下方的佛洞。朱聿恆點了一下頭，知道她是準備利用剛剛對付那些毫光的手法，一個人吸引水波的震動，另一個人趁機前往幹掉青鸞。

再次拿出氣囊，他們交替深深呼吸。

隨即，一個向左一個向右，他們繞著高臺游到兩旁。

阿南向朱聿恆打了個手勢，朱聿恆會意，先試著彈出幾片日月，查看水下軌跡。玉片輕薄，在水流的波動中角度肯定會發生變化。等確定了干擾及糾正手法之後，他才瞄準臺角的一只珊瑚鳳凰，一擊而出。

鳳凰與高臺相接的雙爪立即斷裂，向臺邊直直跌下。

察覺到這邊水流波動，青鸞立即旋轉，向著空中飛舞的珊瑚鳳凰噴出鋒利的氣流。

氣流如利刃切削向飛舞的鳳凰。紅珊瑚抵不住巨大的衝擊，翅膀與尾巴等脆弱的地方立即被震斷，隨水散落。

與此同時，對面的阿南趁著青鸞旋轉的時刻，一個猛子扎向四面佛，企圖藉此空隙接近佛身——畢竟那青鸞脖子朝外，它總不可能對著佛像噴出那種銳利水波。

就在她堪堪接近大佛之時，那青鸞已飛快旋轉回來，迅疾地向四方直射出大圈的鋒利氣波。

阿南立即一個彎腰下沉，避過那橫斬的氣流，緊貼在地上躲過一劫。但氣流橫削，阿南胸口猛然一震，口中氣泡混合血液冒出，幾縷血色轉瞬消逝在海中。

朱聿恆瞥見到高臺那邊的血絲，大驚之下正要向阿南游去，頭頂忽然傳來異常的波動。

他抬頭一看，不覺毛骨悚然。

原來，高臺的波動又引來了鯊魚。牠們應當也是被水波捲入水城的，因這裡的水波平靜而聚集於此，看牠們那目露凶光的模樣，怕是早已多日未曾進食，正值飢腸轆轆。

如今他們被困在高臺附近，怕是要讓鯊魚群大擺宴席了。朱聿恆緊握住手中日月，可這薄薄的玉片，面對這些巨大的鯊魚，絕無勝算。他看向對面，阿南也已扣住臂環，但她的流光怕是更難傷及鯊魚群分毫。

水壓沉沉，讓他胸口越發疼痛。朱聿恆終究還是咬一咬牙，不顧上頭逡巡的鯊魚，繞著高臺游了半圈，會合到阿南身前。

阿南與他脊背相抵，手搭上自己右臂，對準了上頭的鯊魚，做好了防護反擊的姿勢。

鯊魚如同幽靈般在水中游動，漸漸聚攏向高臺。

阿南與朱聿恆緊貼著身後石壁，心裡都不由升起一個念頭——這難道會是他們生命的最後一刻？

不由自主，朱聿恆只覺得心口跳得厲害，在這幽暗死寂的水下，他幾乎可以聽到自己胸口怦怦的聲音，無法抑制，劇烈動盪。

他忽然想起那個暮春初夏的早晨，他在皇宮的護城河外一眼看見阿南和她鬢邊的蜻蜓，那迷離閃爍的光芒讓他一步步追尋，兜兜轉轉直至此處。

難道他一路艱難跋涉至此，是為了與阿南一起永遠葬身在這怒海之下？

但不知為什麼，在冰冷的水中，與阿南的背脊相抵，感受到彼方傳來她肌膚的溫度，他忽然覺得這樣也好。

他是朱家的子孫，他絕不可能窩囊又不明不白地等待死亡來臨，面對陰謀詭計選擇束手就擒。

死在探尋的路上，總好過死於等待。

更何況，他並不是一個人赴死，他的身旁，有與他一起並肩作戰的阿南。

因為心中難以言說的情緒，在這生死存亡之際，他忽然轉過身，低頭將自己的雙脣在她的髮上貼了貼。

希望下輩子，他們還能再重逢，還能一起面對絕境，殺出一個生天。

死亡來臨，巨大的迷惘絕望讓朱聿恆沉浸迷失了片刻。但他很快抬起了頭，再度投入戒備狀態。

阿南只感覺他在自己髮間輕輕一觸，尚未來得及察覺那是什麼，第一條鯊魚已經撲到。

她立即揮揚手中流光，直射向撲來的鯊魚。

攜帶著輕微的氣泡，流光疾射向那一張一合的魚鰓，直刺內臟。

原本前游的鯊魚，整條軀體一弓，上彈了足足半丈有餘。深海之中耳朵受到重壓，耳邊只有低沉嗡鳴，但鯊魚那劇烈掙扎的姿勢，讓他們彷彿聽見嘶聲哀號。

不等他們將目光從那條鯊魚身上收回，第二條鯊魚已向他們撲來。

朱聿恆的日月即將出手之時，阿南卻將他的手按住了。

第一條受傷的鯊魚在水中失控，橫衝亂撞向他們前面那條。兩條鯊魚一起重重撞在他們身旁的高臺之上。

與此同時，高大的臺闕劇烈震動，讓抵在牆上的阿南與朱聿恆維持不住平衡，差點隨著水波往前衝去。

他們貼緊高臺，抬頭向上看去，只見上方青鸞再度噴出巨大的水波，將高臺震得隱隱晃動。鯊魚群被鋒利的水波絞出好幾道血淋淋的大口子。

高臺之上一時血腥瀰漫，鯊魚受傷後狂性大作，向著他們一湧而上，而這巨大的水流又引得青鸞發動，震聲不斷，無數散亂的青鸞波紋不斷向著四方飛舞，場面一時可怖至極。

阿南與朱聿恆在鯊魚的追擊下，又要閃避青鸞水波，一時左支右絀，顧應不暇。

胸口氣血翻湧，他們閃避的動作已開始阻滯，卻沒辦法騰出手來解下氣囊緩一口氣。

正在此時，眼前一道身影忽然從血霧中閃過，引動青鸞立即旋轉，也讓鯊魚的注意力迅速轉移。

那人的水性極為驚人，身形在鯊魚和青鸞的亂流之中穿插，將所有對準他們的攻擊全部引走——正是江白漣。

江白漣在下方看到阿南與朱聿恆處於絕境，心下焦急，卻又不敢放開綺霞。但綺霞卻將氣囊按在他的口鼻上，讓他多吸兩口，然後她將自己縮進臺階凹處，朝他用力點頭，示意他放心去救人。

江白漣急速衝出，游上高臺擋在了他們面前，引開了鯊魚的注意。

他常年在水中，又是疍民，對付鯊魚自有獨到手段。雙臂一展，自高臺側一滑而過之際，抬手便抓住了一只站立在臺角的珊瑚鳳凰，雙腳蹬在一條衝過來啃噬他的鯊魚身上借力，迅疾轉身。

鳳凰的尾羽被一把掰斷，他持著尖利的珊瑚枝，對準了上頭的鯊魚，轉瞬之際已經戳進了牠的眼睛。

眼見一錯眼之際，江白漣已經吸引走了所有注意力並幹掉了一條鯊魚，阿南和朱聿恆這邊壓力陡減。

她朝朱聿恆一揮手，兩人立即向著上方游去。

瀰漫的血液遮掩住了他們的身影，趁著鯊魚群瘋狂撲襲江白漣、青鸞的力量又被鯊魚群所牽制的空檔，阿南與朱聿恆貼著臺面補了兩口氣。

氣囊內的氣體鼓入不夠，又是兩人一起使用，如今已顯渾濁，即使吸了好幾口，也只稍緩解胸口割裂般的窒息感，不足以讓他們長久維持下去了。

高臺外的鯊魚還在瘋狂撕咬，青鸞震動的聲波讓牠們陷入瘋狂，只顧凶性大發。

江白漣在鯊群中險險穿插，每每在最危險的時刻與利齒擦身而過，顯然就算他水性無雙，也沒法在這麼多的鯊魚中堅持太久。

事不宜遲，阿南向朱聿恆一點頭，一個縱身上高臺，滾到了四面佛的腳下。

憋著最後一口氣，阿南小心翼翼直起身子，檢查四面佛的機關。

被鯊魚引走的青鸞，為她接近的水流所牽動，只聽到輕微的嚓一聲，自佛身上旋轉過來，向著她射出尖利嘯叫。

阿南卻毫不遲疑，翻身藉著水的浮力向上躍起，踩在了青鸞的冠羽上。

那青鸞雖然在四面佛的周身圓轉如意，但畢竟是青銅所製的死物，脖頸挪移的範圍並不大，被阿南踩住頭部正上方之後，只向著四周亂轉，並朝前方瘋狂亂噴氣旋。

眼看阿南就要被甩出去之際，眼前光華閃現，是朱聿恆的日月盛開在了臺側。

水城在海面之下十來丈，日光透過海水照下來，已大為減弱。但日月引動波光，依舊絢爛無匹。

萬千水流波動，青鸞立即被引走注意力，向著光芒閃耀處發動攻擊。

見亂轉的青鸞陡然一停，阿南立即從青鸞頭頂躍起，不顧下方紊亂的氣流，踩著佛像飄飛的衣袖，竭力爬上佛頭。

她知道大佛的身軀內，必定隱藏著驅動青鸞的機括，可這大佛做得光滑無痕，她倉促間搜尋一遍，竟找不到任何機關痕跡。

胸口越發窒息，她正在心急如焚之際，忽覺身邊水流異動，抬頭一看，她站在佛頭最高處，又無遮無攔，原本糾結亂鬥於江白漣身邊的鯊魚，不知什麼時候已經盯上了她，有幾條已經拋下了江白漣，向著她游曳而來。

阿南頭皮發麻，全身所有神經都繃緊了，腦中飛快考慮自己該往何處躲避。

朱聿恆也看到了她的危境，但他手中的日月正牽引青鸞利波，根本無法再回手護住她。

幸好水波影動，江白漣拋下了自己面前的鯊魚，向著她這邊游來。他身後追著數條鯊魚，卻毫無懼色地直衝向更多鯊魚的聚集地，又挑釁地在鯊魚面前劃出重重波浪，引得牠們拋下了阿南，轉而追逐更惹眼的目標。

阿南來不及慶幸，胸口窒息憋悶，已經再無時間。

她趴在佛頭緊急查看，可鎏金銅鑄的佛頭上毫無縫隙。鑄造的肉髻整整齊齊，四個頭顱做出喜怒哀樂四個表情，每個佛像額頭都嵌著一顆鴿血寶石，與鎏金佛身交相輝映。

四面佛，他面向水城四方，似在永久地守護凝望這座城池。

阿南略一思忖，伸手在佛頭上敲擊。胸口窒息感越來越強，她已快要無法控制自己的呼吸，不得不按住口鼻，才能專注俯身傾聽敲擊聲。

終於，她聽到空洞的回音，在水下顯得迴異。阿南立即彈出臂環上的小刀，一把挑開那座佛像的額頭寶石，果然看見了後面顯露出來的小洞。

她立即向朱聿恆和江白漣打手勢，讓他們注意變動。

江白漣正在鯊魚群中左衝右突，看到她的手勢，在躲避鯊魚攻擊的同時，更努力將牠們引往後方，以便自己能趁空檔去保護綺霞，頓時左支右絀。

而朱聿恆一邊放出日月吸引青鸞的攻擊，一邊以盡量輕的動作翻上高臺，向阿南靠攏。

阿南也顧不上他們了，臂環小刀探入佛像額頭，試探裡面的機關，以刀尖輕微的停頓與滑動為憑，她的腦中迅速畫出隱藏在佛身體內的機關，並準確尋找到薄弱處，往勾連處一挖一撬。

水泡湧出，機括啟動的軋軋聲在水下顯得格外沉悶。

眼前螺髻旋轉，大佛那原本緊緊靠在一起的四個頭向四面八方分離倒下，捲起巨大的水波。

只聽得呼嘯聲尖利，許是受到佛身震動，青鸞的聲勢更為巨大，水波陡然劇變，朱聿恆手中的日月再也無法牽引它泛起的利波，那聚散的光華被擊得零落不堪，精鋼絲也差點被截斷。

朱聿恆當機立斷，將日月陡然收回，整個人向著佛身撲去，要與阿南會合。

可惜他的水性不如阿南，身上又帶著傷，終究未能趕在青鸞攻擊之前及時躍上佛身避開攻擊。

眼看青鸞的水波削向他的雙膝，他的身體在水中失去平衡，整個人即將被拖入水刃中時，腰上忽然一股力量傳來，將他整個人斜提向上，堪堪避過那幾道縱橫的水刃。

正是阿南，她在千鈞一髮之際發射流光勾住他的腰，讓他偏離了攻擊範圍。藉著她的力量，他立即上撲至佛身，然後縱身而上，抓住她伸來的手，站在了佛肩之上。

隨即，他解下氣囊遞到阿南手中，讓她趕緊緩幾口氣。

阿南確實憋急了，也不管裡面的空氣如何，深吸好幾口後，才俯身扎到佛身中，查看裡面的情形。

佛身約有三尺粗細，下方大約一丈處，便是大佛的肚腹。那裡有機械輪桿在牽引制動，指揮著青鸞左旋右轉，進行攻擊。

槓桿頓挫，棘輪運轉，機括旋轉。許是怕在水下生鏽，而金銀的硬度又不夠，因此關鍵節點呈象牙色又彈性十足，顯然是鯨鬚，連接的部件則由水晶製成，光滑且極其耐磨，運行起來異常順滑，難怪青鸞的攻擊能圓轉如意。

但，下方結構複雜，倉促之間，她根本沒有辦法判斷各自的關聯，也找不出究竟哪些是控制青鸞攻擊的，哪些是控制下方水城的。

抬頭看向高臺外，江白漣已將鯊魚引到外面，正趁空隙拉著綺霞游了上來，靠近高臺。

她知道必須要盡快將青鸞停下，以免綺霞和江白漣受損，便一把抓過朱聿恆的手，指指下方的機括，在他手心寫了「同時」兩個字。

朱聿恆點頭，又看向下方的機括點。中心最耀眼的一處，他指給阿南，其餘的則舉起自己手中的日月示意。

阿南頷首，低頭看見朱聿恆手指上被日月的精鋼絲割出的細小傷痕，這雙舉世無雙、讓她一見傾心的手，如今上面布滿了細小傷痕，又在海水中凌亂翻白，令她神情微黯。

朱聿恆卻並不在意，只握了握她的手，兩人收斂心神，阿南舉起臂環，朱聿恆則操控日月，兩個人一起對準了下方的機括。

隨著阿南一揮手，無數光點頓時向著下方射去。

叢叢簇簇的水晶與石頭中，所有正在運轉的鯨鬚在瞬間被直擊而中，崩裂阻滯。

但，機括固然硬生生停住，可日月的青蚨玉薄脆，擊打下去只見玉屑紛飛。

朱聿恆頓時錯愕，氣息一滯，差點嗆到了水。他趕緊將日月收回，握在掌中一看——幸好鯨鬚柔韌，水晶脆硬，青蚨玉只崩裂了三、四片。

可阿南替他做的武器，畢竟有了殘損。

還未等阿南查看狀況，佛身已劇烈震盪，青鸞發出最後的波動，大股的水伴隨淒厲的嘯聲瘋狂湧出，向著四面八方無差別橫斬攻擊。

正越過高臺的江白漣與綺霞，眼看即將觸到佛身之時，卻在瞬間被狂暴的氣旋與水流籠罩，眼看要被捲走。

阿南心下大驚，立即以流光勾住佛身，雙腳一點腰身一折，在水中飛速前衝，一把抓住綺霞的手臂，將渦流中的她硬生生拉住。

尚未等她回轉，只聽得耳畔轟隆聲作響，被流光拉住的佛身忽然劇烈震動。渦流飛旋，支點震盪，她差點控制不住，要與綺霞和江白漣一起墜落於高臺。

低頭一看，她才驚覺，那正在劇烈震動的，並不是佛身，而是高臺。

被他們摧毀的機括與下方高臺緊密聯繫，此時高臺內機括破碎，下方裝置立即啟動，整座漢白玉砌成的石臺緩緩向下沉去。

巨大的浪潮與氣泡自地下狂湧而出，在轟然席捲的水波中，他們本就窒息的胸口在巨震之中氣血翻湧。

綺霞頓時被嗆到，整個人佝僂蜷縮，痛苦不已。

周圍震盪厲害，眾人都控制不住身體，江白漣竭力將綺霞護在懷中，艱難地將氣囊扯開，按在她的口鼻之上。

未等綺霞緩過一口氣，夾雜著地下湧出的塵沙和氣泡的濁流之中，忽然有灰白的影子閃過。

阿南一眼看見，頓時心下一涼——這些本應被江白漣引走的鯊魚，不知何時又靠近了，還被激流捲過來，如今牠們全都失控，眼看要在水中相撞。

這些鯊魚皮糙肉厚，每條怕不都有數百上千斤，若在這激流中與牠們相撞，定是生機渺茫。

如今最大的生存機會，可能就是躲進大佛的空身躲避。按照下方湧出的氣旋來看，下沉的地方定然連接著巨大的水下洞窟，可以讓他們暫避危機，找到機會從這座坍塌的水城中逃脫。

阿南當機立斷，抬頭看向朱聿恆，打了個手勢。

他與她心意相通，在濁流之中不必看她的面容表情，只需她一個回頭的動作，他便已明白她的意思。

日月疾射，於水流之中緊緊纏縛住了她的腰身，要藉精鋼絲將她拉回來。

阿南抓緊綺霞的手臂，可水流太過湍急，他們三人捲在激流之中，朱聿恆一個人根本無法對抗。他竭力扯住日月上的精鋼絲，指尖因太過用力而被割出凌亂傷口，但最可怖的還是胸口的悶痛，長久未曾呼吸，又被急湍的水流衝擊，窒息感似乎要撕裂了他的神經。

一手抓緊大佛的入口，一手緊握日月，他眼前湧上茫茫黑暗，知道自己定是支撐不住了。

但他無論如何都不肯鬆手，不願放開被日月牽住的阿南，不願一個人進入這正在隨著高臺緩緩下沉的大佛體內，躲避這如利刃般來襲的死亡。

畢竟，一生中總有些抉擇，讓他不甘認命，世上也總有些人，他無法放手。

即使所有人都對他寄予厚望，即使所有人都覺得他將來能掌控天下、被億萬百姓所擁戴，可此時此刻，唯一能被他緊握在手中的，與他生死同命的，只有阿南一人。

蒼茫天地間，除了阿南，再無任何人。

阿南艱難地轉頭看他，激流將他的身影化成了模糊的影跡，可她卻依舊可以看到他堅定執拗的姿勢。

心口驟然一慟，她知道他無論如何也絕不會放開她。可當下這情形，他還要抓住她便是死路一條，結局只能是與她一起赴死。

在這冰冷的海水之中，阿南的胸中卻湧起巨大的灼熱。

人生一世，草木一秋，她這一世活得比大多數人都開心，又是死在自己一生浸淫的機關陣法之中，技不如人，就算死也能走得無怨無悔。

更何況，她的星辰已經隕滅，她的心已經死了。

可她的手上，還牽著綺霞。

她若放手，綺霞與江白漣便絕無生路，可她若不放手，又必定會將阿言也拖入絕路。

剎那之間，在瘋狂亂捲的水渦之中，她心中的念頭急轉，拚命要找到一條生路，讓自己所重視的人，都能在這生死關口活下去。

激蕩的水浪沖擊著所有人，阿南尚未想出任何辦法，已在下一刻被狂湧的激浪打得腦袋嗡的一聲，思緒瞬間混亂，唯下意識緊緊抓著朱聿恆與綺霞不放。

而湍急水流中，前方出現了一頭龐然大物。

那是一條黑灰色的鯊魚，正被巨浪裹挾著，從對面斜衝過來，龐大身軀直撞向正中間的綺霞。

激流衝擊之中，綺霞死死閉著眼睛和嘴巴，手中的氣囊已遺失，連意識都昏沉了，又哪有辦法看得到面前的危機。

可就算她看到了，在這激流中又怎有辦法閃避。

她只是艱難地蜷起身子，希望至少能讓自己的小腹減輕一些壓力。

湍急混亂的水流之中，忽然有一雙手自後方伸來，緊緊護住了她的腹部。

那雙手托著她的腰身，將她竭力往前推送出去，險險避開了撞來的鯊魚身軀，以毫釐之差讓她脫離了險境。

是江白漣。他以自己無人可及的水性，在激流中尋到了合適角度的水流，以自己的身軀頂替了她的位置。

在鯊魚重重撞到他身上之際，江白漣藉著那衝擊的巨力，竭盡身上僅剩力氣，再度推了綺霞和阿南最後一把，讓她們從這股渦捲之中驟然脫出。

朱聿恆只覺手上壓力陡然一輕，立即往回急扯，日月機括收縮，六十六根精鋼絲回彈，橫逆水流之中阿南帶著綺霞疾速撲至。

朱聿恆立即伸手，帶著她們貼到佛身之上，稍解疾捲水流的壓力，隨即拿出氣囊讓痛苦不堪的綺霞吸兩口氣。

綺霞卻沒有接過，她急切地回頭，看向後方江白漣。

激流中，他只來得及看了她最後一眼，便迅速被捲走。

水城中混亂的水刃在他身上縱橫削過。那天底下最適合游泳的身軀、那曾緊緊擁抱過她的雙臂與胸膛、那曾依戀地靠在她懷中的臉頰，在瞬間被斬出道道血霧，隨即，那血色與他的身影一起徹底被亂濤掩埋，再也不見蹤跡。

高臺漸漸坍塌，佛身下沉，外面全是呼嘯亂捲的急流。

綺霞張了張口，似要大聲疾呼，可口中水泡冒出，卻再次嗆咳出來，面上盡是無聲的痛苦絕望。

阿南咬一咬牙，將目光從江白漣身上收回，身體緊貼在佛身上，低頭看向中間的空洞，思索要不要進內躲避那些亂捲的渦流——畢竟，如此密閉的小空間，可以保護他們遮蔽水刃，但也可以將他們困死其中。

正在剎那遲疑之際，旁邊綺霞忽然鬆開了扒著大佛的手，任由自己被水浪捲走，竟似要追逐江白漣而去。

阿南立即反手去抓她，可外面的水流何等迅猛，只一錯神的工夫，綺霞已無聲無息被水流捲走，眼看他們再也追不上了。

朱聿恆下意識地轉身，舉起手中日月試圖將她拉回。

可日月在湍急的水流中不受控制，只從綺霞身後擦過，便差點被水流沖得糾纏在一起。

就在兩人心口湧上無盡的絕望之時，原本已消失在漩渦深處的綺霞，忽然被一種古怪的力量，反推回了他們身旁。

她依稀看見了綺霞後方的水流波動。

一條若隱若現的身影，在亂流之中向他們游來，並向他們打了個手勢，示意他們隨自己來——

即使恍惚如夢，可朱聿恆依舊認出，這條身影，正是那個將氣囊塞給他的人。

阿南則猛然握緊了拳頭，萬萬沒想到，過來的人竟是他。而他已將綺霞推到她的懷中，然後立即進了佛身。

阿南毫不猶豫，對著朱聿恆一示意，隨之抱著綺霞鑽入佛身，潛了進去。

水城光照昏暗，又在激流之中，朱聿恆未能看清那人的面容，只看到他清臒的身影，瘦長的輪廓，帶著一種世外孤客的清冷恍惚意味。

與拙巧閣中那條映在藏寶閣門上的人影重疊，也與邯王船上那個身軀重合，讓朱聿恆立時知道了他是誰——

傅准。

他為什麼會出現在這裡，又為什麼要在他瀕死之際留下氣囊？

但阿南所去的方向，必定是正確的，因此他只略一遲疑，便隨即進入了佛身。

阿南緊抱著綺霞，不讓她再逃脫。佛身雖然有三尺粗細，可腹內立有機關，何況阿南還抱著綺霞，必須要緊貼著才能容納。

高臺下陷，劇烈震盪，朱聿恆剛剛進入佛身，上方的四個佛頭已經在飛旋的水流中脫離。

有的被捲飛出去，有的砸在佛身上哐啷一聲巨響，中空的銅製佛身漸漸傾塌，留在中間的他們眼看要被積壓成肉泥。

朱聿恆握住阿南的手，示意她決斷上下。還未等阿南回覆，眼前驟然一暗，佛身劇烈震盪，一個佛頭被水流捲起，轟然卡在了佛身入口處。

朱聿恆立即在水中折身，抬腿上踹，想要將它推開。

然而佛頭的重量加上亂捲的水浪，佛頭又與佛身卡得極死，他們身處狹窄下方，沒有任何辦法將其推開。

他們如被困在銅罐之中，佛身搖晃不已，周邊喀喀作響，似乎就要被擠成肉醬。

下方傳來清脆聲響，如冰玉相激，正是傅准穿過了機關，向下而去。

阿南抱著綺霞沒他纖細靈活，只能抬起腳，狠狠向下踹去。

佛身中節節相連的槓桿與棘輪畢竟是水晶所製，雖然堅硬，卻是精緻脆弱的東西。在她竭力的踩踏之下，水晶立即斷裂脫離，直墜入下方深不可見的黑洞之中。

強烈晃動中，他們隨著水晶一起，任憑身體在破碎水晶上刮出血痕傷口，一直向下沉去。

在胸口發悶發痛之時，阿南的腳終於踩到了水底實地。

懸在空中的心終於落下了一半，她抬手卡住陷入半昏迷的綺霞肩膀，竭力向前游去，很快便抵在了一堵石壁上。

但阿南反而放下了心。畢竟，為了積存海水不讓地下的空氣衝出來，這機關中必須要有一道下彎。

她抱著綺霞，帶著朱聿恆，追著傅准向下沉去。直等摸到石壁最下方的空間，再越過石壁，向上衝去。

她的腳奮力在水中蹬動，疲憊讓她的手腳沉重，懷中的綺霞很沉，可是她一定得出去，她不能丟下綺霞、不能丟下阿言。

哪怕豁出了最後一口氣，她也得帶著他們，逃出這片黑暗的絕境。

在窒息與絕望中，她倔強地帶著綺霞一直向上游去，用盡最後的力量，拚命向上，不管不顧。

越是往上，水面越是動盪，這上面定是無盡激流。

但激流就代表著上方是空的，這對於他們來說不啻聖旨綸音，頓時兩人都拚盡全力，加快游速。

直到他們的頭終於冒出水面，呼吸到了第一口溼漉漉的、帶著海中的鹹腥味狂撲到他們臉上的空氣。

阿南那被水壓迫得發痛的眼睛不由湧出溫熱眼淚。她與朱聿恆拚命地將綺霞往上拉，在激蕩的水中將她的臉托出水面，呼吸到第一口氣。

這絕處逢生讓他們忘卻了一切，緊緊擁抱在一起，任憑身體在水中沉沉浮浮，久久不肯放開對方。

許久，他們才終於回過神，朱聿恆摸到腰間的日月，將它舉出水面，照向四周。

他們的前面，是一條長長的石階，從水底延伸向山洞高處。

傅準已經上了岸，站在臺階上居高臨下看著泡在水中的阿南：「狼狽不堪，退步了。」

「拜你所賜。」阿南在水下憋太久，聲音微啞，狠狠從牙縫中擠出四個字。

傅準笑了笑，沿著臺階向上，伸手在牆上撥動。

凹痕中火星迸出，引燃細長火線，迅速蔓延向高處。

山洞之中陡然大亮，洞窟頂端一盞三十六支琉璃燈從外至內依次點亮，熊熊燃燒的火焰經過琉璃與水波的反覆粼粼折射，光芒氤氳燦爛，照得整個洞窟如一場朦朧又恍惚的幻夢。

原來行宮中被分拆出來、可以定位山河社稷圖的琉璃燈，被放在了這裡。

阿南不覺向朱聿恆看了一眼，朱聿恆也朝她點了一下頭。

燈。

終於尋到了它，他自然得記下形狀和光焰，以便回去復原那七十二支琉璃

兩人將綺霞拉上臺階，他們在水裡泡了太久，出水後身體都是沉重不堪。綺霞更是眼前發黑，癱倒在臺階上喘息不已。

這一番水下折騰，驟見光明，他們更覺疲憊飢渴，在臺階上癱坐喘息著，一時都沒動彈。

而綺霞眼神發直，神情木然，似乎還沒從剛剛惡夢般的情境中走出來。

阿南怕她還想不開，幫她將頭髮和衣服絞乾，雖然疲倦至極，還是用力抱了抱她的肩，說：「放心吧，江小哥水性天下無雙，我想……或許他和我們一樣，能找到路徑，逃出生天呢？」

但其實她們心裡都清楚，在那樣的急流之中，在這樣的水城之下，又怎麼可能有生還的可能。

綺霞默默將臉埋在阿南的肩上，靜靜地待了一會兒。

在生死之際走了一遭，又被阿南執著地一再拖出必死之境，那股悲涼的衝動漸散，她似乎也漸漸清醒了過來。

「帶我逃出去……我要活下去，阿南……我不要死在這裡。」她的手撫著小腹，明明還是平坦柔軟的地方，可裡面或許有個小生命已存在，一切便都不一樣了。

「會的！」阿南的回答確切而肯定，毫無猶疑：「妳會回去的，白漣也會，你們的孩子也會……」

「不會的。」傅准輕咳著，語帶嘲諷：「機關中樞被你們破壞，水城會沉入海底自毀，這裡任何人——你們，還有我，再沒有逃出去的可能。」

阿南與他有深仇大恨，正要反脣相譏，可腳下一涼，下面急流向上漫湧，已經過了她的腳踝。

她來不及和他吵架，用盡最後的力量與綺霞相扶往上。

臺階並不長，盡頭是一座高高矗立的牌坊，後頭是兩扇巨大的石門。

這牌坊三間四柱，足有兩丈高，以青石搭成，從花板到明樓、雀替等一應結構全為石刻。它在水下多年，卻依舊雕花精緻，坐鎮在這路徑盡頭，氣勢威嚴。

牌坊正中刻著四個大字，貼以金箔。在地下多年，金字已變得斑駁，依稀可辨是「萬壑歸墟」四個大字。

「歸墟……」阿南喃喃念著。

歸墟，傳說中海陸漂浮其上、眾水所歸的虛空之處。列子認為，歸墟在渤海之東，沒想到居然就在此地。

後方潮水洶湧，節節上升。阿南扶綺霞坐下後，趕緊越過牌坊，走到石門前查看。

門上雕著一座城市的模樣，四方通衢的街道、鱗次櫛比的房屋、珊瑚叢生的園圃……在琉璃燈與水波的粼粼映照下，顯得華美詭譎，不似人間——分明就是這座水城模樣。

而朱聿恆的目光則落在旁邊石壁上，道：「壁上有字。」

這字跡刻在洞壁之上，一筆一畫十分清晰，在燈光下一眼可辨。

崖山之戰，不屈胡虜而蹈海者百萬，有倖存者寄居海島，心懷故國。龍鳳元年，大宋皇裔振臂而討虜，天下雲集響應，海外島民咸歸。賊酋糾眾反撲，島民孤懸海上，寡不敵眾，闔島忠義盡歿。但留遺言不葬元土，願歸渤海，死後必挾駭浪而滅北元。今奉龍鳳皇帝之命，以一島舊居為殉，殮葬於此。鳴鸞為浪，怒濤為守，千秋萬世，永奠忠魂……

看到此處，阿南脫口而出：「原來這宏大的水城，本來是一整座島，而且還是龍鳳朝重要的戰略之地？」

傅准似笑非笑，抱臂倚在石門上，一雙微瞇的眸子被琉璃燈映成淺金色，帶著些詭異的迷人意味。

想來也是，即便關先生有天縱之資，在水下建造這一座城池也是千難萬難，但若藉助下方的海底空洞，讓島上所有屋宇沉入海中，倒有足以實施之處。

阿南轉頭盯著傅准，問：「你既然能到這裡，之前又曾派遣方碧眠去行宮做鬼祟之事，想必定有逃出去的方法？」

他笑著搖了搖頭，咳嗽讓眼角染上了薄薄的紅暈：「沒有。」

朱聿恆若有所思地打量他。他的面色蒼白，連手也白得過分，幾乎可以透過皮膚看見纖細手骨。

他的手保養得很好，修飾得整整齊齊，誠然也修長而骨節分明，只是看不出太過超越常人的地方。

想著阿南終生再回不去三千階，以及楚元知那雙至今顫抖不已的手，都是拜琉璃燈下這個蒼白清瘦的人所賜，朱聿恆一時竟難以接受。令江湖中人聞風喪膽、甚至連阿南都折在他手上的最強者，居然是這般模樣。

他的聲音不覺沉了下來，問：「傅閣主，你們拙巧閣似乎對關先生所設的這些陣法，知之甚多？」

「關先生當年設下這些死陣，也是為了驅除異族，後來雖出師未捷身先死，但因為這些陣法太過凶險，他曾留下一份密檔，詳解各地陣法。」傅准嘆道：「我祖母同為九玄門人，在出海之前曾將這些陣法關閉，又留言六十年甲子之期屆滿，陣法會有循環開啟之虞，吩咐拙巧閣後人屆時務必要前往查看，誰知我如今被困水城，也是出師未捷，唉！」

「既然如此，之前幾場災禍，你身在何方？」

「家父於二十年前驟然辭世，並未交付閣中要事。而當時我尚且年幼，並不知曉那份密檔。」傅准捂嘴輕咳，聲音低低道：「至於方姑娘，是她向我求取了希聲之後，願意作為交換，幫我去拓印行宮高臺磚痕的，也是為了拿到這些陣法地圖之故。」

「喔，只要磚痕，不需要燈光，因為你已經有了這三十六盞琉璃燈的線索了。」阿南一指斜上方的琉璃燈，道：「這證明，你曾經進來過這個水城，而且也曾順利出去過！」

水洞被海浪所漫，本就空間不大，阿南又疾言厲色，聲音在洞中隱隱迴響。傅准捂住心口，靠在牆壁上無奈道：「有話好好說啊，阿南……妳知道我氣虛體弱，禁不起嚇的。」

阿南嘲譏地瞧著他：「氣虛體弱的傅閣主，剛剛在水下氣息比我還足。」

「咳咳，畢竟我陰虛，宜水。」傅准咳了一陣，臉色微帶潮紅，那雙淺色的眸子浸了水色，更顯動人：「確實，我進來過這裡。兩個月前朝廷找我們借人手破水城，我才尋到當年的陣法密檔，將其重啟後發現了當年那些陣法。」

朱聿恆質疑道：「既然朝廷已向你垂詢此事，你若要查看行宮，並不需要方碧眠，大可自行前往。」

畢竟，行宮出事當日，他曾接到過聖上的飛鴿傳書，讓他勿近江海。可見當時祖父已經與拙巧閣接觸，甚至可能派人見過傅准，才會知道接下來的災禍與兩個水下城池有關。

傅准朝他苦笑，道：「有時間差啊殿下。我與方碧眠協商交換條件時，尚未與朝廷合作，只是借了薛澄光過去而已。他回來描述水下青鸞之事，我才察覺此事與祖母有關。」

阿南抬下巴示意了一下正洶湧漫上來的海水，問：「那你之前進來，是如何出去的？」

傅准亦用下巴指了一下石門：「這麼大的門，南姑娘看不見？」

阿南最忙和這人磨嘰，幾步跨到那扇高大石門前，迅速查看了一番。

石門由洞壁鑿出，與石壁緊密鑲嵌，她摸索敲擊了一圈，確定周圍全是厚實石壁，才回頭看向傅准。

傅准明白她的意思，走到石壁的刻字前，抬起雙手同時按住上面的兩個「龍鳳」字樣，用力按了下去。

只聽得軋軋聲響，石門微震，似是立刻就要開啟。

阿南立即扶起綺霞，緊貼在牆壁上，以免門後有水沖出來，將他們捲走。

可是，想像中的水勢並未撲來，只有幾股小小的水流噴了進來。

傅准放下手，一副用力過度的模樣揉著自己的手：「我說吧，出不去了。」

阿南這才想到，原先的石門內外應該都是空的洞窟，可如今水城已經沉降，門外自然被海水堵得死死的。他們現在要打開石門，等於要推開數十丈深的重壓海水，不啻萬斤之力。

疲憊不堪緊貼在洞壁上的綺霞，聽著他們的談話，臉色泛白。

剛剛升起來的求生欲，如今又被掐滅，望著阿南的眼神既有驚懼又有希冀。

阿南扶著她，睨著傅准道：「別擔心，妳看他那輕鬆自在的模樣，像是逃不出去的樣子嗎？」

「說沒有，就真的沒有。」傅准朝她一笑，眉梢眼角隱現溫柔：「說起來，咱們這兩個身負血雨腥風的大惡人，能在此時此地同年同月同日死，也未嘗不是難得緣分。」

「什麼緣分，不過是我走了背運。」阿南咬牙切齒，只覺得在水下浸泡太久的手肘與膕彎又隱隱刺痛起來：「你放心，我死都不會和你待在一起！」

話音未落，她眼前猛然一花，面前通明的山洞一陣恍惚迷離，燈光閃爍跳躍，整個洞窟劇烈搖晃起來。

下方水波轟然漾動，一直激蕩上升的海水，此時已順著階梯狂湧上來。

「完了！」綺霞緊緊貼著洞壁，聲音顫抖，脫口而出。

看來，上方的高臺和佛像已被沖毀，而水城還在持續下沉，海水就要徹底湧入這地下洞窟了。

見海水湧上來，阿南反倒眼前一亮，也終於知道了傅准為什麼並不慌張的原因。

她輕拍綺霞，道：「別怕，這是我們逃出去的契機。待會兒裡面的海水漫上來，門內外的力量便可以相互抵消，我們就能推動石門了。」

「確實，到時候石門就能暢通了。」傅准輕咳著，遺憾道：「不過這扇門後便是海底通道，一旦開啟，內外海水相激相通……唔，阿南，妳肯定知道會發生什麼。」

拍著綺霞後背的手微微一顫，阿南當然知道——

內外水流同時加諸於狹窄通道，會立即形成巨大漩渦，渦流速度比之普通激流增加何止十倍百倍，屆時所有人捲入其中，將沒有任何把握在那巨大的吸力下逃生。

她閉一閉眼，狠狠道：「無論有沒有把握，橫豎是個死，死在漩渦中總比困死在這洞窟中來得痛快！」

傅准笑容中帶上了譏誚，瞄了綺霞一眼，似乎在問，剛剛還拍胸脯保證，讓她相信妳的呢？

阿南沒再理他。後方的水已加速湧入，洶湧的海浪越漲越高，嗚聲如雷。轉瞬之間，身材嬌小的綺霞雙膝已被漫過。

眼看潮水一波波湧來，她緊靠在石牌坊的柱子上，免得自己被沖走。

阿南向朱聿恆打了個手勢，示意他與自己一起到門邊檢查情況。

石門做得極為牢固，剛好嵌合在石洞壁中，嚴絲合縫。除了幾條細細的水流從門縫中噴射進來外，巋然不動。

阿南瞄了傅准一眼，低聲道：「等水沖上來，石門開啟之時，我們得抱住石牌坊，免得被水浪沖走。我剛剛看過了，牌坊的青石柱子與地下結合得比較嚴密，或許能讓我們在水中暫時尋找到支撐點。」

朱聿恆點了一下頭，又看了綺霞一眼，問：「她怎麼辦？」

「我會安排好的，至少得讓綺霞安全逃出去。」

朱聿恆沒有質疑，想了一下，只低低道：「到時候我們，一定不要分散。」他的聲音低沉，帶著不容置疑的堅定，面對著即將撲上來的激湧海浪，無比懇切。

浪潮已沒到了胸口，阿南只覺得朱聿恆的話語如海浪般拍擊自己的心口，帶來一種莫名悸動與微痛。

在洞頂琉璃燈被淹沒之前，她藉著燈光，最後再看了朱聿恆一眼。

一起在海底經歷這麼多險難，一貫端嚴整肅的他也終於無法再維持皇太孫殿下的形象，溼髮全都貼在臉上，臉頰有了紅腫擦傷，眼睫毛上掛滿水珠，十分狼狽。

這些瑕疵打破了他沉靜嚴肅的氣質，讓他竟莫名有了幾分稚氣，他不再是高高在上矜貴無匹的皇太孫殿下，顯露出了一個二十出頭年輕人的本色。

心口怵動，她那一向無畏的心中忽然湧起巨大的不捨。

捨不得這美好人世，捨不得身邊人，捨不得未曾到達的夢想，更捨不得他們可能擁有的無限未來。

自己的命、綺霞的命、阿言的命，如今全都牽繫於她身上。

雖然她表現得堅定不移，可真等著水漫上來之時，天不怕地不怕的阿南，身體還是微微顫抖了起來。

她不能辜負了他們。

她真的很擔心會讓他們的信任落空。

在這漫灌的冷水中，身旁的朱聿恆輕輕握住了她的手。

這般黑暗冰冷的水下，只有緊貼的掌心給予彼此一點溫暖。

彷彿絕望中的一縷光芒照耀在她的身上，阿南用盡最後的力氣，朝他笑了一笑。

水已經沒過脖子，滔天惡浪即將撲滅他們，而他們要投入其中，打開一條生路。

誰也不知道，他們是否能逃離這可怖的海底，再見到天空與雲朵，高山與平原。

琉璃燈已破碎於激浪，黑暗中幾個人緊貼在石牌坊上，接受這最猛烈的一波沖擊。

洶湧澎湃的海浪排山倒海襲來，他們同時被海浪重擊，洞窟已被徹底淹沒。石牌坊搖晃了幾下，終於險險立住。

等到晃動過去，阿南睜開眼。黑暗的水下，她藉著日月微光，看到綺霞依舊死死抱著石柱，才鬆了一口氣。

傅准再次按下龍鳳字樣，石門軋軋作響，卻只晃動著，並未開啟。

阿南一聽這聲音，立即便知道是水浪沖擊石門之時，開門的機括損壞卡住了。

她立即潛入水中，撿起一塊鵝卵大的石頭，撲向刻字的石壁。

傅准自然知道她的來意，略側了一側身。

阿南將手中的石頭狠狠砸向刻字，一下，兩下，瘋狂地砸向龍鳳二字。

但石壁厚實，水中阻力又讓她使不上勁，敲擊在石壁上的聲音沉悶而毫無效力。

朱聿恆游到她的身後，接過她手中的石頭，用盡全力砸了下去。

龍鳳二字在水下驟然崩裂，顯露出後方的機關槓桿。

阿南示意朱聿恆將洞口砸得更大一些，她扯過日月，往裡面照了照。

黑洞洞一片，根本照不清是哪裡出了問題。

她死死憋住最後一口氣，將手伸進石壁後的空洞，摸索機括結構，飛快確認各個零件的用處，並迅速確定了其中連通石門的那一條路徑。

可是，出問題的那部分，遠在他們看不到也摸不到的地方，顯然沒有任何辦法能準確判定。

除非，他們將刻字石壁與石門之間所有的空洞敲開，否則，根本無法檢查出哪一點出了問題——那是沒有幾個時辰絕對辦不到的事情。

劇烈的運動讓她憋氣更為艱難，水壓讓她的胸口沉悶難耐，長久未曾呼吸的窒息感讓她的動作難以支撐。可她還是固執地拿著石頭，狠命敲擊著，要用最後的時間尋到那一處機括卡住的地方，死都不肯放棄。

手掌被人握住，手中的石頭被人拿走。

是朱聿恆攤開她的手掌，在她的掌心寫了「寶山時鐘」四個字。

阿南的腦中，頓時瞬間閃過她年幼時搬運師父的時鐘損壞，傅靈焰憑著幾下敲擊，便確定了損壞點的過往。

她在水下愕然睜大眼，看著面前的朱聿恆。

朱聿恆微微朝她點了一下頭，然後將自己的耳朵貼在了石壁之上。

他的意思是，他要像當年的傅靈焰一樣，憑藉著敲擊機括的聲音，把卡殼的那一點找到。

阿南想告訴他，不可能的，即使他也具有棋九步的能力，可他初涉此行，對於機括之學如此淺薄，如何能靠著天賦，彌補那幾十年的經驗？

但，事已至此，除此之外已沒有任何辦法。

既然阿言還沒有經驗，那便讓她用盡全力，替他彌補上。

阿南一轉身附在敲開的洞壁上，將臂環探入那個缺損的洞中，流光沿著機括，向裡面射了進去。

一直在旁邊冷眼旁觀的傅准，此時也終於游了過來。

他知道了他們要做什麼，也不願相信朱聿恆能憑藉著聽力尋找到那處故障。只聽得阿南的流光在空洞中掠過，叮叮噹噹聲不絕於耳，偶爾碰到金屬，但更多的是與石壁相碰撞的聲音。

她立即收回流光，第二次便轉換了角度，往金屬聲密集的地方擊去。

雖然石壁後的零件並沒有寶山時鐘那麼瑣碎細小，可如今他們都已是強弩之末，心口跳動紊亂不堪。而且聲音在水下聽來，大多失真，洞壁堅厚，能傳到耳邊的更少。

在這樣的生死關頭，阿言所面臨的困境，比之當年的傅靈焰更甚。

而他強迫自己冷靜下來，不顧胸口那難耐的窒息疼痛，將頭緊貼在石壁之上，竭力聽得更清晰一些。

「淙淙」聲是水流穿行波動，在石壁內久久不息；「嚓嚓」聲是流光在洞壁上劃過，低沉又令人微感不適；「錚錚」聲是流光切過較小的機括，聲音清脆動聽；「喀答」聲是機括相接處被流光勾到，兩種或者三、四種高低不同的聲音會隨之波動開……

他閉著眼睛，彷彿忘了自己身在深海，一動不動附在石壁上，凝神仔細傾聽。

阿南則不顧一切，一次又一次地用流光反覆擊打裡面的機括，不肯停歇。

水壓沉重，因為窒息與大腦空白，朱聿恆精神有些恍惚，倒似遮蔽了一切外界混亂與雜音。

像是抽離了魂魄，他有一種神遊身外的怪異感覺，好像貼在石壁上的不是他，而是他的影子，他整個人已經穿到了石壁之內，清清楚楚地看見了裡面一切複雜機括的連接與碰撞。

他慢慢地貼著石壁往後移動，彷彿追逐著流光，看見它穿過石壁、擦過金屬桿子、纏上了一個棘輪又被阿南收回……

他的耳朵中，終於傳來了一聲不和諧的異響。

流光敲擊過一片清脆的金屬，在泠泠嗡嗡之中，夾雜著一聲輕微答答聲。

在這機括交會處，應該是大片不同的金屬聲音連成一片，金聲此起彼伏的地方，絕不應該出現這樣略帶沉悶的聲響。

他猛然睜開眼，朝著阿南打了個手勢，示意她再向這邊敲擊一次。

與他一樣貼在洞壁上傾聽的傅准，終於忍不住轉頭瞧了他一眼，又看向阿南，那雙總是微瞇著的淺色眸子中，瞬間閃過錯愕與驚駭。

這兩人，一個女海匪，一個皇太孫，一個恣意妄為，一個高居朝堂。可，明明是截然不同的人生，但他們不知道哪裡——或許是那種一往無前的姿態，又或許是那般不肯放棄的倔強，簡直如出一轍，一模一樣。

真沒想到，這毫不相干的兩個人，居然能並肩攜手，或許以後，再也無人能抵擋他們。

這突如其來的發現，讓他心口湧起一種難言的不安。

他的目光，不由自主地看向朱聿恆手中的日月。

如日之升，如月之恆。

這本應只有傅靈焰才能操控的武器，如今在水中幽熒發亮，照亮了那隻舉世無雙的手，在水下顯得虛幻而迷離。

傅准瞬間恍惚，但，他隨即轉身，遮蔽所有念頭離開了洞壁，游到了石門旁邊。

是不是棋九步、他能否與阿南並肩，都不重要了。

畢竟，能活著離開這裡，才有意義。

綺霞望著阿南，吸著氣囊中最後的氣體，在心中茫然地一遍又一遍想著江白漣。

她想著八月十八洶湧大潮中他乘著蓮花破浪而來的姿態，想著他在水下緊緊擁住自己的結實雙臂，於是便也不再太過害怕。

無論如何，她的人生裡面，出現過那個永遠十七、八歲，蓬勃年少的江小哥，這讓她此生不再懼怕水下，不再懼怕黑暗。

而阿南已經再次射出流光，擊打在剛剛那一處地方。

再次聽到那聲音，朱聿恆用了片刻確定方位，旋即撿起地上那塊石頭，朝著洞壁毫不猶豫地盡力砸去。

刻字的洞壁後方，原本便被掏空而設置機括，此時在他重重擊打之下，石壁終於崩裂，裂縫的中心被他用力敲出個巴掌大的小洞。

阿南立即游了過去，朝洞內一望，洞後的機括中，赫然有一塊卡在棘輪中的碎石，將那輪子咬死不放。

她一把抓住石頭，將它從棘輪中迅速清掉，然後朝朱聿恆一點頭，拉住他的手腕，帶他游回了石壁前。

被敲掉了「龍鳳」二字的石壁上，黑洞洞的後方只殘留著兩根壓桿。

這一番漫長的歷險，到此時他們都已經精疲力竭，可看著這最後的希望，身上不知從哪裡又湧出了力氣。

生死存亡，在此一舉。

朱聿恆抬起右手，將掌心放在一根壓桿的上方，看向另一邊的阿南。

但阿南卻懸游在她那根壓桿之前，轉頭看向了牌坊，驟然向石柱那邊伸出了手。

流光在水下一閃，細微如蛛絲般繞過了正在牌坊後合十祈禱的綺霞腰部，又繼續向水下穿梭而去，飛快纏上了傅准的胸部。

一拉一扯間，流光纏繞過兩人，阿南又在臂環上一按，流光從她手腕鬆脫，傅准已被緊緊地跟綺霞捆縛在了一起。

日月珠光在水下太久，已顯黯淡，照不出那邊傅准的神情，但依稀看到他立即扯住流光，試圖將其解開。

阿南當機立斷，回身朝向朱聿恆，伸出左手斜斜向下一揮，兩人的手掌同時向著槓子壓下。

大股的水驟然奔湧，窒息黑暗的水下，長長的「吱喀」聲終於傳來，那道石門震盪著緩緩打開。

內外水流同時交會激蕩，傅准預計的漩渦隨著石門打開的瞬間形成，一股巨大的吸力貫穿過水洞，將他們所有人的身體向外瘋狂扯去。

那力量太過強大，堅實的青石牌坊已搖搖欲墜。

傅准惱怒地扯了一下身上的流光，想將它拋離。可阿南手法刁鑽，流光的精鋼絲將綺霞與他綁得死死的，一時根本無法解開。

他恨恨一腳踹在牌坊之上，在激流中飛撲向慌亂抱柱的綺霞，一把抓住了她的衣領——

畢竟，他們現在是真正拴在一條線上的螞蚱，她要是被水流捲走，流光如此鋒利，非將他的胸部勒斷不可。

要想活下去，他只能帶著綺霞一起逃生。

而石壁前的阿南與朱聿恆無處借力，眼看便要被水流疾捲入洞中。

在令人無法睜眼的激流之中，阿南感覺到了朱聿恆的竭力接近。她只來得及錯愕地看了他一眼，便已經被他緊緊抱在懷中。

箍緊的雙臂，像是永生永世也不願再放開她一般，竭盡全力，至死不渝。

下一刻，激蕩的水流奔湧而至。

朱聿恆手中的日月，在漩渦疾捲的剎那，捲上了他們的身軀。

青石的牌坊被漩渦拔起，洞中所有東西皆遭滌蕩，他們兩人的身軀徹底失控，被裹挾著直衝向石門彼端。

阿南的手，不由自主也緊緊回抱住朱聿恆堅實的背脊。

呼嘯而過的激流，瘋狂跳動的心口，混亂的血脈聲在耳邊激蕩，整個世界瞬間黑暗。

在失去意識之前，阿南心中忽然閃過一個念頭——

就這樣與阿言死在一起，讓他這雙手緊緊擁抱著自己永沉海底，這算不算也是一種得償所願，人生圓滿？

畢竟，這是她夢寐以求的，一生中最心動的一雙手。

湍急漩渦之中，唯有日月光華旋轉，如萬縷通透的情絲，將他們兩人的腰腹緊緊捆束在一起，再也無法分開。

尾聲　今我來思

江南有三秋桂子，十里荷花。

杭州的秋天，殘荷金黃，煙波浩渺，偶爾一陣風送來，桂花香便飄散於大街小巷，正是一年中最好的季節。

日頭還有些熱燙，綺霞坐在醫館的桂影中，抬手遮住自己的眼睛，抬頭看向上方。

一簇簇一叢叢的金色小花簇擁在綠葉間，微風拂過，細小的落蕊擦過她的臉頰，帶來溫柔的微癢感。

阿南送的松香緞馬面裙上落滿了桂花，綺霞抬手將它們輕輕撣去，忽然在心裡想，阿南要是在這裡的話，肯定要做了桂花糖和自己一起分享。

這世上，和她一樣又愛吃又貪玩的人可不多見；能與她手挽手去偷窺街上俊男靚女的更是罕有；而在必死的危難中，能奇蹟般讓她逃出生天的，只有她一個。

正有些傷感之際，忽聽得醫館的婆子喊她：「綺霞姑娘，請進來吧。」

馳名杭州府的婦科聖手，在保和堂坐診五十年什麼人沒見過，也對她的體質嘖嘖稱奇。

老頭在她腕上搭著脈，口中說道：「之前妳月事不淨，我以為妳這輩子沒養娃的指望了，結果妳那個恩客董相公流水價花錢，各種滋補下來，妳居然調養好了，還懷上了……」

綺霞欣喜又傷感地撫摸自己的小腹：「那，大夫你看我的孩子，目前狀況如何？」

「不太好。沒見過妳這種人，都有身子了還把自己折騰成這樣，現在整個人氣虛勞損，胎氣羸弱，難辦。」

綺霞弱弱解釋：「我也不想落水的，沒辦法啊……」

老頭撇開她的手腕，皺眉道：「行了，滑胎藥妳要哪種？平時不喝避子湯，現在懷上了可要一番折騰了……」

綺霞心下一驚，忙道：「這孩子，我要的！」

老頭詫異看她一眼：「要什麼要？教坊的姑娘居然要孩子？人家都是懷上了打不下來才勉強生的。」

「我要的！」綺霞一字一頓堅定道。

老頭捻鬚打量她，道：「那妳跟孩子爹說，這娃沒問題。只要肯花錢，我包妳七個月後瓜熟蒂落，生一個白白胖胖的娃娃！」

見他這樣說，綺霞眼圈一紅，聲音有些許哽咽道：「好，無論如何，付出一切，我也要把孩子好好養下來。」

走出保和堂，門外等她的卓晏在一群來看婦科的大媳婦、小娘子中間顯得格外惹眼。

家中出事後，他低斂了一段時間，但畢竟本性難移，過了那段日子，他又開始蠢蠢欲動，雖然無法再穿飛魚服，可服飾又錦紋鮮亮起來了。

「怎麼樣，大夫說情況還好？」卓晏將手中的芭蕉捲遞給她，綺霞從中拈了一顆鹽漬梅子吃著，說：「大夫說沒什麼大事，你陪我去買點布料吧，我要學著做小衣裳了。」

「真想不到，以前在教坊中就屬妳最討厭小孩子，結果妳現在居然要當娘了。」卓晏覺得自己心情有點複雜，抓了顆梅子一咬，一股酸氣直透胸口：「話說回來，妳真的要離開教坊了？」

「不然呢？我可不願意讓孩子在教坊司長大，將來和我一樣。」

「幸好有阿南啊，她一句話，就幫妳解決了一切。」卓晏感嘆道。

綺霞啃著梅子，沉默點頭。

其實她與阿南發現自己可能有孕之後，很快便遭遇了變故，想來阿南也只能倉促對阿言提一、兩句。

但因為是阿南拜託他的事情，他立即替她辦好了。

等綺霞回到應天教坊司時，便發現朝廷早已傳了脫籍文書過來，甚至返還了這些年來她所交的脂粉費，隨時可以帶著錢走人。

「離開教坊司後，妳準備怎麼辦？」

「說起來你不信，我現在可也算是個小富婆了。」說到這個，綺霞的情緒歡快了些：「順天教坊司前幾日已將我歷年繳納的脂粉錢送返了，哇，你肯定想不到我這些年被他們搜刮了多少錢！如今我拿著錢在河坊街買了個鋪面收租，又在後面巷子置辦了一處宅子，僱了一個婆子在家打理，下半輩子我只當包租婆，生活也綽綽有餘啦！」

「那敢情好啊，帶我去認認門？」卓晏也為她欣喜。

兩人在布莊買了匹觸手柔軟的松江細布，便來到清河坊。綺霞買的鋪子門面不大，但面對著熙熙攘攘的街口，被人租去賣四季果品和糖果蜜餞，生意十分興隆。

此時正有一家三口過來店裡買糖。父親清秀溫文，手中拎著大包小包立於門外，靜等著裡面的妻兒挑選東西。孩子母親戴著帷帽，雖看不清面容，但玲瓏的身材與清柔的聲音，也令人感到可親。

那孩子十二、三歲左右，長得十分機靈漂亮，買了幾包雜糖交到父親手中後，又拉著母親去看蜜餞，冷不防一回頭，他頓時對著門口的父親叫出來：「爹，你又偷吃我的糖！」

抓著松子糖剛送到嘴邊的父親尷尬無比，只能苦笑道：「小北，家裡買的糖，我也有份。」

「昨天晚上你還捂著牙在床上打滾，對阿娘說自己再也不吃了！」

「哪有打滾……一點點痛而已……」他訕訕地捂著腮幫子道。

「哼！等阿南姊姊回來了我要跟她告狀，讓她給我造個你一摸糖就會被打手的機關！」

卓晏強忍住笑，走到這一家三口面前：「楚先生，楚夫人，好久不見。」

偷糖被兒子當街喊破，又被熟人撞個正著，楚元知顏面大失，耳根都有些發紅：「久違了，卓少何時從山東回來的？」

「已有幾天了，在楚先生之後回來的。」他說著，笑嘻嘻地拍拍楚北淮的小腦袋：「小北，別欺負你爹，大人不能管太死，知道嗎？」

楚北淮根本聽不進去，只問：「阿南姊姊回來了嗎？她上次答應教我做的捕魚籠我還沒學會呢。」

「她……」卓晏一時不知該如何回答，只回頭看向綺霞。

綺霞眼圈微紅，見幾人都看向自己，只能勉強道：「快了，我想她一定很快就回來了……」

楚元知心知不對，便道：「我家就在附近，不如卓少和這位姑娘過來喝杯茶吧。」

到了楚家門口，綺霞錯愕地咦了一聲，指了指旁邊緊閉門戶的小院，說道：「那是我新買的宅子，原來咱們竟是鄰居了。」

兩家雖沒貼著牆，但中間只隔了一條三尺小巷，倒真是巧了。

楚元知恍然道：「難怪前幾日我看到有人在修整院子，原來是姑娘妳住進來了。如此甚好，那以後大家就是鄰居，內子對這一帶十分熟悉，妳有什麼事情盡可找她。」

金璧兒也對綺霞微微點頭。

只有楚北淮還記掛著自己的疑問，扯了扯綺霞的衣服。

見綺霞欲言又止，楚元知示意兒子別心急，幾人進了內院，他讓兒子幫妻子去燒水煮茶，才問卓晏：「還未尋到殿下的蹤跡嗎？」

卓晏黯然點頭道：「聖上特意指派了七寶太監前往搜尋，太子殿下更是親赴渤海，朝廷如此多的人手在渤海上搜救，我想……不日便能找到了。」

口中這樣說，但他的神情卻讓楚元知了然，這麼多天過去了，他們依舊杳無音信，怕是凶多吉少。

綺霞卻道：「阿南會與殿下一起回來的。我都能死裡逃生，他們怎麼可能回不來呢？」

楚元知聽她講著水下遭遇，沉吟問：「那最後，妳是怎麼回來的？」

「我也不知道……在那個可怕漩渦把我捲進去前，我好像感覺到阿南把我和拙巧閣那個傅閣主綁在了一起——不過我當時並不知道他是誰，直到出水醒來後，才知道他的身分……」

綺霞醒來時，已經身在東海瀛洲。

拙巧閣隨傅准下水的人不少，但黑暗曲折的洞窟中，就連薛澄光都迷失了，能到達最終機關中樞的只有傅准，也只有不到三分之二的人勉強從水下逃生。

閣中出現如此巨大變故，傅准這個口口聲聲說自己虛弱的人，過來瞧她的時候，比水下更為蒼白陰鬱。

他將一捲白色的細絲丟到她的面前，鬱悶道：「下次見到阿南的時候，把這東西給她。」

綺霞捏了捏，見是一束入手冰涼堅韌無比的絲線，也不知道是幹什麼用的，但聽到他的話，她枯槁的心中似乎注入了靈泉，整個人頓時活了過來：「下次見到……你的意思是，找到阿南了？她回來了，那、那江小哥呢？」

傅准慢悠悠地靠在窗上，抱臂望著窗外那尚未修復好的玉醴泉，道：「暫時還沒回來。不過禍害遺千年，像她這種煞星，哪片海敢收了她？」

巨大的失望讓綺霞怔怔呆了許久，才問：「那，皇太孫殿下和其他人……也沒找到嗎？」

「他們當時捆成個粽子，比我們更緊，妳說逃得了誰？」

「他們在一起也好，至少，朝廷會傾力去救他們的，一定能找到他們的……」

傅准沒搭理她，聲音轉冷：「閣中不許外人停留，看在阿南的面子上我讓妳養傷多日，這份人情以後我會找她討還的。妳走得動就快點走吧，免得讓她欠我更多。」

綺霞心急如焚，自然也不肯在這裡多待。身體恢復些後，她便強撐著身子搭乘航船沿長江而上，返回應天。

看著面前的卓晏和楚元知，綺霞想起一件事，趕緊告訴了他們。

在她乘船逆流而上之時，曾與另一艘順流而下的船擦舷而過。

靠在船窗邊悶悶想著心事的她一抬眼，看見了對面那艘船上一個風姿綽約的碧衣少女。

她當時愕然睜大了眼睛——那是方碧眠。

本已在蓬萊被擒的她，如今手中拈著一束白菊，正回頭與身旁的一個男子說話，笑靨如花。

那白衣公子沉靜地望著兩岸遠山，不言不語間自有一種清雅高華的氣質。

那晚方碧眠以希聲將她溺在水中的記憶太過可怕，綺霞不由自主地將自己的身子往窗後縮了縮，只從窗櫺後盯著方碧眠看。

兩人不知在說什麼，方碧眠笑吟吟地抬頭仰望著白衣公子，面頰嬌豔若初綻芙蓉，眼中那種憧憬映著日光波光，足以令世上所有人心折。

就連心中還在懼怕她的綺霞，也不由得被她容光震懾，看呆了一瞬。

但那白衣公子只對方碧眠搖了搖頭，隨即轉身便進入了船艙，頭也不回。

船身已經擦過，綺霞又躲在窗內，使勁湊到窗櫺前也看不見她的反應與神情。

只有江心漣漪蕩開，一束白菊花被狠狠拋入江水中，落花流水漂散，最後被波浪捲走了所有蹤跡。

「方碧眠確實被青蓮宗救走了。那日逆賊焚燒蓬萊閣，趁火打劫，朝廷傷亡頗重。」

但山東如今正全力搜尋皇太孫殿下的下落，哪還顧得上抓捕方碧眠，居然被她逃脫了。

皇太孫失蹤，朝廷束手無策，他們幾人在這邊乾著急，也是無計可施。

告別了楚元知，卓晏陪綺霞回家。

婆子把家裡灑掃得乾乾淨淨，小小的庭院內落滿陽光。

兩人坐在葡萄架下，葡萄顏色尚還青翠，但已經有鼓脹脹的漂亮模樣了，一串一串掛在日光中十分喜人。

兩人有一搭沒一搭地聊著，最後卓晏說：「再給我吹一曲《陽關三疊》吧，以後可能很難再聽到妳的笛子了，我還真有點捨不得。」

綺霞給笛子貼著膜，笑道：「我雖不在教坊了，但你要是想來也依然可以來找我呀。白漣與你也是朋友，將來我孩子還要叫你一聲伯伯呢。」

卓晏凝望了她一瞬，道：「我被調去涼州衛所了，一年半載怕是不會回來。」

綺霞詫異抬眼：「怎麼突然要去那種地方？我聽說那裡可偏僻荒涼了，你過慣了富貴日子，能適應嗎？」

卓晏嘆了口氣，說道：「我也老大不小了，整日混跡花叢確實沒意思。之前殿下替我謀劃過，讓我可去邊關參軍，他將我安排到了與父母相近的衛所，我隨時可以拿著公文過去。我們卓家以前是靠軍功起家的，如今我也算是繼承祖業，從頭開始。」

聽他做此抉擇，綺霞有些疼惜但也有些欣慰，道：「也好，男人總得替自己打拚一番事業，那我便在這裡預祝你平步青雲，早日衣錦還鄉了！」

「看，妳又拿對其他男人那一套來敷衍我了。」卓晏在葡萄架下伸展四肢，笑道：「當兵的人要平步青雲，那不得來幾場大戰？到時候邊關不寧，百姓苦不堪言，都要賴妳頭上。」

綺霞自己也笑了，她認真地望著卓晏，輕聲道：「塞外苦寒，務必保重。」

卓晏鄭重地點了點頭，目光落在她依舊窈窕的腰身上，說道：「妳也是。」

天氣晴好的秋季，綺霞一個人在杭州等待著。

她給孩子縫的衣服，針腳還是那般拙劣，歪歪斜斜的繡花和當初船艙門簾上的鴛鴦一樣，總是不成樣子。

「可能這輩子也當不了賢妻良母了，虧待了你爹，又要虧待你啦。」她摸著肚子，和自己的孩子說些無聊話。

有時她會逛到錢塘江邊去，在疍民聚居的岸邊，買上一條魚、幾隻蝦。

她記得江白漣的船，被他修補好的船艙內，他娘也會坐在秋日中縫縫補補，晒著太陽。

江母認出了有一面之緣的綺霞，笑著招手讓她上船來坐坐。

綺霞按照疍民規矩，脫了鞋子上船。

日光溫煦，水風輕緩，江母給她煮了上次一樣的棗茶，又見時近中午，便將船尾爐子上正在煎的刀魚給她端過來。

「這東西啊，這時節不多見，是白漣朋友今天打到了，就送了兩條給我。」說到江白漣，江母的臉上滿是笑意。

綺霞接過她遞來的筷子，和她一起吃了半條，然後將魚頭連著骨頭撿走，再吃下面的魚肉。

她現在吃魚，已經不翻身了。

江母見她這麼懂規矩，不由得笑了，顯然是想起了上次她過來時處處犯忌諱被打出去的遭遇。

「姑娘也會我們這些水上人家的習慣了？」

「嗯……一個水性很好的朋友教的，和他在一起後，自然而然就會了。」

綺霞慢慢嚼著這鮮美清甜的魚肉，覺得眼睛熱熱的。

已經養成的習慣，可能這輩子都不會再改了。

她盡量維持表情自然，問：「江小哥出去挺久了吧，還沒回來嗎？」

江母滿臉放光道：「他這回可出息了，被朝廷徵召去了蓬萊，好像是上頭大官欽點的。自他走後，州府衙門按月過來給我送錢糧，我也不知他是幹什麼大事去了，總之肯定是好事。」

綺霞咬緊下唇，點了點頭，江母見她神情有些不對，正在詫異，她已經捂住口，乾嘔了起來。

江母忙給她遞茶，問：「怎麼了，吃不慣這魚腥味？」

「不，沒有腥味，是……」她輕撫著肚子沒有說話，但江母也是女人，哪有不知道的，頓時眉開眼笑道：「唷，這可得恭喜姑娘了，哪家的小子這麼有福氣啊？」

綺霞沒回答，只勉強笑了笑。

「既然有喜了，可得注意點身子，少吃蟹，多吃蝦……」江母絮絮叨叨和她說著。若在以前，綺霞大概會嫌棄老婦人多嘴，但此時她只安靜聽著，一字一句默然點頭應了。

「對了，可以託人去普陀求個信物，特別靈驗！」江母說著想起一事，笑道：「白漣生在寒冬臘月，瘦小枯乾的，自小多病多災。我們疍民又不能下船尋醫，當時真以為這孩子養不大了，後來岸上有人幫我們去普陀求了個開過光的鎖——有錢人家的孩子求金鎖、銀鎖，我們只能求了個最小的銅鎖，結果打那之後，這孩子受了上天庇佑，下河入海長得高高壯壯的，十三、四歲就弄潮奪標，妳說，這可不靈驗麼？」

可那銅鎖，已經被我弄丟了啊！

綺霞喉口哽住，心下不由得湧起無數悲哀難過。

「所以這些年來啊，他走南闖北，各處行水，我一點都不怕。有那個銅鎖在，就能鎮住他的命，再怎麼險風惡浪，說不定明天他就回來了。」

綺霞怔怔聽著，臉上的淚水忽然就流了下來。

江母詫異問：「姑娘，妳怎麼了？妳現在可是有身子的人，再怎麼樣，也要開朗一些，不能傷感啊……」

她拚命點頭應著，不敢多留，倉皇下了船。

踩著遍地的黃葉，在沙沙的清脆聲響中，她提著江邊買的魚，慢慢走回自己的小院去。

她想著不顧一切將她從深淵中救出來的阿南，想著手握日月照亮黑暗的阿言，想著心中那條破浪而來動人心魄的身影……

她撫著自己的小腹，彷彿可以看到那裡面的小生命正在漸漸成形，長成江白漣的模樣。

她想，這個孩子一定很會游泳，會像他爹一樣，縱有萬千人踏浪弄潮，都是拔頭籌的那一個。

不管是兒子還是女兒，這孩子一定很像自己，也很像江白漣。

她抬手擦去眼淚，拚命呼吸著，讓自己不要陷於傷心絕望之中。

畢竟，再怎麼險風惡浪，說不定明天，他們就回來了。

阿南會回來的，阿言會回來的，江白漣，也會回來的。

——第二卷　逆鱗　完——

司南逆鱗卷（下）

作　　者／側側輕寒
執 行 長／陳君平
榮譽發行人／黃鎮隆
協　　理／洪琇菁
總 編 輯／呂尚燁
執行編輯／陳昭燕
美術監製／沙雲佩
美術編輯／陳聖義
國際版權／黃令歡、梁名儀
企劃宣傳／陳品萱
內文校對／施亞蒨
內文排版／謝青秀

國家圖書館出版品預行編目資料

司南．逆鱗卷 / 側側輕寒作．-- 1 版．-- 臺北市：城邦文化事業股份有限公司尖端出版：英屬蓋曼群島商家庭傳媒股份有限公司城邦分公司尖端出版發行，2023.07
冊；　公分
ISBN 978-626-356-785-6（下冊：平裝）

857.7　　112006431

出版／城邦文化事業股份有限公司　尖端出版
台北市 104 中山區民生東路二段 141 號 10 樓
電話：（02）2500-7600　傳真：（02）2500-2683
讀者服務信箱：7novels@mail2.spp.com.tw
發行／英屬蓋曼群島商家庭傳媒股份有限公司城邦分公司　尖端出版
台北市 104 中山區民生東路二段 141 號 10 樓
電話：（02）2500-7600　傳真：（02）2500-1979
劃撥專線：（03）312-4212
戶名：英屬蓋曼群島商家庭傳媒（股）公司城邦分公司
劃撥帳號：50003021
※ 劃撥金額未滿 500 元，請加付掛號郵資 50 元
法律顧問／王子文律師　元禾法律事務所　台北市羅斯福路三段 37 號 15 樓

台灣地區總經銷／中彰投以北（含宜花東）　楨彥有限公司
電話：（02）8919-3369　　傳真：（02）8914-5524
雲嘉以南　威信圖書有限公司
（嘉義公司）電話：（05）233-3852　　傳真：（05）233-3863
（高雄公司）電話：（07）373-0079　　傳真：（07）373-0087
馬新地區總經銷／城邦（馬新）出版集團 Cite（M）Sdn Bhd
電話：603-9057-8822　　傳真：603-9057-6622
E-mail：cite@cite.com.my
香港地區總經銷／城邦（香港）出版集團 Cite（H.K.）Publishing Group Limited
電話：852-2508-6231　　傳真：852-2578-9337
E-mail：hkcite@biznetvigator.com

版　次／2023 年 7 月 1 版 1 刷